換個良人嫁

1

文創風 642

水暖 著

目錄

自序 …… 005
第一章 …… 007
第二章 …… 031
第三章 …… 055
第四章 …… 077
第五章 …… 103
第六章 …… 127
第七章 …… 153
第八章 …… 175
第九章 …… 201
第十章 …… 223
第十一章 …… 247
第十二章 …… 271
第十三章 …… 297

自序

水暖

這本書的靈感來自一則社會新聞。一個家庭有兩個小孩——長姊和幼弟的組合；幼弟享受萬千寵愛，長姊動輒得咎。初中畢業後，長姊在父親的一頓打罵下，憤然離家打工，從此再也沒有回來過，直到母親去世也沒有回來。

本是至親骨肉，卻走到這樣難堪的一步，老死不相往來。那對父母是否後悔，抑或這位姊姊是否也在後悔，這些都不得而知。新聞只寫了幼弟聲淚俱下地哭訴，或者該說是控訴：「求求你們這些大人，對你們的大孩子也好一點，這樣小孩子也會多一個人喜歡。」

父母偏心這個問題亙古存在，更可笑是一句「十根手指頭都有長短」，彷彿偏心就成了理所當然的事。

當時我就在想，我要寫一個遭受偏心之苦的主角，於是就有了這個故事。女主角跟著祖父母長大，女主角的姊姊則是在父母身邊長大，理所當然的，父母更偏愛自己養大的孩子。偏心所造成的手足失和，不可避免地在這個家族裡發生，引發了一系列的悲劇。

幸運的是，女主角有疼愛她的祖父母庇護，父親也早早意識到對小女兒的虧欠，一直盡力彌補。然而，母親渾然不覺地偏心，依舊對女主角造成難以撫平的傷害，女主角的姊姊更是仗著這份寵愛，有恃無恐，多番針對她，最後自食惡果。

本文的男主角也有類似的境遇，兩個在家庭中遭受傷害的人，相遇、相識、相知、相戀、相惜、相愛、相伴、相守。

這個故事從準備到完成，一共用了八個月的時間，中間曾遇到瓶頸，一度寫不下去，因為害怕放棄，而不得不逼著自己繼續寫，哪怕每天只寫幾百字也要寫。因為我就是這麼個習慣，一旦停了筆，就難以撿起來。回過頭來看，那段時間的內容的確不盡如人意，最後花了雙倍的時間修改，不過相當慶幸自己當時沒有停下來，否則大概就沒有這個故事了。

依此來看，我的準備終究是不夠充分，所以必須要引以為戒，在開文前必須做好更充分、詳細的準備，這樣才能寫出更動人的故事來。

最後的最後，感謝能拿起這本書的你，祝安！

第一章

煦暖的晨光從窗外湧進來，伴隨著一陣泛著淺淺桃花香的微風，沁人心脾。

安娘看了看外面的日頭，走到紫檀水滴雕花拔步床前，放柔聲音道：「姑娘，該起了！」又不放心地提醒一句。「今兒要先去給夫人請安。」

往日，姑娘徑直去給宋老夫人請安即可，然眼下父母歸家，為人子女，自是要先去拜見父母，再去向老夫人請安，不免要比平日早起一刻鐘。

片刻後，海棠刺繡幔帳裡傳出軟綿綿的一聲「好」，聲清音柔，如明珠落玉盤，聲音悅耳。

宋嘉禾其實早醒了，她只是不想起來，便望著頭頂的海棠花紋發起呆來。

一時聽得帳內又沒了動靜。姑娘可不是個貪睡的人，今兒這般磨磨蹭蹭的緣由，安娘隱約能猜到幾分。姑娘三個月大時，二夫人便帶著長子、長女去邊關服侍二老爺，這一去就是十三年，中間也就回來過五、六趟，少則停留半個月，多則一個月。雖是至親骨肉，朝夕相處的時日卻連半年都沒有。

想起昨兒那股生疏勁，安娘便覺眼眶發酸，按了按眼角，壓下那股酸澀之意，再要催促，就聽見帳裡傳出窸窸窣窣的動靜。

候在床畔的兩個丫鬟青書、青畫，立時上前撩起幔帳，露出坐在床上的人來。青絲如瀑披在肩頭，襯得她肌膚瑩潤剔透；巴掌大的嫩臉上，眉如遠山含黛，目似秋水橫波，紅唇不點而朱，清絕無雙。

宋嘉禾懶洋洋地打了個哈欠，才靸上鞋站起來。

洗漱的當口，安娘在一旁語重心長道：「這次老爺和夫人回來就不走了，姑娘正可與父母長處，本就是至親骨肉，處上一陣子自然就親近起來了。」

雖然老夫人疼姑娘入骨，可若再有父母疼寵，不管是在家裡還是幾年後出閣，姑娘腰桿都能挺得更直，尤其二老爺官運亨通，若得他青眼，於姑娘百利無一害。

宋嘉禾心不在焉地撥著銅盆裡的水，憶及前世安娘也是這麼勸自己，即便她不勸，自己也會竭盡全力去討好父母和手足。與父母聚少離多的小姑娘，總是迫不及待想融入自己的小家庭，可這世上從來都沒有付出就一定會有回報的道理。

重來一遭，宋嘉禾終於想通了，人啊，還是不要太勉強自己的好！

宋嘉禾接過汗巾，用力在臉上搓了幾下，彷彿搓的是一張老樹皮，而不是自己那嫩豆腐似的臉蛋。

「哎哎！」安娘倒是心疼壞了，趕緊把汗巾拉下來，正對上宋嘉禾又大又亮的雙眼，裡面盛滿笑意，她一時倒忘了要說什麼？

宋嘉禾嬌聲抱怨。「安娘妳都說八百回了，我都記著呢，妳就放心吧！」

為人子女，自然要尊敬父母，只是她不會再像從前那般天真，盼著他們能一碗水端平。人心本來就是偏的，要求別人擺正，豈不是強人所難？

想起昨兒二房歸來時，宋嘉禾的鎮定從容，安娘委實不能放心，可姑娘都這麼說了，她再喋喋不休就招人嫌了。

洗漱罷，宋嘉禾親自挑了一身粉白色對襟掐腰襦裙，襯得腰肢婀娜如楊柳，再配一雙綴明珠的軟緞繡鞋。

望著鏡中眉目精緻，玲瓏有致的小美人，宋嘉禾燦然一笑，十分滿意的模樣。

饒是見慣了的青書、青畫，都忍不住有一瞬間晃神，覺得自家姑娘出落得越發昳麗，美得叫人挪不開眼。

瞥見兩個丫鬟的失神，宋嘉禾嘴角上揚，梨渦淺現。她腳步歡快地走到梳妝檯前坐好，手托香腮，與鏡中的自己對視幾眼後，作了決定。「今日化桃花妝。」

桃花妝，美人妝，面既施粉，復以燕支暈掌中，施之兩頰，濃者為酒暈妝，淺者為桃花妝。（注）

青畫一怔，隨後心花怒放地應一聲好。她擅妝容，最喜歡妝扮自家姑娘，奈何她家姑娘仗著自己天生麗質，並不肯用心化妝，令青畫一身功夫毫無用武之地，深以為憾。可這兩日不知怎的，自家姑娘像是突然開竅，昨兒是玉蘭妝，今兒是桃花妝。幸福來得可真是猝不及防！

傅粉、畫眉、描紅、點唇……雙頰若隱若現的緋紅，讓她的臉如桃花瓣般嬌妍鮮嫩，眼波流轉間，顧盼生輝。

注：引用自「妝檯論」。

妝扮妥當，宋嘉禾便出了降舒院，前往沉香院，中途經過宋老夫人的溫安院。走到溫安院門口時，宋嘉禾腳步頓了頓，腳尖一拐，進了院子。

安娘一驚，只當她習慣使然，連忙要出聲提醒。

「我去看看祖母，馬上就走。」話音未落，人已經竄出去一截，腳步比方才鬆快不少。

老人家睡眠少，宋老夫人早就起了，正歪在榻上和朱嬤嬤說起宋嘉禾。「暖暖該是到沉香院了。」宋嘉禾小名暖暖，是宋老夫人親自取的。

一手養大的姑娘，宋老夫人豈能沒發現，孫女態度不如往昔熱情，之前老二夫婦回來，這丫頭哪次不哭得唏哩嘩啦，恨不能黏在她娘身上才好，可昨兒暖暖進退有度，一點都沒失態。

朱嬤嬤說，是因為姑娘長大知道害羞了，宋老夫人卻不贊同。這丫頭的確和她爹娘生分了，似乎從正月她大病一場後開始，對雍州送來的信就沒那麼激動了。

正思索著，就有丫鬟挑起簾子進來稟報。「老夫人，六姑娘來了。」

話音剛落，宋嘉禾已經進屋，笑盈盈地福身。「祖母好！」

笑意瞬間在宋老夫人臉上漾開，高興完了，她才想起來不對勁。「妳怎麼一個人過來了？」理應是她去沉香院請安後，隨著二房眾人一道過來。

宋嘉禾膩歪了過去，抱著宋老夫人的胳膊，幽幽道：「不看您老人家一眼，我這心裡就不踏實啊。」說著，還做出西施捧心狀。

宋老夫人斜睨她一眼。「油嘴滑舌！」又注意到她今日妝容穿戴精緻異常。「今兒打扮得可真漂亮！」

「我明明每天都這麼漂亮！」宋嘉禾臉不紅、氣不喘地接話。

宋老夫人嗔她，想戳她的臉，卻想起她施了粉黛，遂改為戳了戳她的腦袋。「就沒見過妳這樣自吹自擂的小娘子，真不害臊！」

宋嘉禾俏皮一吐舌，唯妙唯肖地學著宋老夫人的語氣腔調。「還不都是您教的，誰小時候天天說：『咱們家暖暖真好看，咱們家暖暖最漂亮。』」

宋老夫人被她逗得樂不可支，指著她說不出話來。這丫頭小時候對口技感興趣，她拗不過，便尋了個伎人教她，不想她竟然學得有模有樣。

宋老夫人笑到眼淚都要流出來，她擦了擦眼角，言歸正傳。「好了，別在我這兒耍花腔了，趕緊去向妳爹娘請安吧。」

宋嘉禾笑容不改。「那我先走了，待會兒再來陪您。」

「去吧！」宋老夫人握著她的手拍了拍，溫聲道：「好好跟妳爹娘說會兒體己話。」

望著宋老夫人殷殷的眼神，宋嘉禾眉眼一彎，道了一聲好。

她一走，朱嬤嬤便遞了一盞蜜水過去。「六姑娘啊，這是知道您念著她呢！」

宋老夫人嘴裡不說，可一早上，眼睛時不時往門口瞟，到底不習慣。

宋嘉禾孝順，宋老夫人自然熨貼，可思及她態度的轉變，這心就忍不住揪起來。

還在院子裡，宋嘉禾就聽見沉香院正房裡頭的歡聲笑語，聽動靜，人還不少。

守在珠簾旁的小丫鬟好奇地看著她，宋嘉禾便對她莞然一笑。

小丫鬟頓覺心跳快了一拍，白淨的臉不受控制地脹紅，連掀簾都忘了。

宋嘉禾忍俊不禁，突然間，心情就放鬆了。

大丫鬟斂秋剜了那小丫頭一眼，親自上前打起簾子，含笑道：「六姑娘請。」

宋嘉禾對她笑了笑，抬腳進屋。

屋裡宋嘉卉正沒骨頭似地歪在林氏身上，嬌聲抱怨。「換了床，我都睡不習慣，早知道就把床一塊兒運回來了。」

林氏輕輕打了她一下，薄嗔。「哪來的臭毛病。」說罷，就見宋嘉禾進來。「暖暖來了！」

宋嘉卉一抬頭，笑容頓時僵在臉上。昨日她就知道妹妹是個頂頂的美人，今日再看，似乎比昨日更漂亮一些，整間屋子彷彿都因為她的到來，更為亮堂。這一刻，宋嘉卉明白了什麼叫做蓬蓽生輝，心裡不是滋味地扯了扯手中帕子。

宋嘉禾垂了垂眼。宋嘉卉對她的不喜，其實打一開始就頗明顯，可惜她總是自欺欺人。宋嘉禾心下一哂，欠身向父母行禮。

望著娴娴娉娉行禮的小女兒，林氏有些欣慰，也有些情怯。女大十八變，上次回來還是三年前，那會兒她還是個梳著雙丫髻的小姑娘，嬌憨可愛。眼下小女兒已經長成亭亭玉立、嬌俏甜美的少女，轉眼竟是這般大了。林氏不勝唏噓之餘，又有些難以言說的無所適從。

見過父母後，宋嘉禾又與兄弟姊妹們見過。

二房共有三子二女，全是林氏所出，說到這兒，不得不提一下二老爺宋銘了。婚前沒通房，婚後沒姨娘，多少人豔羨林氏。大抵也是因此，林氏比起同齡人顯得格外年輕悠然。

宋嘉卉的目光在宋嘉禾精緻的臉龐上繞了又繞，若有所覺的宋嘉禾抬眸看向她，明媚一笑。「二姊一直看我做什麼？」

宋嘉卉一怔之後，扯了嘴角笑。「六妹今日真漂亮。」

「大概是人逢喜事精神爽吧！」宋嘉禾笑盈盈道。

「六姊漂亮！」才六歲的宋子諺拍著小胖手表示贊同。

宋嘉禾眉眼一彎，一本正經地看著他道：「你也很可愛。」

小傢伙胖乎乎的臉突然間就紅了，身子一扭，就往林氏懷裡鑽。

林氏登時笑出聲來，眼底的寵愛幾乎要溢出來。她輕輕摩挲著小兒子的脊背，道：「哎呀，咱們家小十竟然會害羞了。」

「沒有、沒有！」躲在她懷裡的宋子諺甕聲甕氣地反駁，逗得一群人都笑起來。

坐在上首的宋銘看宋嘉禾一眼，力圖讓自己看起來和顏悅色一些。「昨晚休息得可好？」

宋嘉禾柔聲道了一聲好，又問：「父親、母親歇息得如何？」

宋銘便點頭，言簡意賅。「挺好。」

林氏知道丈夫不是會噓寒問暖的，遂忙道：「裡裡外外妳佈置得很好，我和妳父親十分喜歡。」

昨日宋老夫人就說了，溫安院是宋嘉禾一手打理的。

宋嘉禾眉眼一彎。「父親、母親喜歡就好。」

「妹妹可真能幹，要是我，肯定弄得一團亂。」宋嘉卉半真半假地抱怨道。

林氏嗔她。「看來妳還算有自知之明，妳啊，就是被我給寵壞，簡直愁死人了。」

宋嘉卉跺了跺腳，不依地拉著林氏。「娘，哪有您這樣說自己女兒的？」

宋嘉禾眨了眨眼，濃密捲翹的睫毛，在眼皮投下一片疏淡的陰影。

宋銘忽然站起來，背著手道：「該去溫安院了。」

正巧，二房眾人於半道上遇見七房一行人。

七老爺宋鑠生得十分富態，一張滿月臉搭配圓滾滾的大肚子，頗具喜感。他笑咪咪地打招呼，活像一尊彌勒佛。「二哥。」

見了這同胞兄弟，饒是不苟言笑的宋銘也帶出幾分笑意。「七弟。」

兩房又各自見過禮。

七夫人宜安縣主看了一眼親熱挽著林氏的宋嘉卉，老遠就看見這母女倆興高采烈地說著什麼。

宜安縣主笑吟吟地看著宋嘉禾。「暖暖今日這妝化得好，小姑娘家就該這麼打扮，才不枉年輕一回。」

八姑娘宋嘉淇定睛一看。「娘，您不說，我都沒發現！我就說六姊今兒有些不一樣，可就是說不上來。」

宋嘉禾拍掉她摸過來的手。「不許瞎摸。」
宋嘉淇俏皮地一吐舌頭，搖著她的胳膊撒嬌。「我也要化這個妝，好看！」
宋嘉禾道：「明兒我讓青畫過去替妳妝扮，妳讓碧荷學著點。」
「六姊妳真好！」宋嘉淇興奮地跳了跳，一把拖住宋嘉禾的胳膊。
宋嘉禾挑眉。「說得我平時就不好似的。」
「哪能呢，六姊從來都是最好最好，最最好的。」
林氏看了看身邊的宋嘉卉，哪裡看不出她的意動，她這女兒最喜歡捣鼓妝容的，遂道：「暖暖，要不也讓那丫頭替妳二姊妝扮一下？」
「好啊。」宋嘉禾笑著回道。
宋嘉卉便笑道：「那我就先謝過六妹了。」
「二姊不必客氣。」
林氏高興地道：「就是，妳們嫡親姊妹倆，哪裡用得著謝來謝去，可不就是生分了。」
宋嘉禾與宋嘉卉皆笑了笑，沒說話。
閒話間，一行人就到了溫安院。宋老太爺和宋老夫人已經端坐在上首，長房也到了。
眼下祖宅內只住著長房、二房與七房，其餘幾房都在外為官，其中長房乃原配所出，二房和七房則是宋老夫人嫡親骨血。
便是只有三房人也足夠熱鬧了。宋老太爺望著一眾兒孫，捋鬚而笑，十分欣慰的模樣。
一群人熱熱鬧鬧地請了安，便簇擁著宋老太爺和宋老夫人去知樂廳用早膳。

膳後，爺們各自去忙自己的事，便是剛回來的宋銘也要出門拜見上峰，臨走還把嫡長子帶去，年幼的少爺們則要去學堂。宋家對子孫向來管教嚴格，就是才回府的二房兩位小少爺也沒例外；至於姑娘們就寬鬆多了，宋老夫人作主，放了三天的假。

一眾女眷奉著宋老夫人回溫安院，入座後，宋老夫人和顏悅色地問林氏：「昨兒睡得可好？」

林氏忙笑道：「母親放心，在自己家裡，哪能睡得不好。」

宋老夫人便點點頭，又道：「妳要有什麼不習慣，只管和妳大嫂說，在自己家裡，不用客氣。」

一旁的小顧氏連忙表態。她是繼室，自從進門就謙恭謹慎，對誰都客客氣氣的。

「母親和大嫂放心，我不會客氣的，跟自家人哪用得著客氣。」

宋老夫人便笑了，又對宋嘉卉道：「卉兒也是，在自己家裡萬不要拘束了。」

宋嘉卉慢半拍才回一句。「祖母放心。」

她這心不在焉的模樣引得宋老夫人多看她一眼，旁人也不由看過去。

被一群人盯著的宋嘉卉似乎有些侷促，她低下頭，放在膝蓋上的手也握緊了。

林氏不明所以。女兒並不是靦覥害羞的性子，這是怎麼回事？

宋嘉禾繞了繞手裡的錦帕，倒是知道宋嘉卉為何侷促。宋嘉卉生得五官平平，便是上了妝，勉強也只能用清秀二字形容，可宋家姑娘的美貌在武都那是出了名，姑娘們坐在一起，差距立刻就出來了。

不期然地，宋嘉禾想起了上一世，她察覺到宋嘉卉的心結後，為了照顧宋嘉卉的情緒，做了不少傻事，想想還怪可笑的。

如宋老夫人和宜安縣主這樣的人精，見宋嘉卉扭捏，瞬息之間就明白過來。

其實早在昨兒宋老夫人就留意到，三年前，姑娘們還小，都是一團孩子氣，故而對比不明顯。可女兒家一日長開，這差距立即顯而易見，姊妹們一比較，宋嘉卉委實生得平凡了些。

宋老夫人也百思不解。老二夫妻倆都是百裡挑一的好相貌，二房幾個孩子也丰神俊秀，宋嘉禾更是小小年紀就姝色無雙，同一個娘胎出來的，怎地差距這麼大呢？

肚裡心思百轉，宋老夫人面上卻是不動聲色，還得替宋嘉卉化解尷尬。「妳們回來得也是巧，明兒就是梁王府的慶功宴，正好能去湊個熱鬧。」

梁國公魏檁因擊退突厥南侵有功，被封為梁王，而魏檁之母出自宋家，正是宋老太爺胞姊，兩家向來走得近。

「姑祖母家的宴會最熱鬧了！」宋嘉淇歡快地道。「二姊去過一次肯定會喜歡上的。」

「妳以為誰都像妳啊，整天想著熱鬧。」宋嘉禾嗔她。

宋嘉淇不服氣了。「說得好像妳愛冷清似的。祖母您說，是誰整天往外跑？」

「當然是妳啊。」宋嘉禾揭她老底。「是誰功課沒做好，不能光明正大出門，就偷偷爬牆的？」

宋嘉淇頓時洩了氣。「討厭，陳年舊事能不能不提啊。」

「明明是年初的事，還新著呢！」

宋嘉淇撝臉，一副不想理她的鬱悶。

「好了、好了，」宋老夫人笑咪咪地看著兩個孫女。「鬧得我頭都大了，妳們姊妹去園子裡說話吧，別在這裡吵我。」

宋嘉淇俏皮地吐了吐舌頭，惹來宋老夫人一聲嗔笑。

最年長的大姑娘宋嘉音便帶著妹妹們欠身告退。

沒了姑娘們在跟前，閒話幾句後，宋老夫人便引入正題。她斜靠在引枕上，不緊不慢地問林氏。「卉兒的婚事可有著落了？」

宋嘉卉排行第二，她上頭的宋嘉音明年就要出閣了。

提及長女婚事，林氏的表情便有些尷尬。十五歲還沒個準兒，的確是晚了，可她也沒辦法。在雍州這些年不是沒人來求親，可她和宋嘉卉都不中意，她們中意的又沒來，於是就這麼不上不下地耽擱到現在，林氏也愁得很。

「我想著把卉兒嫁到附近，日後也好照應，遂打算在武都給她尋人家。」

宋老夫人聞言便道：「這樣也好，嫁到眼皮子底下更放心一些。明日就是個好機會，妳多留意下，卉兒到底不小了。」

林氏連聲應是。

宋老夫人又對小顧氏和宜安縣主道：「妳們倆也上點心。」

小顧氏和宜安縣主連忙稱是。她們二人膝下各有一個十二歲的女兒，分別是七姑娘宋嘉

「母親別光惦記著我們啊，」宜安縣主笑起來。

「咱們暖暖也還沒定人家呢！」

小顧氏適時奉承。「六姪女品貌雙全，這上門提親的人家都快踏破門檻，母親怕是挑花眼了。」

提起宋嘉禾，宋老夫人眉角眼梢都是濃濃笑意，遂又愁起來。提親的人是不少，有幾個那真是樣樣出色，可這丫頭一個都沒瞧上。幸好她年歲也不大，再相看一、兩年也不打緊。

且說姑娘們那一處。大姑娘宋嘉音引著一眾姊妹去桃林裡的涼亭，丫鬟們上了茶水點心便一一退下。

宋嘉音隨口問宋嘉卉，平時讀什麼書？

宋嘉卉便道：「最近在重新讀《楚辭》。」溜一眼宋嘉禾後，又道：「我娘覺得我辭賦作得不大好，就讓我跟著她，從頭把《楚辭》學一遍，她還要隔三差五地考我，要是沒過關就要罰我抄寫文章十遍。」

宋嘉禾低頭喝了一口花茶，似乎沒留意到宋嘉卉的視線。

宋嘉音柳眉輕輕一皺，眼底笑意已經有些淡了。

宋嘉卉鼓了鼓腮幫子，嬌聲抱怨。「早知道有懲罰，我才不會輕易答應她重學《楚辭》，可我娘太狡猾，她把這事跟我爹還有二哥他們都說了，逼得我為了面子，不得不學下去。幸好我娘雖然說要抄十遍，不過我要是耍耍賴，抄個五、六遍也就能交差了，要不然我肯定反悔！要笑他們就去笑吧！」

末了，宋嘉卉對宋嘉禾道：「六妹可要以我為鑑，千萬別著了娘的道，她最會哄人了。」

宋嘉禾微微一笑，猶記得當年宋嘉卉也說了這麼一番話，聽得她好不豔羨，還暗暗生出期盼，然而結果不提也罷。

望著神色自若的宋嘉禾，宋嘉卉眼神飄了飄，突然有種一拳打在棉花上的無力感。

宋嘉音啟唇一笑。「和二妹一比，倒顯得我這個做姊姊的不務正業了。我啊，最喜歡搗鼓胭脂水粉這些東西。」

說著，宋嘉音素手一翻。她的手十分好看，纖細修長，潔白豐潤，最引人矚目的，是指尖鮮豔的蔻丹，色澤透亮。

宋嘉禾瞥了一眼，嘴角輕輕上揚，就聽見宋嘉音曼聲道：「為了調出這個色，我花了整整一個月時日。二妹覺得好看嗎？」

望著宋嘉音伸過來的手，宋嘉卉生硬道：「好看！」說完就撇開眼，不自覺地把自己的手往袖子裡縮了縮。

宋嘉音睞她一眼，輕笑道：「既然二妹說好看，那我待會兒讓人送一盒過去。」

宋嘉卉張嘴就要拒絕，宋嘉音卻完全不給她機會。「二妹不必客氣，我也送了六妹、八妹。」

宋嘉卉乾巴巴道：「那我就先在這裡謝謝大姊了。」

「一家子姊妹用不著客氣，妳們打扮得漂漂亮亮地出門，我這個做大姊的也面上有光啊！」宋嘉音似笑非笑地看著宋嘉卉。

在她若有所指的目光下，宋嘉卉的臉火辣辣地燙起來，只覺她的目光帶著鉤子，刮得她生疼。

饒是宋嘉淇都察覺出不對來，悄悄在桌下扯了扯老神在在、剝核桃的宋嘉禾。

宋嘉禾把剝好的核桃肉往她手裡一塞，眉眼彎彎地開口。「這核桃挺好吃的，大姊、二姊嚐嚐。」

心情大好的宋嘉音抓了一枚核桃把玩。「吃核桃有助於生髮、烏髮，是可以多吃些。」

宋嘉禾便把盤子往她那兒推了推。「那大姊多吃些。」

宋嘉音對她翻了一個白眼。美人就是美人，做起如此不雅的動作，依然賞心悅目，就是一點殺傷力都沒有。

宋嘉音捋著自己烏黑濃密的頭髮，沒好氣道：「我頭髮好著呢。」眼珠子一轉，她把盤子推到宋嘉卉面前。「二妹頭髮偏黃，合該多吃些。」

忍無可忍的宋嘉卉終於火了，一把掀翻了宋嘉音推過來的盤子，掉在地上，發出清脆的碎裂聲，驚得不少人嚇一跳。

嚇得花容失色的宋嘉音嬌斥道：「妳幹麼呢！」

宋嘉卉惡狠狠地瞪著宋嘉音。「妳漂亮、妳好看、妳了不起，至於這麼欺負人嘛！」說話間，眼淚一顆一顆滾下來。

宋嘉卉用力抹了一把臉，眼淚卻是越抹越多。

沒想到她反應這麼大，宋嘉音先是愣了下，復又冷笑。「漂亮自然了不起，就像妳不也覺得有親娘疼了不起嗎？」

宋嘉卉臉色驟變。「妳什麼意思！」

宋嘉音用鼻子哼了一聲。「妳什麼意思，我就什麼意思。少把別人當傻子，醜人多作怪！」說罷甩袖而去。

宋嘉卉被她氣了個倒仰。平生她最恨人拿她容貌說事，更是聽不得一個醜字，想也不想，便抬腳追出去。

宋嘉音和宋嘉卉的恩怨由來已久，三年前，兩人都直接打起來了。原因就出在宋嘉音生母大顧氏在生她時，血崩而亡。打小她就對這個忌諱，而宋嘉卉自小就因為容貌上的不足而自卑，當年是誰主動挑釁已經不可考，反正鬧到最後，一個罵醜八怪，另一個則罵剋母，吵得不可開交，直至大打出手。

方才宋嘉卉話裡話外都在炫耀林氏疼愛她，實際上這番話是說給宋嘉禾聽的——宋嘉卉向來如此，從不吝嗇在她面前展現她與林氏的母女情深。如今宋嘉禾是不在乎了，奈何宋嘉音以為宋嘉卉又在向她顯擺，舊恨添新仇，宋嘉音可不就要戳宋嘉卉死穴了。

那廂宋嘉音和宋嘉卉已經吵起來，宋嘉卉通紅著眼要宋嘉音道歉。

柳眉倒豎的宋嘉音直接啐了一聲，嗤笑。「道歉？我哪句話說錯了，妳難道不是故意炫耀？妳不就是自卑嘛，所以只能拿這個來找平衡，真叫人噁心！」

正好聽見這番話的宋嘉禾真想給她鼓掌，忽見氣得渾身哆嗦的宋嘉卉抬起手，連忙加快腳步。

宋嘉音比宋嘉卉高了大半個頭，輕而易舉抓住她揮過來的手，反手就是一個巴掌。清脆的巴掌聲，震得在場之人都愣住了，就連宋嘉音自己都愣了。罵人和打人可是兩回事！

愣怔之間，恨得眼睛充血的宋嘉卉撲過去，發愣的宋嘉音被她在脖子撓了一把，頓時慘叫一聲，當下也火了。

宋嘉禾連忙上前抱住激動的宋嘉卉，一邊帶著她往後退，一邊道：「別打架啊，有什麼話好好說。」

宋嘉卉使勁掙扎，卻是怎麼都掙不開。別看宋嘉禾比她小兩歲，可兩人身形差不多，且宋嘉禾自幼學習弓馬騎射，宋嘉卉哪裡是她的對手。

恨得宋嘉卉大罵。「妳放開我！妳快放開我！」

任她大吼大叫，宋嘉禾就是不撒手。

瞅準機會，宋嘉音狠狠打了宋嘉卉兩下，才順著力道被宋嘉淇拉走。

怒氣攻心的宋嘉卉一被放開，就指著宋嘉禾。「妳也不是好人，妳們聯合起來欺負我！」說罷大哭著跑了，看方向，大概是想去溫安院找林氏。

青畫和青書小心翼翼地看著宋嘉禾。

宋嘉禾眉頭一挑，不緊不慢道：「咱們也去看看吧。」早點鬧出來也挺好，起碼宋嘉卉能消停一些。

宋嘉音的動作比宋嘉卉還快一步，她深諳會哭的孩子有糖吃這個道理。生母早逝，宋大老爺又是個不可靠的紈袴，只管自己享樂，不顧子女死活。打小宋嘉音就知道有委屈一定要說出來，三分委屈得哭成十分！

宋嘉音推開要給她止血的白芷，還故意抹得到處都是，就這麼一路哭著跑到溫安院。

正房內的一干人等被她這模樣嚇了一大跳，小顧氏更是驚得站起來，搶步扶住衝進來的宋嘉音，嚇得手都抖了，顫聲道：「阿音，妳這是怎麼了？哪裡受傷了？」說完，一迭連聲要傳府醫。

宋嘉音淚如決堤之江水，滾滾而下，她撲進小顧氏懷裡，哽咽著喊了一句「母親」，就再無別話，唯有嗚嗚咽咽之聲。

白芷撲通一聲，跪倒在地，悲聲道：「夫人，姑娘是被二姑娘打傷的。」

此言一出，小顧氏與林氏同時勃然變色，驚疑不定地看著跪在地上的白芷。

「姑娘和二姑娘拌嘴了幾句，二姑娘就氣得砸了果盤，姑娘不欲起紛爭，遂想離開。不想二姑娘追上來要姑娘道歉，姑娘不肯，二姑娘抬手就想搧姑娘耳光。姑娘氣急之下，打了回去，二姑娘便把我家姑娘打成了這副模樣。」白芷磕著頭，飲泣吞聲道：「老夫人，夫人，妳們可得替我家姑娘作主啊！」

宋老夫人一張臉霎時陰沈下來，直直地盯著白芷。「為什麼拌嘴？」

白芷張了張嘴，難以啟齒的模樣。

宋嘉音哭聲忽地大了些，像是被觸及傷心事，在小顧氏懷裡哭得搖搖欲墜。

宋老夫人看了看她，讓人先扶她去耳房處理傷口，隨後看向和宋嘉音一起進來的宋嘉淇。「阿淇妳來說說？」

宋嘉淇正琢磨著該怎麼添油加醋，就被林氏截了話頭。

「這裡面是不是有什麼誤會？」這話林氏說得沒什麼底氣。她還記得三年前女兒和宋嘉音打起來那一回。

恰在此時，宋嘉卉來了，也是哭著跑進來的，而宋嘉禾緊隨其後。

宋嘉卉一進來，看也不看，直直衝到林氏懷裡。「娘，宋嘉音打我，宋嘉禾還幫著宋嘉音欺負我！」

宜安縣主眸光一動，抬眼似笑非笑地看向林氏和宋嘉卉。

林氏心疼地看著宋嘉卉臉上的指印，再看她哭得上氣不接下氣，登時心揪成一團，哪裡還能留意到她話裡的不對勁，一迭連聲問她疼不疼？

她這一問，宋嘉卉哭得越發傷心了。

宋老夫人被兩個孫女哭得腦仁疼，重重一拍桌子。「都給我閉嘴！」

砰一聲，嚇得所有人都為之一顫，不約而同地看過去。

宋老夫人冷冷掃視一圈，最後看向宋嘉禾，放緩聲音道：「暖暖，怎麼回事？妳來說說。」

伏在林氏懷裡的宋嘉卉突然瑟縮了下，偷眼看著中間的宋嘉禾，不自覺地咬住嘴唇。

宋嘉禾向長輩見禮後才開口陳述。她記性好，口齒伶俐，將涼亭裡的對話複述了七七八八。隨著她的話，屋內氣氛也越來越凝重。

簡單處理好傷口就出來的宋嘉音，不禁泣聲。「我嘲諷二妹是我不對，可先挑事的是她，祖母是沒看見二妹當時說話的那種神態。」說到這兒，她拭了一把眼淚。「我說了那麼兩句話，她就能氣得砸盤子，那她說那些話時，有沒有考慮過我和六妹的心情？」

宋嘉禾十分配合地低下頭，留給眾人一個黯然神傷的身影，無端讓人生出心疼。

宋嘉音還在聲淚俱下地控訴著。「二妹命好，有親娘疼著、寵著，我和六妹有母親和祖母疼寵，原也不比她差什麼，可沒有親娘疼愛，到底遺憾，也是因為這一點，長輩們格外疼我倆一些。可二妹呢，她在我們面前炫耀二嬸多疼她，得意洋洋地往我們傷口上撒鹽。當年她就做過這種事，讓我怎麼相信她不是故意的？六妹性子好，我卻是不肯忍的。」

宋嘉卉被她說得方寸大亂，搖頭否認。「我沒有！我就是隨口一說，我沒有。」她搖著林氏的胳膊，哭喊。「娘，我沒有！」

望著淚如雨下的宋嘉卉，林氏不禁道：「母親，是我逼著卉兒讀書，把她逼得狠了，這才讓她忍不住向姊妹們抱怨，她沒有……」惡意兩個字在宋老夫人冷冰冰的目光下消了音。

宋老夫人視線移到林氏懷裡的宋嘉卉臉上，平心靜氣道：「卉兒，妳是不是故意的？」

宋嘉卉別過眼，張嘴想否認。

「看著我的眼睛回答！」宋老夫人命令。

宋嘉卉顫了下，不自覺轉過臉，正對上宋老夫人的雙眼，深邃凌厲，沈澱著歲月積累的睿智。她啟了啟唇，突然發現喉嚨裡像是被塞了一塊石頭，一個字都擠不出來。

望著說不出話來的宋嘉卉，宋老夫人眼神逐漸嚴厲。

宋嘉卉挨不住這樣的目光，不由自主地埋在林氏懷裡，大哭起來。

宋嘉卉的表現落在所有人眼裡，就是默認。便是林氏也如此，她又氣又急又心疼，一張保養得宜的臉脹得通紅。她忍不住去看宋嘉禾，見她眼底似乎起了一層霧，悽悽惶惶，林氏的心頓時如針扎一般疼起來，忍不住飛快地扭過頭。

一直留意著宋嘉禾的宋老夫人見狀，心頭便是一刺，她失望地看林氏一眼，沈聲吩咐：「嘉卉向阿音和暖暖道歉。」

稱呼的變化讓林氏悚然一驚。她知道宋老夫人是真的生氣了，還氣得不輕，連忙推了推滿腹委屈不甘的宋嘉卉。「還不快向妳大姊、六妹道歉。」

「祖母，宋嘉音打我，她打了我！」宋嘉卉把自己紅腫的臉朝向宋老夫人，覺得宋老夫人簡直老糊塗了，明明她才是親孫女。

萬不想，宋老夫人冷冷甩過來一句。「那是妳該打！」

宋嘉卉睜大了眼，不敢相信地看著面如冰霜的宋老夫人。

「先挑事的是妳，先發脾氣的也是妳，一言不合就動手的也是妳。難道就只許妳打人，不許別人還手？」

淚眼迷濛的宋嘉音，用帕子按住嘴角，怕自己笑得太得意。宋嘉卉還是幾年如一日的蠢，宋嘉禾是老太太的心肝寶貝，她擠對宋嘉禾，老太太豈能不心疼？再者不占理的還是她，老太太能輕饒她才怪。

宋嘉卉的臉，一搭紅，一搭白，忽然身子一旋，摀著臉想往外跑。

宋老夫人一個眼色下去，兩個丫鬟就攔住了宋嘉卉。

見宋老夫人的臉色一沈到底，林氏看得心驚膽顫，板起臉來喝道：「卉兒，還不道歉！」說話間還過去拍了她兩下。「妳個不懂事，想氣死我是不是？」眼尾餘光一直覷著宋老夫人。

宋嘉卉卻不懂林氏一番苦心，只覺得所有人都在欺負她。宋嘉音欺負她，宋嘉禾欺負她，祖母也欺負她，就連母親也不再疼她了。如是一想，宋嘉卉傷心欲絕，眼淚撲簌簌往下淌。

就算她有錯，可宋嘉音難道就對了？她那麼刻薄她，還打了她一巴掌，祖母怎能這麼偏心！

眼見宋嘉卉冥頑不靈，林氏心亂如麻。女兒再這麼倔強下去，最後吃苦頭的還是她自個兒，就是老爺出面求情也沒有。

「卉兒，道歉！」林氏幾乎要哀求宋嘉卉了。

見宋嘉卉梗著脖子，死也不肯服軟的架勢，宋老夫人心頭也上火了。「不想道歉，那就領罰。朱嬤嬤，掌嘴！」

宋嘉卉驚得連哭都忘了，瞪大雙眼，難以置信地看著宋老夫人。

林氏駭然失色，不禁求饒。「母親！」

「妳閉嘴！」宋老夫人厲聲喝斥林氏。「看看妳寵出來的女兒！口出不遜，屢教不改，她就是被妳寵壞的，妳捨不得下手管教，我來教！朱嬤嬤！」

林氏被宋老夫人難得一見的疾言厲色，嚇得僵在原地。

望著走來的朱嬤嬤，宋嘉卉尖叫起來。「娘——救我！」

啪！清脆的巴掌聲打斷了宋嘉卉的尖叫。

一下、兩下、三下……五下，每一下彷彿都打在林氏心上。林氏面色如雪，她咬了咬舌尖，把替宋嘉卉求饒的話硬生生嚥回去，就怕這會兒自己說得越多，越會惹惱宋老夫人。

到底是小主子，朱嬤嬤不敢下重手，可掌嘴這種懲罰，更疼的往往是臉面而不是臉。挨了五巴掌的宋嘉卉羞憤欲絕，只覺得所有人都在嘲笑她。

宋老夫人淡聲道：「擇辭而說，不道惡語，時然後言，不厭於人，是謂婦言。妳去將《女誡》抄寫百遍，抄到這一句時，好好想想這五巴掌挨得冤不冤？」

說罷一揮手，兩個丫鬟就帶著宋嘉卉離開，宋嘉卉也罕見地沒有鬧。

「老二家的留一下，其他人都散了。」宋老夫人語調依舊不緊不慢。

林氏心頭一緊，臉色控制不住地發白。

離開時，宋嘉禾看了林氏一眼，林氏正巧看過來，眼底露出期盼之色。

若是從前，宋嘉禾肯定會替林氏插科打諢一回，不過現在麼……她十分乾脆地抬腳離開。

第二章

眾人魚貫而出，就連伺候的下人都退出去，林氏的臉色越來越白。

宋老夫人歪在羅漢床上，慢條斯理地喝茶，喝了一盞，又續了一盞。

站著的林氏，腿肚子微微打顫，額頭上冒出細細的汗珠，落在眼睛裡澀得慌。她忍不住抬手擦了擦，擦完就見宋老夫人看過來，目光如炬，林氏心跳漏了一拍。

「心疼了？」宋老夫人把玩著茶盞。

林氏定了定神，道：「卉兒的確錯了，母親教導她，都是為了她好。」

宋老夫人打量著林氏，看得林氏心裡發慌。其實自進門起，她就對這個婆婆發怵。宋老夫人年輕時是個厲害的人，也就是這些年，歲數大了，脾氣收斂不少，才會讓小一輩覺得她和藹可親。

「那是我嫡親的孫女，不管怎麼樣，我都是盼著她好的，倒是妳這個做親娘的，妳盼她好嗎？」

林氏身形劇烈一顫。

「妳要真盼著她好，就好好調教一下她的性子。」宋老夫人抬了抬眼皮。「老早就跟妳說了，讓妳好好磨磨她的性子，可妳看看她改了嗎？她又故技重施。女兒家之間愛爭個妳高我低，比文采、比穿戴，再比父母家世，這很正常。可暖暖有娘等於沒娘，嘉卉既是始作俑者，且還是得益者，拿這個刺激暖暖，這就是品行問題了，妳說呢？」

最後一句話彷彿一個巴掌甩在林氏臉上，讓她一張臉火辣辣疼起來。她囁嚅了下，似乎想辯解，可想起陳年舊事，卻是一個字都吐不出來。

宋老夫人瞥她一眼，繼續道：「趁著她還沒出閣，妳上點心，好好管一管，道理說不通，那就罰就打，疼了、痛了，自然就長記性。否則以她這性子出了門，日後有妳們母女倆哭的時候。」

林氏顧不得羞臊，連忙點頭。「母親教訓得是，兒媳受教，日後定然好生管教她。」

宋老夫人淡淡唔了一聲。「這樣最好，妳要是不管，就別怪我老婆子插手了，我是容不得有人在我眼皮子底下胡鬧的。」

林氏眼皮一跳，頓了下才憋出一句。「母親放心！」

宋嘉禾回降舒院後，從琳琅滿目的首飾盒裡，挑出一支金累絲嵌紅寶石雙蝶點翠步搖，那蝴蝶栩栩如生，晃動間猶如蹁躚，是宋嘉禾最喜歡的首飾之一。

「取個紫檀木的小盒子過來。」

安娘一驚。「姑娘要送人？」這不是她的寶貝嗎？

宋嘉禾不捨地摸了摸那蝴蝶。「送給大姊。」

宋嘉音也挺喜歡這雙蝶步搖，看在她今日受傷的分上，就把這個作為慰問禮吧！

安娘納悶。這好端端的幹麼要送重禮？

青書以眼神詢問過宋嘉禾後，便將事情言簡意賅地道了一遍。

安娘氣得胸膛劇烈起伏。「二姑娘怎麼能這樣！」幸好有老夫人護著，要不她家姑娘得受多少委屈。

宋嘉禾輕手輕腳地把步搖放入錦盒內。「安娘難道第一天認識她？她打小就這樣。」

安娘啞口無言，再看宋嘉禾一臉不以為然，丁點兒傷心之色都沒有，不由一怔。若是以前，自家姑娘必會難過一回的。

宋嘉禾對詫異的安娘展顏一笑。「我去看望大姊了。」

看著腳步輕快的宋嘉禾，安娘突然如釋重負地一笑。這樣其實也挺好。

與此同時，毓蓉院內，宋嘉音正坐在雙鸞菱花銅鏡前，端詳自己脖子上的紗布，越看越惱，暗恨自己剛才太手下留情，就該撓花了宋嘉卉的臉。

正惱得不行，白芷低聲道：「姑娘，六姑娘來探望您。」

宋嘉音柳眉一挑，站起來去迎。

「我來看看大姊的傷勢。」宋嘉禾雙手奉上錦盒。「這是我的一點心意，望大姊不要嫌棄。」

宋嘉音狐疑地瞅她一眼，隨後接過錦盒，打開一看，喜上眉梢，又矜持地壓了壓。「要是我不發脾氣，妳就打算忍氣吞聲？」

宋嘉禾慢吞吞道：「其實我沒生氣。」

「那這算什麼？」宋嘉音晃了晃手上的步搖。難道不是謝禮？

宋嘉禾眨了眨眼，特別耿直。「我不生氣，不代表我沒高興啊！」

她沒有因宋嘉卉的挑釁而生氣，但是宋嘉卉挨了教訓她還是高興的，俗稱幸災樂禍。

宋嘉音愣了下，忽然反應過來。「妳真不在乎宋嘉卉說的那些話？」

宋嘉禾眉眼鬆快道：「不在乎了。」

宋嘉音瞇起眼打量宋嘉禾，像是不認識她一般。以前這傻丫頭總是自己委屈難過，更不會拉偏架，果然歲數長了，腦子也見長。

「妳能想明白就好。」宋嘉音用一種孺子可教的表情看著宋嘉禾，決定看在她幫著自己制住宋嘉卉的分上，提醒她兩句。「宋嘉卉打小就沒把妳當妹妹，而是當成勁敵，妳呢，也別傻乎乎地拿她當姊姊看，面子上過得去就行了。小時候的事妳不記得了吧？我來告訴妳，那會兒二嬸一抱妳，宋嘉卉就哭鬧，直到二嬸放下妳才甘休。」

宋嘉音一摸脖子上的紗布，恨上心頭，開始翻舊帳。「我記得妳五歲那年，好像是背詩背得好怎麼的，二叔獎賞妳一塊玉珮。宋嘉卉撒潑打滾地要，沒要成就搶，妳也難得硬氣不肯給，結果拉扯間，掉地上摔碎了，她還有臉哭得唏哩嘩啦，倒像是妳欺負她似的。」

宋嘉禾神色一恍。這件事其實她一直都記著，那時聞訊趕來的林氏繞過也在哭的她，去哄宋嘉卉，那一幕她永遠都忘不了。

見她恍惚起來，瞧得還怪讓人不是滋味的，宋嘉音把後面的話嚥回去，總結陳詞。「反正妳記得，宋嘉卉打小就不是個好東西。」她一直都對宋嘉卉罵她生而剋母時的那副嘴臉，銘記在心。

回過神的宋嘉禾對她笑了笑。

宋嘉音看向宋嘉禾，倒是有點同情她了。她是沒親娘，但她娘在保大保小之間，選了保她；宋嘉禾倒是有親娘，可說句不厚道的話，還不如沒有呢，從來都是不患寡而患不均！

因著這點同情和微妙的優越感，宋嘉音意味深長道：「二房裡頭，與旁的人關係怎麼樣都不打緊，倒是二叔、二哥那兒妳要用點心，尤其是二叔。」

林氏的心，那是偏到胳肢窩裡去了，想拉回來不容易，與其在她身上浪費工夫，還不如把精力放在二叔和二哥身上。畢竟出嫁的女兒在夫家地位如何，與父兄的本事和態度息息相關。

至於林氏，宋家後宅是宋老夫人說了算，老太太身體好著呢，宋嘉禾根本不用看林氏臉色過日子。

宋嘉禾點頭如啄米，一臉受教。「我曉得，謝謝大姊提點。」

宋嘉音頗有成就感地笑起來。

說了一會兒話，宋嘉禾便與宋嘉音告辭，剛出毓蓉院，就看見候在路旁的丫鬟珍珠。

珍珠福了福身，道：「老夫人請姑娘過去一趟。」

宋嘉禾一邊走，一邊問珍珠。「祖母沒氣壞吧？」

珍珠不過二十來歲，卻在宋老夫人院裡伺候近二十年，也算是看著宋嘉禾長大的人，故而說話也自在些。

「氣得不輕，待會兒姑娘好好哄哄老夫人。」六姑娘一哄，老夫人準能展顏。

宋嘉禾進屋時，宋老夫人正靠在榻上閉目養神，一個小丫鬟站在後面為她揉捏肩頸。聽見動靜，宋老夫人睜開眼，見是宋嘉禾，眼底便染上笑意。

宋嘉禾走過去，那小丫鬟機靈地往後退一步，宋嘉禾便抬手替宋老夫人按摩起來。

「去看妳大姊了？」宋老夫人溫聲詢問。

宋嘉禾輕輕嗯一聲。「大姊替我抱不平，還受傷，我便去看了看。」

宋老夫人握住她的手，拉她坐在自己身旁，柔聲道：「妳大姊氣性大，一點委屈都不肯受，好，也不好。好的是，她從來不憋氣，有什麼，當場就鬧出來；不好的是，太過不依不饒，有時都不看場合、不顧影響，只圖自己痛快。就說今日這事，那麼一點傷口卻弄得自己全身是血，還一路哭過來。她這麼做，就是想把事情鬧大，不許我們小事化無。若是素日裡我們都苛待她，讓她不得不把事情鬧大才能討回公道就算了，然我和妳大伯母可曾虧待過她？」

宋嘉禾搖頭。小顧氏生怕別人說她這個繼母不慈，對宋嘉音那是比親女兒還上心，寧可委屈親生的七姑娘，也不會委屈宋嘉音。而宋老夫人待宋嘉音，雖不如她和宋嘉淇來得親近，可大面兒上也一碗水端平了。

宋老夫人拍拍宋嘉禾的手背。「她這一鬧，我和妳大伯母面上也不好看啊，誰讓我和她是繼室，不知情的，少不得要揣測我們做了什麼，讓她一個沒娘的孩子如此淒慘。」

「大姊是氣狠了才會失了分寸。」宋嘉禾不是很有底氣地解釋。思及宋嘉音一直以來的行事作風，聲音越說越小。

宋老夫人似笑非笑地看著心虛的宋嘉禾，看得她臉一紅。

「阿音就是那麼個性子，這也不是一次、兩次了。她呢，本性倒不壞，就是說話、做事忒不給人留情面。」宋老夫人搖搖頭。「也就是妳大伯母脾氣軟、心性好，若換一個繼母，有她苦頭吃的。」好心好意待她，卻被她幾次三番弄得灰頭土臉，有嘴說不清，有幾個受得了？

「祖母也脾氣好，心善。」宋嘉禾殷勤地給宋老夫人捶肩膀。

宋老夫人瞋她一眼。「我一大把年紀了，還能跟她個小姑娘計較？」

宋嘉禾諂笑。「祖母大人有大量。」

「少給我灌迷魂湯。」宋老夫人輕拍她一下，忽然話鋒一轉。「不過阿音在屋裡鬧的那一場，我卻是贊同的。她不鬧，嘉卉不會收斂。有時候我都盼著妳像妳大姊，受了委屈能不管不顧地鬧一鬧！」

宋嘉禾並不是個逆來順受的性子，可凡事都有個例外，一旦遇上宋嘉卉，脾氣就好了，追根究柢，是她想討好林氏。

宋嘉禾眼眶有些發酸，忍不住在宋老夫人肩頭蹭了蹭。「祖母，我知道您心疼我，您放心吧，我已經想明白了，有些事是強求不來的。譬如這人與人之間的緣分，有些人緣分淺，就像我和母親，我與她生來母女緣淺；有些人緣分深，就如我和您，在這麼多兒孫裡，您老人家最疼我，這些都是強求不得，也強求不來的。做人不能太貪心，我有您疼著、護著，已經比別人好太多了！」

宋老夫人一驚，見她眼底水氣氤氳，頓時心疼。「都怪祖母當年捨不得妳，把妳留下來，以至於妳和妳娘生疏了。」

見宋老夫人為了讓她心裡好受些，不惜把責任往自己身上攬，宋嘉禾鼻子一酸，險些落下淚來。

祖母的確捨不得她，所以留下了她，可起因卻是林氏不想帶她走。重來一回，一些記憶變得格外清晰。

那一天宋嘉禾睡在碧紗櫥裡，迷迷糊糊聽見林氏支支吾吾地說，怕宋老夫人這兒冷清，所以不帶她走，讓她留在祖宅替他們盡孝。

當時，宋老夫人的聲音彷彿結了冰。「說的比唱的好聽，不就是嘉卉哭鬧不休，不肯讓暖暖一塊兒走！妳放心，我不會讓暖暖和你們去雍州的。嘉卉一哭一鬧，妳想的不是她性子太霸道、自私、需要管教，竟然是順著她的意，要把暖暖拋下。妳的心都偏成這樣了，我怎麼敢把暖暖交給妳？我還怕哪一天妳給我送口小棺材回來。」

然後宋嘉禾就哭起來。那會兒她才三歲，雖然不能完全明白那些話，可林氏不想帶她走這一點卻明明白白聽懂了。

之後就是一場鬧劇。宋老夫人的怒喝，林氏無助的哭泣，就連宋銘都被引過來。

宋嘉禾甩了甩腦袋，把那些畫面甩出去。「祖母就別騙我了，當年我聽得清清楚楚，是母親不願意帶我走，您怕我跟過去受委屈，所以才留下我。幸好您把我留下了，要不我現在還不知會變成怎樣呢？」

幾年難得見一次，她都要難過成那樣，若是打小就生活在那種環境裡，宋嘉禾想，自己怕是早就扭曲了。

「妳還記著？」宋老夫人大吃一驚。可這些年都沒聽她提起過。

「年初我病了一場，不知怎的，就想起很多小時候的事。」這大概是兩世為人的饋贈，讓她能更徹底死心。

這孩子病癒之後就有些變了，原來癥結在這兒。宋老夫人心念如電轉，問宋嘉禾道：「妳真想明白了？」

迎著她的視線，宋嘉禾鄭重地點頭。

說實話，宋老夫人疼惜之餘，更多的是鬆了一口氣。捧在手心裡，千嬌百寵的姑娘委曲求全地討好人，偏偏那人還不領情，她看著都窩火。

沈吟片刻後，宋老夫人憐惜地摸著她的臉。「妳想明白就好。人這輩子總有那麼幾件事，是妳不管再怎麼努力都不能改變的；既然如此，輕輕放下，未必不是輕鬆。」

輕含眼淚的宋嘉禾點點頭。

夜幕低垂時分，宋銘父子倆回府。他一進門，留在府裡的心腹就把早上發生的事如實道出。

宋銘眉頭一皺，揮退來人，大步趕往溫安院。

宋老夫人眉目平和，還溫聲讓人上了醒酒湯，作為兒孫的宋子諫覷兩位長輩一眼，喝完醒酒湯，十分識趣地告退了。

屋內只剩下母子二人，宋老夫人臉色明顯沈下來。「嘉卉的事，有人和你說了吧？」

宋銘肅聲。「嘉卉不成體統，合該教訓。」

宋老夫人抬了抬眼皮。「她不成體統也不是一朝一夕了，當年我就給你提醒過，你媳婦只會慣壞她，你得管一管。可她越大越不像樣，看來你是把我的話當成耳邊風了。」

「兒子失職，母親恕罪！」

宋老夫人瞅瞅他，陡然生出無力感。「你是失職，孩子不是給口吃的、死不了就算是盡了父母的責任。我知道你公務繁忙，一年到頭大半時日不著家，可再繁忙也不能不管孩子。雖說女兒由母親教養，可還有一句話叫『養不教，父之過』。我和你父親是怎麼教養你們兄弟幾個的，你想想。等你到了我這把年紀就知道，什麼都是虛的，兒孫才是實實在在的。」

迎著宋老夫人意味深長的目光，宋銘點頭。「母親教訓得是，兒子以後會多上心些。」

宋老夫人淡淡地嗯一聲。「那就好。」沈吟了下，又道：「尤其是暖暖那兒，你更要上心些。我是不知道你媳婦到底怎麼想的？十根手指都有長短，人心有偏向很正常，但偏成她那樣子，平生罕見。要不是當年我親眼看著暖暖從產房裡抱出來，我都要懷疑暖暖是撿來的。」

宋銘頓了頓。「林氏糊塗！」

對林氏，宋銘也很無奈。他不是沒說過林氏，一說林氏就哭，嘴上也承認自己做得不好，虧欠小女兒，可要不了多久，又會故態復萌。

宋老夫人笑了笑。「那你別跟著犯糊塗。她長到十三歲，你們就沒正兒八經養育過她，眼下好不容易回來，合該好好補償她。你媳婦那兒指望不上，你這個當爹的總得給她補回來，這樣才公平。」

「兒子明白。」說話間，宋銘瞥了一眼角落裡的紫檀嵌玉祥紋落地屏風。

宋老夫人眉梢一挑。「你明白就好。」

母子倆又說了一會兒，宋銘才告辭，他還要去向宋老太爺請安。

宋銘離開後，宋嘉禾從屏風後面轉出來。

宋老夫人拍她的手，道：「你爹呢，打小就是個冷面的，還不會說軟和話，可他心裡是疼妳的。只是身為男子，感情更內斂，尤其是妳爹這樣的。」

宋嘉禾彎了彎嘴角。「祖母，我知道。」

在她印象裡，父親一直都是嚴肅冷硬，對所有兒女一視同仁，就是宋嘉卉在他那兒，也沒什麼特殊待遇。若是她和宋嘉卉起爭執，他向來是誰占理就站在誰那邊，所以宋嘉禾對父親倒沒什麼心寒的情緒，有林氏對比，她覺得這樣的父親其實也不錯。

宋老夫人摸著她的腦袋。「回頭好好睡一覺，養好氣色，明兒打扮得漂漂亮亮去王府，找妳的小姊妹們樂一樂。」

「我今日要和祖母睡！」宋嘉禾抱住宋老夫人的胳膊撒嬌。

「多大的人了，還跟我擠一張床，妳以為妳還小啊！」話雖這麼說，宋老夫人的嘴角卻忍不住上揚。

林氏一宿沒睡好，一半是為了宋嘉卉。宋老夫人不只不讓宋嘉卉出來，還不許別人進去探望她。宋嘉卉在錦繡院裡到底是什麼情形，林氏兩眼一抹黑，豈能不擔心？另一半則是為了宋銘。宋銘一回來就把她斥責一頓道，以後無論宋老夫人怎麼管教宋嘉卉，都不許她插手，隨後他就歇在書房。

林氏輾轉難眠至天明，起身後，坐在梳妝鏡前，凝望著鏡中憔悴的容顏，不禁悲從中來。她果然是老了，再好的胭脂水粉也蓋不住一宿未眠的憔悴，怪不得丈夫也要嫌棄她。

胡思亂想間，就到了請安的時辰，盛裝打扮好的宋嘉禾前來請安，宋銘罕見地誇了一句。

宋嘉禾抬眼瞧著上首的父親，覺得他似乎有些不自在，也不知是不是她的錯覺？不過不可否認，聽見這一句誇讚，她還是很開心，眉眼彎成了月牙，甜甜道：「衣服、首飾都是祖母挑的。」

宋銘神色更柔了一些。

林氏連忙道：「妳生得白皙，這個色特別襯妳。」她端詳了下。「手上太簡單了，可以再多戴個玉鐲。」

不消吩咐，斂秋就去捧了一個首飾盒過來，裡面擺著五只手鐲。

見林氏招手，宋嘉禾看了看她。對這一幕早有準備。每次宋嘉卉惹了姊妹不悅，或者被人指出偏心之後，林氏就會對她好一陣子，甚至會把她排在宋嘉卉前面，可惜永遠都長久不了。人能勉強自己一時，卻不能勉強一世。

見宋嘉禾坐在那兒不動，林氏臉色微微一僵，幸好宋嘉禾馬上就依言走過來，林氏悄悄鬆了一口氣。她握住宋嘉禾的手，只覺得觸手溫軟細膩，如同上好的羊脂白玉。

林氏不由抬眼看她。不得不承認自己這小女兒花月容、冰雪肌，若是再大幾歲，必然國色天香。嘉卉如有她五分姿色，哪怕三分，那孩子也不至於為容貌自慚形穢了。

「母親。」宋嘉禾對走神的林氏輕輕喚一聲。

林氏霎時回神，藉著低頭挑選玉鐲的動作掩飾情緒。她挑了一對滿綠的冰種翡翠手鐲，戴進宋嘉禾手腕，笑道：「這手鐲也就妳這樣的小姑娘戴著才好看。」說話時，林氏飛快瞥了旁邊的宋銘一眼。

宋嘉禾彎了彎眉眼。「謝謝母親賞賜。」

沉香院的這個早晨看起來十分和美。

片刻後，一群人去溫安院拜見宋老太爺和宋老夫人。一同用了早膳後，宋老太爺等人各自去衙門，他們只參加梁王府的晚宴。女眷們則聚在溫安院說了一會兒話，看時辰差不多後，便出發前往王府。

目下宋府裡養著五位姑娘，分別是長房的大姑娘宋嘉音、七姑娘宋嘉晨，二房的二姑娘宋嘉卉、六姑娘宋嘉禾以及七房的八姑娘宋嘉淇。

不過這次只有宋嘉禾與宋嘉淇隨行，宋嘉音因為脖子上的傷口不便見人，宋嘉卉禁足中，而七姑娘不慎得了風疹，還在養病。

其實兩府近得很，就在同一條街上，中間隔了三戶人家。然而即便如此，宋老夫人一行人還是上了馬車，畢竟名門世家就是少不得排場。

宋家的馬車一直駛到王府的垂花門前才停下。

垂花門前站著一身穿挑絲雙窠雲雁裝婦人，端莊又富貴，保養得宜的鵝蛋臉上，嵌著一雙丹鳳眼。見了馬車，她前迎幾步，恭謹道：「母親。」

這婦人正是嫁給魏家二老爺的魏宋氏，是宋嘉音的嫡親姑姑。

一晃眼，魏宋氏便留意到宋嘉音不在，頓時心裡咯噔一響。她這姪女兒最喜歡這種場合的。「阿音怎麼沒來？」

宋老夫人回道：「她和嘉卉身體不適，遂讓她們留在府上休息，過兩天好了再讓她們過來請安。」

好端端怎麼就不適了，還是和宋嘉卉一起？魏宋氏心下狐疑，不過也知道不好當場細問，只能按捺下擔心，扶著宋老夫人入內。

寒暄間就到了正堂，裡面已經坐著不少人，坐在上首那鬢角微白、精神矍鑠的老夫人便是梁太妃。

見過禮，宋老夫人便在梁太妃右下首第一張椅子入座，梁太妃少不得也要問一問宋嘉音、宋嘉卉為何缺席？宋老夫人還是那套身體不適的說詞。

梁太妃覷宋老夫人一眼，覺得這裡頭怕是有什麼貓膩，然而為了娘家顏面，梁太妃自然不會多說，而是招手把宋嘉禾和宋嘉淇招到身邊誇了一通。這兩個姪孫女還沒許人家呢。

旁人也應景跟著誇，武都誰不知道梁太妃心向娘家。

末了，梁太妃和顏悅色地對宋嘉禾與宋嘉淇道：「去園子裡找妳們瑤姊姊玩吧！」

她話裡的瑤姊姊，便是王府掌上明珠魏歆瑤，是王府唯一的嫡女。

宋嘉禾姊妹倆便欠身告退，隨著丫鬟前往花園。一路走來，亭臺樓閣軒敞精緻，道路兩旁奇石羅布，古木蒼翠，絲竹管弦之樂不絕於耳。

待走近了，便見奼紫嫣紅中，一群環肥燕瘦、各有千秋的閨秀們聚在一塊兒說笑。

宋嘉禾第一眼就看見被眾星拱月圍在中間的魏歆瑤，目光微微一凝。

「嘉禾、嘉淇，妳倆可算是來了。」魏歆瑤也看見了宋家姊妹倆，朗聲一笑。她生得明豔嫵媚，這般笑起來十分爽朗大氣，是難得一見的美人。

宋嘉禾笑盈盈走近。「在說什麼好玩的？老遠就聽見妳們在笑。」

「妳來得正好，再過幾日，阿瑤封郡主的聖旨就要下來了，我們在商量怎麼沾光？我說要去遊湖宴飲，蘭芝說要打獵燒烤，妳倆覺得哪個好？」說話的人是站在一旁的羅清涵，是魏歆瑤的好友，向來唯她馬首是瞻。

「這還不容易。」宋嘉禾笑道。「一天遊湖，一天打獵，豈不兩全其美？」

羅清涵擊掌而笑。「嘉禾英明！」

魏歆瑤作勢要掐宋嘉禾的臉。「有妳這麼幫著外人敲詐姊姊的嗎？」

宋嘉禾笑嘻嘻地往宋嘉淇身後躲。「誰讓妳是大戶呢！」

追了兩圈，因為一群人搗亂，魏歆瑤怎麼也抓不著宋嘉禾，只得佯怒。「妳別落我手裡，否則看我怎麼收拾妳！」

望著柳眉倒豎的魏歆瑤，宋嘉禾笑容滯了滯。類似的話，前世魏歆瑤不止一次對她說過，區別就是，之前幾次是玩笑，之後就是肺腑之言了——細思起來，尤其是當她和季家表哥訂親之後，其手腳就更為頻仍，不知這當中是否有聯繫？宋嘉禾一直都懷疑，前世害她掉下山崖的那群刺客，說不定是魏歆瑤的手筆。她有這個動機，也有這個能力，然而這一切都只是懷疑。領頭之人她覺得似曾相識，可這幾個月來，她想破了腦袋都想不起在哪兒見過？以至於她一到魏家就眼觀六路。

魏歆瑤笑道：「正好家裡的球場剛剛修整一遍，咱們去打馬球怎麼樣？」

北地自來尚武，恰逢亂世，習武之風更盛，便是女兒家也更活潑些。

東道主提議，大夥兒自然無不答應，遂一群人熱熱鬧鬧地前往馬球場。

打馬球又名擊鞠，是一項騎在馬上、持棍擊球的運動。早年從波斯傳進中原，一直以來都十分受貴族追捧。不只男子喜歡，就連女子也不落人後。前兩年，梁王還將馬球作為軍隊訓練科目之一，從此風氣更盛。

到了綠草如茵的球場上，頭一件事是抓鬮分組。

羅清涵看了看宋嘉禾與宋嘉淇。「妳們姊妹倆就別抓了，一紅一藍。」宋家姊妹倆都是馬球高手，又有打小一塊兒長大的默契，分在一起太難纏，每次都打得很辛苦。

宋嘉淇抬抬下巴，得意道：「怕了吧？」

「是啊、是啊，我好怕！」

宋嘉淇扭頭抓著宋嘉禾的手假哭。「六姊，這群壞人要拆散我們。」

「沒關係，雖然咱們分開了，但心還是在一塊兒的，妳記得待會兒給我傳球。」宋嘉禾鄭重回握她。

宋嘉淇佯裝冷酷無情地甩開她的手。「休想！從現在起，妳就是我的敵人了。」

魏歆瑤抓了一張紙條，緩緩展開，笑了起來。她和宋嘉淇是一隊的，便接話道：「保持這氣勢，待會兒我可等著看妳的表現。」

宋嘉淇聞言，心花怒放，湊過去。「瑤姊姊，咱們聯手，打得她們落花流水。」

魏歆瑤笑道：「正合我意！」

說笑間就分好了隊，一眾人又去換了衣裳、靴子。統一的窄袖長袍、及膝皮靴、首戴襆頭，區別就是宋嘉禾這邊衣裳是藍色的，魏歆瑤那隊則是紅色。

換好衣裳的宋嘉淇迅速進入對敵狀態，朝宋嘉禾一抬下巴。「輸了可不許哭鼻子。」

宋嘉禾笑咪咪地看著她。「今日姊姊我教妳什麼是驕兵必敗。」

魏歆瑤秀眉一挑，眼底浮現鬥志。「那我可要領教下！」

馬球場上的熱鬧不一會兒就傳開了，不只閨秀們聞風而來，就是好些貴婦人一打聽，知道是武都最頂尖的那群姑娘要比賽，也紛紛前來看熱鬧。好些姑娘都未許人家呢。最後少年兒郎也聞訊趕來。少年慕艾，北地風氣開放，這也是司空見慣的事。

打馬球的場面十分激烈壯觀，觀賞性極強，又因為其危險性，更加扣人心弦，便是看臺上的貴婦都看得目不轉睛。馬球男子打得好的屢見不鮮，女兒家打得好卻罕見，這兩年也就宋嘉禾這一撥人打出了名氣。

精采紛呈的第一節，以宋嘉禾這隊領先一球的微弱優勢結束，看臺上的人總算能挪開眼睛說說閒話了。

坐在林氏身旁的舒夫人道：「可真羨慕妳，養了個女兒不只花容月貌，還文武雙全。」她的愛女舒惠然與宋嘉禾乃閨中密友，之前聽女兒話裡帶出幾句宋嘉禾與母親不親近，不免特意誇宋嘉禾幾句。

林氏還有些回不過神來，眼前都是神采飛揚，讓人挪不開眼的小女兒。

舒夫人見林氏發愣，瞬息之間也反應過來。她倒是忘了，林氏一直在雍州，怕是沒見過宋嘉禾打球。

回過神來的林氏道：「妳過獎了，惠然貞靜賢淑，也是個好姑娘。」

「妳們啊，就別謙虛了，大夥兒都知道妳們有個好閨女，」身穿黛藍色褙子的婦人笑道，以眼神示意下頭的小子們。「那群渾小子也都知道，惠然被竇家捷足先登了，就是不知道嘉禾便宜了哪家？」

這樣的試探，林氏今日已經不是第一次遇上，一家有女百家求，林氏自然是高興的。

「家裡老太太捨不得，故而想多留她幾年。」

「把婚期定晚些就是了，」那夫人笑道。「再晚，好的都要被挑走，妳可要抓緊了。說來，妳家大女兒可許人家了？」

聞言，不少人豎起耳朵。宋銘官運亨通，能和他結親家，是很多人求之不得的。

林氏這次出來應酬，本就有心為宋嘉卉張羅婚事，遂立時道：「還沒有，我和我家老爺都不捨得她遠嫁，這就耽擱了。」

這是打算在武都尋了。不少家有適婚少年的夫人笑起來。「倒也是，嫁得遠了，一年半載都看不見，還不想得慌？」

接著，其他夫人又旁敲側擊問了些話，林氏一一回答，相談甚歡。

直到第二節比賽開始，她們才意猶未盡地結束話題，轉而關心起比賽來。

差一點就進球的宋嘉禾，在馬背上露出挫敗的表情，與她擦肩而過的魏歆瑤露齒一笑。「可惜了。」

宋嘉禾一本正經。「都是風的錯！」

「這個藉口不錯。」魏歆瑤脆笑一聲，一夾馬腹，揚長而去。

宋嘉禾回頭看她一眼，笑了笑。再贏下去，她就要不高興了，打小一塊兒長大，自然知道她的脾性。

「現在知道我的重要性了吧！」宋嘉淇得意洋洋地跑過來，還朝宋嘉禾比劃兩下。「我覺得今日的風特別順。」顯然她聽見了宋嘉禾的話，故意來埋汰人的。

宋嘉禾翻了個大大的白眼，驅馬靠近幾步，背著人對她使了個眼色。之前都是她負責控制節奏，不至於贏得太過分或輸得太刻意。眼下這丫頭去了那邊，倒是徹底放飛，包攬紅隊一半的進球，顯然打出了狀態。

「今日妳挺威風，待會兒我防妳。」

宋嘉淇會意，朝宋嘉禾勾了勾手指，挑釁。「來啊！怕妳不成！」還來勁了。宋嘉禾奉送她一枚燦笑，打算回頭算帳。

宋嘉淇突然捣住眼，叫道：「對我使美人計是沒用的，我是那麼膚淺的人嗎？」

宋嘉禾氣極反笑，掄起球杆就想揍人，只見宋嘉淇大笑兩聲，趕緊麻溜地驅馬跑了。

羅清涵抹了一把汗，對跑回來的宋嘉淇道：「接下來嘉禾會防妳，所以待會兒妳盡可能把球傳給阿瑤。」

魏歆瑤笑道：「嘉淇今日狀態好，還是傳給她吧。」

宋嘉淇吐了吐舌頭。「之前打得太猛，我不行了。我剛跟我姊放了狠話，瑤姊姊可一定要多贏幾個球，贏得她無話可說才好。」

魏歆瑤便彎了彎嘴角。「妳放心！」

不一會兒，比賽重新開始，宋嘉禾果真依言去防宋嘉淇，姊妹倆忙著自相殘殺，以至於兩人都毫無建樹，而魏歆瑤連進三球。

宋嘉淇幸災樂禍。「妳們輸得有點難看了！」

宋嘉禾糟心地望一眼記分牌。這哪是有點……

恰在此時，斜刺裡飛過來一個球，宋嘉淇不自覺接住。

舉著球杆的羅清涵懊惱地咬咬唇。她看錯人了，要是宋嘉淇這一球進了，可不就和魏歆瑤的進球數持平了？

這一點宋嘉禾姊妹倆心知肚明，宋嘉禾遂立刻上前搶球。瞅準機會一擊，她把球敲給一位置絕佳的隊友，希望能扳回一球。

不想那隊友已經筋疲力盡，接了個空。馬球直接穿過她，直直飛向後方，看樣子力道還不小。

宋嘉禾不禁遺憾，可馬上她就變成了驚恐，不少人也留意到站在那個方向上的觀眾。

宋嘉禾忍不住拿手蓋住眼。這已經不是她第一次打到人，可等了一會兒都沒等來慘叫聲，宋嘉禾不由生出僥倖之心，悄悄張開手指，透過指縫往外看。

彩球被人穩穩當當地握在手裡，身手不錯！可，怎麼會是他？

宋嘉禾詫異地望著對面的男子。

「大哥、三哥?!」魏歆瑤驚訝，想不到他們倆也會來看這種小熱鬧。

接住彩球的男子，便是王府嫡次子魏闕，而站在他身旁穿寶藍色蝠紋錦袍的男子，則是世子魏閎。

兄弟倆模樣有三分相像，氣質卻迥然不同。魏閎生得俊美無儔，臉如白玉雕，修眉高鼻，氣質優雅，尊貴非凡。大抵是學武的緣故，魏闕更高大挺拔一些，五官立體又硬朗，英俊逼人，尤其是一雙眼，冷冰冰、寒沁沁的，便是眼下帶著笑，也給人望而卻步之感。

宋嘉禾從馬背上一躍而下，跑過去，滿臉不好意思。「都怪我學藝不精，驚擾了三表哥，還請三表哥勿怪！」這人不只看起來不好惹，事實上更不好惹，她一點都不想得罪他。

這位魏三爺的經歷頗為傳奇。他是寤生，梁王妃生他時差點一屍兩命，且他出生後，梁太妃也病倒。這可不是什麼好兆頭，梁王趕緊請人給嫡次子批八字，結果外人不得而知，反正尚在襁褓裡的魏闕被送進了香積寺。魏闕在香積寺一直長到五歲，機緣巧合之下，被一個老神仙帶走並傳授為徒，以至於很多人都不知道，魏家還有這麼一位三少爺，他聲名鵲起是在五年前。當時還是梁國公的梁王，奉旨征討自立為王的雍州李季時，被心腹背叛，身陷埋伏，周圍只剩下十一親兵。

就在這千鈞一髮之際，不知何時出現的魏闕，殺進叛軍中挾持李季。死裡逃生的梁王至此，便對次子委以重任，而魏闕也沒讓他失望，五年來屢立奇功。這次大敗突厥，他亦功不可沒。

宋嘉禾還知道眼下魏家雖然兄友弟恭，但隨著朝廷式微，越來越多藩鎮割據一方，魏家勢力飛速擴張，魏閎逐漸忌憚戰功赫赫、威望日隆的魏闕；魏闕也不甘屈居人下。魏家兄弟猜忌日深，互相傾軋。最後鹿死誰手，她就不知道了，因為她摔下山崖死了！

魏闕眉峰微不可見地一挑，毫無預兆地將球拋出來。

宋嘉禾就覺眼前一花，完全靠本能接到扔過來的彩球。要不是她眼明手快，差點就被砸中。傳聞他睚眥必報，果然不是空穴來風。

明面上，宋嘉禾還得慫慫地道謝。「多謝三表哥還球。」

說完還不見他出聲，宋嘉禾一時也不知道假使自己轉身離開，會不會被認為不敬？

真不怪她慫，只因她與他初見，先是親眼目睹他砍人如切瓜，然後被他像麻袋一樣扔在馬背上，還因為嘔吐差點被他扔下馬。若哪個女子如她這樣，都還能心平氣和，宋嘉禾肯定服她！

魏閎看一眼睫毛輕顫、似乎不安的宋嘉禾，笑道：「禾表妹回去比賽吧！」

宋嘉禾如聞天籟，不忘對兩人福了福，一路小跑到馬前，俐落地翻身上馬，生怕耽誤比賽的模樣。

「看你把小姑娘嚇的。」魏閎搖頭失笑。「禾表妹算是大膽的，你這樣，哪家姑娘敢嫁你？」他把魏闕騙過來，就是為了讓他來瞧瞧這些閨秀裡可有順眼的？

魏闕嘴角一挑，漫不經心道：「正好，省得禍害人。」說罷，抬腳就走。

魏閎一愣，不死心。「來都來了，何不看完比賽再走？比賽還挺精采！」

精采？魏闕意味不明地一勾唇。

第三章

魏家兩兄弟一走，宋嘉禾彷彿聽見在場閨秀們發自內心的惋惜聲。

食色性也！宋嘉禾表示理解。這等美男子摸不著，看一看也是好的。於是她也順應本心狠狠看兩眼，見二人寬肩、窄腰、長腿，身材真好。

將這一幕看在眼裡的羅清涵，酸溜溜地小聲道：「宋嘉禾不會是故意把球打過去吧？」越想越覺得有這可能。

去年春，宋嘉禾陪宋老夫人去豫州探親，途中遇上流寇，若不是魏闕及時帶兵趕到，宋嘉禾的下場可想而知。

英雄救美，美人芳心暗許，理所當然。如是一想，羅清涵一張俏臉忍不住泛白，雖然不想承認，可她心知肚明，無論比家世還是相貌，她都爭不贏宋嘉禾。

魏歆瑤瞥她一眼，這春心萌動的女子果然是傻的，心上人身邊但凡出現個母的，都要酸一酸。「妳想多了！」

若宋嘉禾跟羅清涵一樣對她三哥動了心，怎麼著也要圍著她打探消息。

聞言，羅清涵稍稍放心，忍不住面上飛紅，往魏歆瑤身邊湊了湊。「魏三哥怎麼過來了？」

「大概是見這兒熱鬧，所以過來瞧瞧。」魏歆瑤轉了轉球杆，不耐煩道：「好了，專心比賽！沒剩多少工夫，可別讓她們翻盤了。」

羅清涵壓下失望之色，笑道：「咱們領先她們這麼多，就是十個宋嘉禾在場上，她們也不可能反敗為勝。」

魏歆瑤嘴角一翹。「驕兵必敗，妳可別陰溝裡翻船。」

「有妳在，怎麼可能！」羅清涵奉承一句，見魏歆瑤嘴角弧度擴大，就知道自己這馬屁拍對了。她也是這半年才琢磨過味來的。

文無第一，武無第二。魏家在北地就是土皇帝，魏歆瑤那就是公主般的人物。有如此家世，她又無論容貌還是才藝都出色，自然心高氣傲。偏偏還有個與她同齡的宋嘉禾，除了家世略遜，旁的都不比她差。

魏歆瑤對宋嘉禾的心情，大抵就是「既生瑜，何生亮」，然而礙著兩家關係，魏歆瑤做不來針鋒相對，卻也沒面上表現得那般親厚。

羅清涵試探一、兩回後，逐漸摸索出規律。捧她，魏歆瑤高興；捧她踩宋，魏歆瑤會更高興！

比賽毫無意外以魏歆瑤一隊的勝利告終，魏歆瑤更是當選了全場最佳。

宋嘉淇的尾巴差點翹上天，對宋嘉禾好一通嘲笑，典型的小人得志。惱得宋嘉禾按著她一通揉，揉得她淚汪汪求饒，宋嘉禾才大發善心饒過她。

鬧了一番，諸人才下去梳洗更衣。魏歆瑤安排得十分妥貼，等一眾姑娘們收拾好，宴席也開始了。

撤席後，宋嘉禾拉著閨中密友舒惠然，遊園消食，宋嘉淇則不知跑哪兒去撒野了。

舒惠然生得溫柔可親，氣質寧靜恬然，跟她在一塊兒，宋嘉禾覺得自己也要變成了淑女。兩人說著說著，就說到她下個月的生辰。「妳想要什麼禮物？」

「妳還有沒有誠意？」宋嘉禾佯怒。「難道禮物不該是妳費心挑選出來的？」

舒惠然嗔她。「我還不是怕送得妳不合意。」

「那說明妳不夠用心啊！」

舒惠然氣樂了。「乾脆送妳一根鵝毛算了，禮輕情意重！」

「胡扯。」宋嘉禾一臉嚴肅。「那人原本是要送天鵝的，只是天鵝飛走了，就剩下幾根鵝毛，哪個會專門送一根鵝毛！」

「那我就送一隻天鵝，可好？」剛說完，舒惠然就被宋嘉禾拉著轉了彎。

忽覺奇怪的舒惠然抬眼一掃，瞬間了然。

入眼便是魏歆瑤和羅清涵走進不遠處的水榭內，而裡頭已經坐著一人，舒惠然一眼就認出那是魏闕。這會兒她們過去就討人嫌了，羅清涵的心思，其實挺明顯的。

八角涼亭內，羅清涵含羞帶怯地看著眼前的魏闕，心頭小鹿亂撞，每多看一眼，眼底光芒就更亮一些。

魏歆瑤暗自好笑。羅清涵平素也是個伶俐的人，可一見到她三哥就成了鋸嘴葫蘆，不過，她三哥也的確有這份本事。他模樣英俊，可比起容貌，魏歆瑤覺得，她三哥最引人矚目的還是那身氣勢，既有久經沙場歷練出來的肅殺，又有市井江湖的瀟灑，還有世家豪門的貴氣。與眾不同的經歷賦予他獨樹一幟的氣質，和她們常見的世家子弟截然不同，叫人神魂顛倒。

魏歆瑤眼珠子一轉。「我突然想起來還有點事。」

「我也有事，妳們自便。」魏闕站起來，淡聲道。

羅清涵臉色微白，面露傷心之色，但魏闕視若無睹，闊步離開。

「三哥、三哥！」見他頭也不回，深覺面上無光的魏歆瑤惱得跺腳，不由對羅清涵撒氣。「妳看妳，我好不容易給妳創造機會，就讓妳給白白錯過了。」

聞言，羅清涵也顧不得傷心，連忙賠笑道歉。想嫁魏闕的閨秀猶如過江之鯽，她唯一的優勢，就是魏歆瑤支持她，且魏歆瑤還幫她說服了梁王妃，羅清涵豈敢惹她生氣。

月明星稀時分，曲終人散。

應酬了一天的梁王妃，歪在榻上，輕輕呼出一口氣來，可算是能歇一歇了。

魏歆瑤殷勤地端了一杯茶遞過去。「娘，喝口茶解解乏。」

梁王妃睇她一眼，接過茶杯。「說吧。」一手養大的姑娘，眼珠子一轉，就知道她要幹什麼？

在梁王妃面前，魏歆瑤露出嬌態，抱著母親的胳膊搖晃。「娘，三哥的婚事，到底是個什麼章程？」

梁王妃抬了眼皮看她。「替妳那小姊妹問的？」

「娘親就是英明！」魏歆瑤笑嘻嘻地接話。

梁王妃斜睨她一眼。對於讓羅清涵做兒媳婦，她倒是挺樂意的。這丫頭眼力見兒不錯，和女兒又處得好，進了門省心；家世也還過得去，不算差但也說不上好，正合她意。之前她趁梁王心情好，提了一回，可梁王卻沒有應允。

「妳父王覺得，她家世略差了些。」

「咱們家還需要聯姻不成？再說了，三哥本事好，也用不著娶個出身顯赫的嫂子，忒顯赫了還不利於家宅安寧呢！」

這話可說到梁王妃心坎裡了。魏闕戰功卓著，在軍中威望日隆；魏閎在軍事上卻功績平平，他的才幹在政事上，偏眼下恰逢亂世，世人更重軍功。

「可不是這個理？偏妳父王就是不明白。」說起這一話題，梁王妃就是一肚子火。雖說目下瞧著沒事，可總要防患於未然，真等出事就晚了。

「那可怎麼辦啊？」魏歆瑤故作頹喪。「萬一娶個不省心的進來，咱們家哪還有太平日子？清涵就挺適合，娘喜歡她，大嫂也和她說得來，我和她又是好姊妹。」

見她這模樣，梁王妃頓時心疼。她連生三子，才得了這麼個女兒，自是含在嘴裡怕壞了，捧在手裡怕摔了。

「妳也別著急，妳父王那兒，為娘再去敲敲邊鼓，也不是沒希望。」梁王妃覺得，梁王表態也不是很堅決。

魏歆瑤轉悲為喜，依戀地伏在梁王妃懷裡。「我就知道娘疼我！」

梁王妃摸著她柔順的長髮笑起來，過了會兒話鋒一轉，語重心長道：「妳也老大不小了，可有看得順眼的？只要妳喜歡、人也好，娘肯定依著妳。」家世差些也無妨，娶了魏家掌上明珠，還怕女婿出不了頭？

提及婚事，魏歆瑤並不像旁人一般羞得滿面緋紅，而是不屑地一撇嘴。「有幾個單看著還過得去，可和哥哥們一比，都是歪瓜裂棗，我才不要嫁他們。」

梁王妃聽了覺得好氣又好笑，可也承認就是這麼個理，細想還真替女兒委屈，可再委屈也得嫁人啊！

「妳也別太挑了，姑娘家的花期耽擱不起。」

魏歆瑤最不愛聽這話。「若是不能嫁給我喜歡的人，我寧願一輩子不嫁，像姑姑似的不也挺好？」

她姑姑魏瓊華那是多少女子眼中的傳奇，早年嫁給雍州節度使李季嫡長子李堅，新婚不出三月，李堅借酒強了她的侍女。一怒之下，魏瓊華一剪子閹了李堅，還跑回來。李家自然不會善罷甘休，要魏家交人。魏家雖然自知理虧，但哪肯送女兒入虎穴，於是魏、李兩家從世交成了死敵。

闖了大禍的魏瓊華，除了頭兩年被關在家廟反省，之後過得風生水起。她以嫁妝為本錢，又借助家中勢力，十幾年間，把生意做到了大江南北，遠至漠北西域，為家裡賺來大把銀子，用於養兵征戰，人稱女陶朱公。

私下更是瀟灑，魏瓊華的入幕之賓，魏歆瑤見過的就兩隻手數不過來。家中長輩對她的態度，也從一開始的暴跳如雷，到恨其不爭，再到聽之、任之。

早些年梁太妃還會嘮叨讓魏瓊華生個孩子，希望有了孩子她就能收心。幾次後，魏瓊華不耐煩了，直接說，這世上配讓她生孩子的男人已經死了。從此梁太妃再不提這話題，只要她不把面首帶到跟前刺激她就成。

見魏歆瑤面露嚮往之色，梁王妃頓時一個激靈，露出罕見的厲色。「妳要敢起這個心思，看我怎麼收拾妳！」

都怪魏瓊華開了個壞頭，才使梁州上層女子和離寡居的風氣越演越烈。

梁王妃嘆息一聲，拍怕她的手。「哪個女子不想嫁個如意郎君，生兒育女和和美美？妳姑姑也不例外。她那是所嫁非人才自暴自棄，妳瞧著她快活，可她心裡的苦妳哪知道？」

聽著像是有隱情，魏歆瑤不由一臉好奇。

梁王妃卻不肯多說，只道：「妳放心，娘肯定不會胡亂把妳嫁人。但凡妳有中意的，妳也別不好意思，只管說出來，我肯定讓妳順心如意。」

魏歆瑤敷衍地點點頭。她對嫁人一點興趣都沒有，倒是對她姑姑的事好奇得緊，奈何任她怎麼問，梁王妃三緘其口，魏歆瑤別無他法，不甘不願，被打發回去休息。

她走後不久，魏閎也前來請安。

見魏閎面色薄紅，梁王妃便知他喝多了，趕緊讓人上醒酒湯。「喝酒節制些，別仗著年輕就胡來！」絮絮叨叨之間，慈母心溢於言表。

魏閎間或應一聲，末了道：「兒子今日太高興了，下不為例，母妃放心。」

梁王妃笑起來。「那就好。阿瑤說，你帶老三去看她打球了？」

「三弟年紀不小了，我便想著帶他過去看看，萬一閨秀裡他有合意的，母親也能了卻一樁心事。」魏闕時年二十，這些年，家裡不是沒替他操辦過親事，只是每次都不了了之。

笑意在梁王妃臉上瀰漫開，她含笑道：「你是個孝順的，老三要是有你一半孝順，我就阿彌陀佛了。」

魏閎沈默了一瞬。

「那老三有看中眼的嗎？」梁王妃問。

魏閎頓了下，道：「三弟都沒正眼看人，還說什麼省得禍害人。」

梁王妃笑了笑，笑意不達眼底。「他倒有自知之明。」

在旁人面前，她還要掩飾，在長子這兒，梁王妃從來都不掩飾自己對嫡次子的冷淡，甚至是厭惡。她生魏闕時難產，而魏家選擇了保小，她能活下來完全是自己命大，否則現在她早成了一抔黃土。

原本以為生下來後，這劫難就結束了，哪想這只是開頭。魏闕天生不祥，命裡帶煞，他一出生就害得家裡禍事不斷，連累她都被公婆、丈夫嫌棄。要不是長子聰明伶俐又爭氣，她早就被華氏那賤妾擠對到連站的地方都沒了。

直到魏闕被接走，她才時來運轉，順利生下嫡幼子魏聞，隔了一年又生了魏歆瑤。日子眼見好轉起來，結果魏闕突然回來探親，自己三個月的身孕莫名其妙沒了，還傷了身子，再也無法生育。

如此經歷，讓梁王妃如何不深信魏闕命裡克她？

看清梁王妃眼底的厭惡，魏閎心下五味雜陳。老三對母親倒是孝順，可母親這幾年對他和顏悅色，卻是為他身上的軍功。

梁王有一寵妾華氏，盛寵不衰，如今已是華側妃。她所生的老二魏廷，頗得父親真傳，十三歲就跟著梁王上戰場，這些年下來立了不少功勞，雖比不得魏闕，比起魏閎卻是綽綽有餘，故而魏闕對他們一系的作用就顯得格外重要。

魏閎想，自己以後待這個弟弟好一些，就當是替母親補償他了。

梁王妃淡淡道：「他的婚事我自有安排，你就別管了。」一個不好，長子就要被人說他打壓弟弟。

「就是阿瑤的手帕交，羅家那丫頭，我覺得挺適合。」

魏閎目光微動，瞬息之間就明白梁王妃的用意，張了張嘴，卻又不知該說什麼才好？

恰在此時，柯嬤嬤的聲音在外頭響起。

梁王妃斂了斂神色，才揚聲讓她進來。

柯嬤嬤入得內來，恭聲道：「傳過話來，三爺、九爺喝醉了，遂不來向您請安了。」

梁王妃眉頭一擰。「小九才多大，老三怎麼不勸著點？」

「小九那脾氣，我都管不住。」魏閎道：「醉了，睡一場便好。」

梁王妃不說了，可想來想去還是放心不下小兒子。

魏闕宴飲同袍時，魏家九爺魏聞來湊熱鬧，結果就是被灌醉了。喝多的人還不少，魏闕留他們在客房住下，隨後搖搖晃晃地回了南山院。

剛坐下，梁王妃就來了，略帶責備地看著魏闕。「你怎地喝了這麼多？還要不要身子了！」

醉醺醺的魏闕慢一拍才道：「並不多，母妃不必擔心！」呼出來的每口氣都帶著濃濃的酒意。

梁王妃不自覺地往後傾了傾避開，做完才覺不妥，立時掩飾道：「瞧你這滿身酒氣，哪是喝得不多。」她親自從食盒裡端出醒酒湯。「趕緊喝了解解酒。」

魏闕雙手接過來。「多謝母妃體恤。」

見他臉上滿是融融笑意，五官都顯得分外柔和，梁王妃便笑起來。「喝完了，好生睡一覺。」說著她站起來。「我再去看看你九弟。」

魏闕勉強支撐著站起來，似乎要親送。

梁王妃就道：「你歇著，不用送。」

「母妃慢走。」

待梁王妃走了，笑意便如潮水般，自魏闕臉上退得一乾二淨，他目光瞬間清明，哪有半分醉意。

魏闕垂眸看著桌上還冒著熱氣的醒酒湯，意味不明地一扯嘴角。「倒了。」

賜封郡主的聖旨如期而至，魏歆瑤被封為安樂郡主。

安樂？皇帝怕是挺想梁王知足常樂，安分點。天災不斷，流民四起，四鄰蠢蠢欲動，藩鎮擁兵自重，龍椅上的皇帝如坐針氈。

春風得意的魏歆瑤，也如約邀請大家去徑山打獵，宋家姊妹都收到請帖，禁足中的宋嘉卉也不例外。自然她是去不成的，一百遍字體端正的《女誡》，沒有兩個月是寫不來，尤其宋嘉卉那種耐不住的性子，有得好磨。

倒是宋嘉音將養了半個月，脖子上的傷痕用脂粉蓋一蓋，不細看也看不出來。

是日，宋家三姊妹得了長輩一通叮囑後，共坐一輛馬車出府。

到了郊外，宋嘉音深深吸了一口氣，由衷道：「這外面的空氣都是甜的。」

宋嘉禾被她這誇張樣逗笑了。「我也是服了妳，明明待不住，還偏偏把自己關在屋子裡。」前幾日，她和宋嘉淇還有舒惠然等幾個朋友出城踏青郊遊，也邀請了宋嘉音，可被她一口回絕了，理由是，她脖子上的傷還沒有好全。分明只有那麼一點紅，多塗兩層粉的事，可宋嘉音就是覺得有礙觀瞻。

宋嘉音眼皮一翻，哼了一聲。「我怎麼可能讓她們看我笑話！」

「誰敢笑話大姊，那人吃了熊心豹膽不成？」宋嘉淇笑嘻嘻湊過來，宋嘉音的炮仗脾氣也是有名的。

宋嘉音隨手抄起一枚果子砸過去，身手敏捷的宋嘉淇接了個正著，哢嚓一口咬下去，津津有味，道：「真甜！」

見宋嘉音氣得瞪眼，宋嘉禾趕緊和稀泥。「大姊，妳的唇脂好像掉了。」

宋嘉音一聽，哪還顧得上生氣，趕緊掏出隨身攜帶的小鏡子一看，果然發現唇色有些不均，應該是喝水時沾掉了些，當即就補起妝來。

宋嘉淇一邊啃蘋果，一邊吐槽。「我覺得完全沒必要塗唇脂。」

補妝的宋嘉音白眼一翻，嗤笑。「妳個黃毛丫頭懂什麼！」

宋嘉淇鼓了腮幫子，可一看對方玲瓏有致的身材，再一低頭，頓時洩氣了。

留意到她神情變化的宋嘉禾，忍不住噗哧一聲笑出來。

宋嘉淇頃刻間脹紅臉，拍著几案吆喝。「不許笑，不許笑！」

結果就連宋嘉音都笑起來，一笑，唇脂就塗歪，頓時驚叫一聲，這下輪到宋嘉淇笑了。

笑鬧間，馬車就到了徑山腳下，空地上已經停了不少華麗富貴的馬車，涼亭裡更是香風裊裊不絕，鶯聲燕語不斷。

宋家三姊妹一下馬車就吸引大夥兒的注意。三人穿著同一款式的水紅色騎裝，卻不是一模一樣，領口、衣袖的設計不盡相同，更襯各人氣質。

「姊妹花來了！」宋家姑娘的美貌那是公認的，無論嫡庶，清一色貌美如花。

宋嘉音自信一笑，帶著兩個妹妹走入涼亭，不一會兒就各尋自己的好友說起話來。

宋嘉禾拉了舒惠然到旁邊說話。「今年我向祖母討了出遊做生辰禮物。」

舒惠然詫異。「妳想去哪兒？」既是特別趁生辰去求，肯定不是武都範圍內。

「其實也不遠，就是河池。」

遠倒是不算遠，騎馬半天或馬車一天就差不多到了。

舒惠然問她：「怎麼無緣無故想去河池？」

「河池的芍藥名聞遐邇，我眼饞好久了。」自然不是這個原因，她多活的那四年也不是白活的。「到時候嘉淇也要去，妳也陪我去一趟好不好？人多熱鬧，反正也就去個五天，馬上就回來了。」

舒惠然猶豫不決。這說遠不遠，可說近也不近啊！然而架不住宋嘉禾左一句求、右一聲央，這丫頭撒起嬌來讓人毫無招架之力。

得了滿意的結果，宋嘉禾心花怒放，甜言蜜語信手拈來。

舒惠然捏了捏她的臉。「今兒出門抹了三斤糖是不是？」

宋嘉禾笑嘻嘻地躲，眼尾餘光瞄見正主來了，笑道：「安樂郡主來了。」

敕封的聖旨一到，她們就改口，魏歆瑤顯然也更喜歡這個高高在上的稱呼。

馬背上的魏歆瑤穿著一身正紅色的騎裝，馳騁而來時，猶如一團火，張揚肆意。身後是浩浩蕩蕩的丫鬟、婆子和護衛，她的排場比之前大了一倍不止。

宋嘉禾不著痕跡地打量那些護衛，尤其是領頭那幾個，依舊沒找到那張記憶深刻的臉，登時一陣失望。

魏歆瑤明媚一笑，叫起行禮的眾人。「抱歉，我來遲了，讓妳們久等。」

「哪有，分明是我們早到了。」羅清涵笑著接過話，自然有人附和她。

魏歆瑤笑了笑。「那我們開始行獵吧，按老規矩來！」

所謂老規矩，便是每種獵物根據大小、速度以及凶猛程度有個分值，總而言之，越難得的獵物分值越高，最後總分最高者便是贏家。

聞言，魏歆瑤那邊就出來一個丫鬟，手捧一水漏。這水漏是特製的，一壺水漏完剛好兩個時辰。

宋嘉音對白芷道：「妳去車裡拿一下。」

老規矩還包括參賽者要交十金作為賭資，加起來可是好幾百金，足夠尋常百姓一大家子舒舒服服過一輩子。這規矩，宋老夫人也知道，所以她出門前就給孫女們準備好賭資了。

片刻後，涼亭那張石桌上就擺滿金燦燦的金子，好不耀眼。換個地方是要引起騷亂的，然而在場這些閨秀個個生在錦繡堆裡，有些人還覺得金子俗不可耐。

諸事安排妥當，姑娘們便三三兩兩進山，剩下的閨秀也四散開，各去尋樂子。並非所有閨秀都精通騎射，她們過來也就是湊個熱鬧。

舒惠然就是其中之一。她騎術一般，箭術更不必提，參加比賽丟人不算什麼，就怕出了意外，那就得不償失了。

宋嘉禾也是瞭解她，遂一副胸有成竹地詢問：「妳想吃什麼？我給妳打來！」

舒惠然一笑。好友的確有底氣說這話，也不客氣。「妳要是能打到麃子，待會兒我給妳做蜜汁烤肉。」

宋嘉禾還沒表示，耳尖的宋嘉淇就跑過來，拍著胸口，擲地有聲地保證著。「惠然姊姊，妳就等著吧！」

「那我等妳們滿載而歸。」舒惠然又叮囑。「小心些！」雖然有護衛隨行，可打獵到底不是遊山玩水。

「妳就放心吧！」宋嘉淇自信滿滿。

躊躇滿志的宋嘉淇一頭紮進林子。姊妹倆一心想打一頭麃子，可大半個時辰下來，連麃子毛都沒見著；這還不算，宋嘉禾還跟宋嘉淇跑散了。

沒打著麃子還丟了妹妹的宋嘉禾也不著急。宋嘉淇對徑山熟得很，又有護衛在，沒什麼可擔心的，她便沒著急上火地去找人，而是一邊尋找獵物，一邊追上去。

她就這麼把徑山當成自家後花園，優哉游哉地走著，直到在花叢裡發現一隻紅腹錦雞，宋嘉禾立時眼前一亮。這種野雉的羽毛，赤橙黃綠青藍紫俱全，色彩十分斑斕，因此在野外越來越少見。

宋嘉禾抬手讓護衛停下，以免驚走牠。隨後緩緩拉開弓，鬆手的瞬間，她的手突然歪了下，飛出去的箭矢就這麼射偏，卻未料那紅腹錦雞竟是被一箭貫穿。

心情大好的魏歆瑤打西邊策馬靠近，看了看宋嘉禾，又看了看遠處的戰利品，已有護衛跑過去，將那紅腹錦雞帶回來。

羅清涵一臉驚喜道：「想不到還能在這兒見到紅腹錦雞，我都以為絕種了呢！」末了又感慨。「郡主箭術精湛，百發百中！」

魏歆瑤笑了笑，目光在宋嘉禾以及她身後的護衛上繞一圈。「嘉禾今日收穫不多。」

宋嘉禾不好意思地摸了摸鼻子。「一心想打麃子，結果就成這樣了。」

羅清涵哈了一聲，半真半假玩笑道：「這是不是人家說的眼高手低？」

宋嘉禾抬眼看向羅清涵，心下狐疑對方態度的轉變。她和羅清涵關係一般，但見面也是三分笑。

哪知道羅清涵因為魏歆瑤正式向梁王妃舉薦了她，梁王妃還對她十分滿意，只差臨門一腳的羅清涵，自然要使出渾身解數來討好「未來小姑子」。她知道魏歆瑤暗中與宋嘉禾較勁，可不就要拿宋嘉禾當投名狀了。

「我這是心無旁騖。」宋嘉禾笑吟吟地看著羅清涵。「離比賽結束還有一半時辰，清涵放心，我肯定會完成目標的。」

說完就有一絲後悔太衝動的羅清涵，笑容裡透著幾分尷尬，補救道：「那我就等妳的好消息了。」

宋嘉禾微笑。「借妳吉言。」

此時魏歆瑤才對宋嘉禾道：「那妳抓緊工夫去找獵物吧。」

宋嘉禾應了聲，便與她們分道揚鑣。

這一回，宋嘉禾一改之前走馬觀花的悠閒。話都撂下了，若是空手而歸，這人可就丟大了。於是馬鞭一揚，便往密林裡跑去。

大抵是時來運轉，不一會兒，宋嘉禾就找到自己心心念念的麃子，還不止一頭，是一群。

宋嘉禾心花怒放，張弓搭箭。

許是命不該絕，那正在吃草的麃子突然一個趔趄，似乎是踩到了坑，裹挾勁風的箭矢就這麼從牠的脖子驚險掠過。

宋嘉禾還來不及扼腕，就震驚地瞪大眼，只見飛在半空中的箭突然斷成兩截，啪嗒一聲，掉落在地。與此同時，正前方的草木堆忽然大變為活人，四個護衛大驚失色，兩個護住宋嘉禾，另兩個拔刀前衝。

「且慢！我乃神策軍！」滿身枯枝敗葉只有一個人形的傢伙大叫。

「神策軍」三字一出，宋家護衛動作微微一頓，卻依舊保持戒備之態。

宋嘉禾一驚。這不就是魏家三爺一手帶出來、傳聞百戰不殆的部隊？

正想著，不遠處的樹梢上，輕飄飄落下一人，讓宋嘉禾看得瞠目結舌。

真的是飄！

「將軍！」那一「枯葉人」兩腳一併攏，行了軍禮，畢恭畢敬。

這一聲把宋嘉禾喊回了神，滿頭霧水地看著橫空出現的魏闕，道：「三表哥？」

魏闕淡淡地「嗯」了一聲。

「三表哥怎麼會在這裡？」宋嘉禾忍不住問出來，又奇怪地看了看那「枯葉人」。

見她看過來，對方露出一口大白牙。宋嘉禾愣了下，不自覺回以微笑。

對方呆了一瞬，旋即一抹可疑的紅色從他耳後根，蔓延到整張臉，不過他臉上抹了一層東西，倒是看不出來。

魏闕眼風一掃，趙奇頓時頭皮一麻，趕緊低眉斂目看腳尖。「我帶人在此地訓練。」

宋嘉禾不由打量魏闕。他穿著一身玄色窄袖勁裝，比那一天看起來更幹練精悍，又去看模樣古怪的趙奇。對她而言，魏闕還真不如趙奇來得吸引，少見多怪嘛！

因宋銘也是武將，宋嘉禾隱約明白過來，便不再多問，屈了屈膝正要告退，錯眼間，瞥見地上那兩截斷箭，腦中忽然閃過一道光，她的臉霎時一白。

若這箭不是中途斷了，怕是會射中掩藏在枯木堆裡的人。如此一想，便登時一陣後怕。她歉然道：「對不住，我不知道你在那兒。」

趙奇受寵若驚至極，連連擺手。「沒事、沒事，是小的驚嚇到姑娘。」他又鬼使神差加了一句。「小的能躲開。」言下之意，哪怕魏闕不出手，他也沒問題。身為王牌斥候，若是這樣的明箭都避不開，墳頭的草都有一尺高了。

魏闕眉梢微挑，輕喝一聲。趙奇立刻閉緊嘴，眼神還挺委屈。

忍俊不禁的宋嘉禾不免多看魏闕一眼。看得出來他的下屬對他十分敬重和信服，卻沒那麼「怕」，她暗忖，魏闕也許沒傳聞中那般生人勿進、不近人情。

壓下胡思亂想，宋嘉禾低眉垂眼地欠身一福。「那我就不打擾三表哥訓練了。」

魏闕略頷首，宋嘉禾方旋身離開。

她一走，又有幾人從犄角旮旯裡冒出來，他們都是前不久才被魏闕揪出來的。

這天天未亮，魏闕突然把斥候營拉到山裡，說是考核，在太陽落山前若能不被他揪出來，就算通過。掩藏與潛伏是斥候必備的能力，可這會兒晌午都還沒到，他們這幾個就失敗了，想起接下來暗無天日的一個月，這幾人就是一陣頭皮發麻。

唯張山表情有些奇怪，還朝宋嘉禾離開的方向看了好幾眼。趙奇一個肘擊，提醒張山適可而止。

當兵兩、三年，母豬賽貂蟬，尤其是這樣沈魚落雁的貴女，一輩子都難得見一回，忍不住多看幾眼正常，可也得適可而止，沒聽見人家喊將軍表哥嗎？

張山一個激靈回過神來，就見魏闕似笑非笑地盯著他。

張山登時脊背發涼，立即解釋。「將軍，之前我藏在山谷裡時，看見這位姑娘和一公子……」他曖昧地擠了擠眼，又對了對手指。

魏闕挑了挑眉。倒是看不出來，不過胡風南漸，又逢亂世，禮樂崩壞，男歡女愛也非新鮮事。上元節、上巳節、七夕這樣的好日子，樹林橋洞裡的鴛鴦一抓一個準。

他目光涼涼地掃一圈，冷聲道：「別多嘴。」

眾人連忙稱是。

且說宋嘉禾走出一段路後，回頭一看，魏闕一行人已經不見蹤影，她馬上扭頭問自家護衛。「那人是不是傳說中的斥候？」

護衛躬身道：「應該是的。」

「藏得可真好。」宋嘉禾感慨。

幾個護衛無比贊同。方才那人看著身材不顯，可端看他掩藏在枯葉堆裡這麼久，他們竟毫無所覺，如果這人有歹意，後果不堪設想，想起來就覺脊背冒冷汗。

宋嘉禾也想到這事，心想，百戰之師果然不是浪得虛名。魏闕還真心大，明知一群閨秀進山狩獵，還敢在此地訓練，刀劍無眼，也不怕被誤傷。

她卻不知，一開始，魏闕並不知魏歆瑤將行獵之地定在徑山，後來想，斥候偵察時會遇到什麼情況誰也無法預料，就當加大難度，故而就沒取消訓練計劃。

想了一會兒，宋嘉禾就不再想了，眼下沒有什麼比她的麃子更重要，這可事關她的顏面。沿途宋嘉禾忍不住打量四周，尤其是草木枯葉堆，猜測裡頭是不是也藏了個人？結果沒發現什麼可疑之人，倒是在一棵樹下發現一隻麃子，躺著的那種。

宋嘉禾愕然之際，護衛已經跑過去查看。「姑娘，這麃子暈過去了！」

宋嘉禾簡直不敢相信自己的耳朵，她匪夷所思地看著那棵樹。古有守株待兔，難道從此以後要多一個守株待麃了？

被餡餅砸到的宋嘉禾下馬跑過去，圍著那麃子轉一圈。「真是暈了？不是受傷，或吃了什麼有毒的東西？」

「屬下檢查過，只是暈過去。」

宋嘉禾眼珠子一轉。天與弗取，反受其咎，她就不客氣了。她俐落地補了一箭，將這麃子光明正大地占為己有，心想，自己得吩咐下去不許吃這麃子，這麼傻，會傳染的。

得了麃子，保住顏面的宋嘉禾喜笑顏開，圍著那棵樹轉幾圈，自言自語。「你們說，我留在這兒是不是能撿到第二隻傻麃子？」

幾個護衛嘴角抽了抽，拒絕回答這個異想天開的問題。

見狀，宋嘉禾噗哧一笑。「算了，做人還是別太貪心了。」說完上馬，一路又打了幾隻野兔、野雞。按以往大家的收穫來看，她這收穫排中間，不用墊底，便心滿意足。

她沒找到宋嘉淇，倒是偶遇了宋嘉音。

「大姊！」宋嘉禾驅馬上前，一眼看過去，宋嘉音只得一隻野兔，看來今兒她們姊妹都沒正兒八經打獵。

宋嘉音也在打量宋嘉禾的收穫。「妳倒不錯，還打到一隻麃子。」

宋嘉禾臉不紅、氣不喘地點頭。「是啊，我厲害吧！」

宋嘉音斜她一眼。「厲害厲害，妳最厲害！妳既然這麼厲害，把妳那兩隻兔子給我。」

宋嘉音說得一點都不客氣。她也要全臉面啊！

「妳怎麼好意思開口！」宋嘉禾不敢置信地看著她。

宋嘉音皮笑肉不笑。「互幫互助，妳懂不懂？」

宋嘉禾痛心疾首。「妳這是剝削。」

說笑歸說笑，宋嘉禾還是讓人把兩隻兔子跟兩隻野雞送過去。

「收穫還是有點少了，咱們再去打一些。」宋嘉禾建議。

占了便宜的宋嘉音自然不會拒絕，正要走，忽見宋嘉禾湊過來，嚇了她一跳。

宋嘉音沒好氣道：「妳幹麼呢？」

宋嘉禾抬手一指她脖子。「傷看得出來，應該是出汗，粉掉了。」

雖然只有一點紅印，不過宋嘉音絕不允許自己有這樣的瑕疵，故宋嘉禾只得提醒她。萬一被別人指出來，宋嘉音少不得要鬱悶一回。

宋嘉音臉色驟變，一把捂住脖子。

宋嘉禾無語。至於這麼大反應嗎？

心跳如擂鼓的宋嘉音，只覺得渾身寒毛都在這一刻豎起來。「我回去收拾下。」

宋嘉禾也拿她沒辦法，只得道：「那大姊先回去，我再看看有沒有收穫？」說著，又分了兩隻獵物給她。

「妳小心些。」說罷，宋嘉音騎馬離去，生怕晚一步補妝，就被人看笑話的模樣。

宋嘉禾無奈地搖搖頭。這大姊愛漂亮，真到了令人髮指的地步……

第四章

正在滿山遍野尋屬下的魏闕，忽見空中炸開的信號，當下臉色一凝，提氣一躍，飛馳而出，身手之快，簡直令人不可思議。

到了地方，入眼的情形讓魏闕臉上的不悅之色一掠而過，他若無其事地走過去。

「三哥！」滿臉帶笑的魏歆瑤迎上去。

臉兒泛紅、雙眼發光的羅清涵緊隨其後，款款行禮。「魏三哥！」聲音甜如蜜。

魏闕略微頷首，只看魏歆瑤。「怎麼回事？」

魏歆瑤有點心虛。她的護衛發現一個可疑之人，將將打起來之際，對方稱自己是神策軍的斥候，還拿出權杖自證。論理，事情到這一步就該了結，然而魏歆瑤心念一動，便計上心頭，硬是不承認那斥候身分，要把對方當刺客拿下，那人無法，只得發信號請來魏闕。

「這是三哥的人嗎？我怕其中有詐，不敢信他。」

「是我的人。」只此一句，再無他話。

魏歆瑤拿不定他是不是生氣了？其實她和魏闕沒怎麼相處過，在他面前，完全沒有另兩位兄長的親近隨意。這會兒魏歆瑤都有些後悔自己的莽撞，為了羅清涵得罪魏闕，顯然是不智之舉。原本腦子一熱，設想讓魏闕陪她們打獵的念頭，更是丁點兒都不剩。

「那就好，我還以為是刺客呢！」魏歆瑤定了定心神，又善解人意道：「三哥去忙正事吧。」

魏闕神色放緩一些，叮囑她。「安全為重。」

聞言，魏歆瑤心裡一鬆，明媚一笑。「三哥放心。」

魏闕便對她笑了笑，雖然很淡，可落在羅清涵眼裡，讓她一顆心又酸又麻。從頭至尾，魏闕都沒正眼看她一眼，倘若他對她有魏歆瑤的三分和顏悅色，就是叫她立時死了都心甘情願。

叮囑完，魏闕正要帶屬下離開，就見左前方的灌木叢裡，躥出一頭肥壯的野豬，身上還帶著兩枝利箭，顯然被人追捕過。

魏歆瑤不自覺就要拉弓，倏爾一頓，對羅清涵使了個眼色。

羅清涵大喜過望，心裡把魏歆瑤讚美了一百遍，立刻搭箭，連射兩箭後，那早已筋疲力竭的野豬轟然倒地。

羅清涵趕緊轉頭去看魏闕，卻見魏闕根本沒看她，而是直視前方。循著他的視線，便見宋氏姊妹從林子裡跑出來。

宋嘉淇望著地上的野豬一陣心疼，只差沒捶胸頓足。她剛和宋嘉禾圍捕、追擊了好一陣子，奈何這畜牲狡猾，盡往灌木叢裡鑽，她們騎馬追蹤不便，這不一錯眼，就被人捷足先登了。

羅清涵臉色劇變。正在追蹤的獵物和追丟的獵物是兩回事，約定俗成的規矩，前者要講究先來後到，尤其是已經受傷的獵物，後者就各憑本事了。

剛才她根本沒想這麼多，顯然也不能去怪魏歆瑤。擱平時，道了歉也就把這事揭過，可在魏闕面前，羅清涵只覺得面皮發燙。他會不會覺得自己搶功？

宋嘉禾瞅一眼無地自容的羅清涵。要是之前羅清涵不拿話擠對她，她應該會出去替對方解圍，可現在麼……她選擇事不關己，高高掛起。

最後是魏歆瑤出聲。「倒是不巧，我們還以為這野豬是誰追丟的，原來妳們正在追，那這野豬算妳們的吧！」

什麼叫算啊！宋嘉淇不高興。

宋嘉禾溜她一眼，笑道：「最後一箭是清涵射的，自然該歸清涵。」

羅清涵還巴望著她承認這野豬是她們追丟的，哪想她竟然說什麼最後一箭，頓時氣結。

「對啊！」宋嘉淇附和。「要不是清涵那一箭，說不得就讓這畜牲溜了。」說話間，她注意到一旁的魏闕，納悶了下，便翻身下馬過去請安。

宋嘉禾亦是，一副之前完全沒見過他的模樣。

待宋氏姊妹見過禮，不想再聽小姑娘們打機鋒的魏闕，便抬腳離開。怎奈耳力佳，還能清楚地聽見魏歆瑤說：「嘉禾如願以償打到了麃子。」

宋嘉禾謙虛。「我這就是運氣好。」聽起來還挺高興。

魏闕突然就笑了下。

與魏歆瑤一行人分開後，宋嘉淇忍不住對宋嘉禾吐槽。「六姊，妳有沒有發現，羅清涵的眼珠子都快黏到三表哥身上，她表現得也太明顯了。」

宋嘉禾瞋她一眼。「男未婚，女未嫁，妳管她做甚。」
宋嘉淇輕哼一聲。「我就是看不上她那副狐假虎威的模樣。」
羅清涵的身分在這圈子裡只能墊底，以前說話、做事可小心謹慎了，然而自從抱上魏歆瑤的大腿，一雙眼都快長到頭頂去，大有閨秀堆裡魏歆瑤第一，她第二的的架勢，簡直傷眼睛。要是讓她成了魏家三少奶奶，她還不得鼻孔朝天？
「她還以為自己掩飾得好，可誰不知道她德行？就她這私下風評，王府怎麼可能相中她，六姊妳說是不是？」
宋嘉禾覺得還真說不準。她可是不止一次撞見魏歆瑤為羅清涵牽線搭橋，可見魏歆瑤挺樂意有這麼個三嫂。
這到底是魏歆瑤的個人行為，還是有長輩支持，就說不準了，畢竟梁王妃可沒她表現出來的那麼疼魏闕。不過她能肯定的是，羅清涵並沒能如願，羅清涵最後遠嫁，嫁得還挺匆忙，內裡怕是有什麼貓膩。
「大概吧！」宋嘉禾敷衍一句，不想再和她談論這些話題。誰知道哪棵樹、哪片草下面藏了人，萬一傳到魏闕耳裡，也不是什麼光彩事，遂岔開話題。「我累了，咱們回去吧，時辰也差不多了。」
宋嘉淇應了一聲，卻沒讓宋嘉禾順心如意。「六姊，我怎麼覺得妳對三表哥挺冷淡的？」
哪壺不開提哪壺，宋嘉禾真想縫上這倒楣孩子的嘴。「哪有，我態度不和妳差不多？」

「去年妳陪祖母去探親時，遇上流寇，可是三表哥救了妳，怎麼能跟我一樣呢？」

宋嘉禾一本正經。「這份恩情我自然記在心裡，然而男女有別，自然要避諱些。」她要熱情了，指不定有人就覺得她想以身相許，她可不想被武都閨秀當成假想敵。

宋嘉淇狐疑地看著她，突然驅馬撤出一段安全距離後才問：「真不是因為三表哥差點把妳扔下馬？六姊，到底怎麼回事，妳跟我說說唄！」她從祖母那兒聽了一點，再多，祖母也說不知道，這問題放在她心裡很久了，憋得她難受。

宋嘉禾漂亮的臉蛋扭曲了下。魏闕及時將她從流寇手裡救回來，她自然感激他，可過程委實不堪回首。

魏闕的行為讓宋嘉禾覺得，自己在對方眼裡，大概是個麻袋而不是嬌滴滴的姑娘，否則怎麼會把她橫放在馬背上？任誰被這樣顛簸，嘔吐都很正常啊，她不就是不小心吐在他身上，至於想把她扔出去嗎？還好自個兒眼明手快，死命抱住他胳膊。

見狀，宋嘉禾更好奇了。「六姊？」

被喚起悲痛回憶的宋嘉禾，凶巴巴瞪一眼看熱鬧的宋嘉淇。「妳哪兒聽來這些亂七八糟的話，沒有的事！」

宋嘉淇一臉不信，哼哼唧唧。「祖母說的。」

「祖母逗妳玩呢，妳覺得這可能嗎？」宋嘉禾無比後悔把事情經過告訴宋老夫人，哪想她老人家自己樂呵不夠，竟然還告訴宋嘉淇，簡直心塞。

在她們走後，一棵樹的樹梢沙沙一響，馬上又歸於平靜，彷彿只是一陣風吹過而已。

姊妹倆打道回山腳，陸陸續續又有不少人回來。最後一算，毫無意外，又是魏歆瑤拔得頭籌。

「又是郡主贏了，郡主什麼時候也讓我們出出風頭啊！」羅清涵唉聲嘆氣地故作抱怨。

「可不是？要不下次郡主別參加了，好讓我們顯顯身手。」

魏歆瑤矜持地笑了笑，吩咐人把贏來的金子送去善堂，自然又贏得一通溢美之詞。

行獵之後便是燒烤，飽餐一頓後，一眾人踏著夕陽回程。

回去的路上，宋嘉音突然道：「我和妳們一塊兒去河池吧。」

宋嘉禾詫異，笑問：「大姊怎麼改變主意了？」

「雖然路上累了點，不過出去玩一趟也挺有意思的。」

宋嘉禾自然無不答應。

轉眼就到了出發前往河池的日子，宋老夫人殷殷叮囑，雖是不放心，可姑娘們大了，出去長長見識是好事。

宋嘉禾幾個連連保證自己會小心，看了花就回來，花了大半個時辰哄得長輩放心後，才出門。

在路口與舒惠然會合，一行人便浩浩蕩蕩出發。

消息傳到錦繡院裡，宋嘉卉險些氣炸。自己被禁足抄這勞什子的《女誡》，宋嘉禾卻悠哉快活地去遊玩，祖母也太偏心了！

氣得宋嘉卉一通亂揉，把剛抄好的《女誡》都揉爛了。

「姑娘，使不得！」眼看她還要撕邊上已經抄寫好的《女誡》，丫鬟紅葉嚇一大跳，趕忙奪過來。

胸膛劇烈起伏的宋嘉卉，狠狠瞪著那疊紙，恨不能燒出一個洞來。「為什麼我要抄這鬼東西？為什麼！」

紅葉苦著臉勸道：「姑娘消消氣，抄完就能出去了。您已經一個月沒露面，再不出門，外頭也要傳出閒言碎語，對您名聲不好。」目前對外的說詞是，宋嘉卉水土不服病倒。

「名聲、名聲，她們要是在乎我的名聲，就不會把我關在這兒了！」宋嘉卉怒不可遏。現在家裡誰不知道她被罰，在他們面前，她哪還有名聲。

越想越生氣，宋嘉卉抄起桌上的筆墨紙硯，一通亂砸。「不寫、不寫，我不寫了！有本事關我一輩子啊！」

險些被砸到的紅葉躲到博古架後，直到宋嘉卉手邊沒東西可砸，才硬著頭皮走出來。

「老爺、夫人自是捨不得關姑娘一輩子的。」紅葉覷著宋嘉卉臉色稍稍回暖，繼續道：「姑娘多禁足一天，老爺和夫人就多一天見不著二姑娘，可六姑娘卻能天天見著，這日子若是久了……」

感情都是處出來的，爹娘疼她，不就是因為她在他們身邊長大？

宋嘉卉一個激靈醒過來。她怎麼可以讓宋嘉禾專美於前！

紅葉心頭暗喜，打鐵趁熱，哄宋嘉卉趕緊抄寫《女誡》，早一天抄完，早一天出去。

就在宋嘉卉奮筆疾書的同時，宋嘉禾一行已經出城，四人坐在同一輛馬車裡，說笑一陣後，便各自拿一本書看起來。

宋嘉淇百無聊賴地翻著書，視線在其他三人身上打轉，發現宋嘉音也心不在焉，便湊過去。「大姊，我們下棋好不好？」

宋嘉音纖纖素指在她額頭上一戳。「我吃飽了撐著，和妳這個臭棋簍子下棋。」

宋嘉淇氣得鼓起腮幫子，一旁的宋嘉禾不厚道地笑了。「坐不住就下去跑兩圈，別在這裡搗亂。」

宋嘉淇從善如流，笑嘻嘻道：「路邊的花開得不錯，我給姊姊們摘一些來賞玩。」說著，便出聲讓馬夫停車，撩起簾子打算下車。

見宋嘉淇撩起簾子卻杵在那兒不動，宋嘉禾頓覺奇怪。「怎麼了？」

宋嘉淇瞇眼打量了下遠處騎馬趕來的人群，扭頭過來，擠眉弄眼地看著宋嘉音。「大姊，妳猜咱們遇上誰了？」

宋嘉音莫名其妙地看著她，沒好氣道：「愛說不說，賣什麼關子！」

能讓宋嘉淇用來揶揄宋嘉音的人，宋嘉禾心念一動。她想起好像就是這一陣子，宋嘉音的未婚夫調來武都。

果不其然，宋嘉淇很快就揭曉答案。「是未來大姊夫。」

宋嘉音十三歲左右，在梁太妃的保媒下，與資陽靖安侯府世子韓劭原訂親，婚期就定在明年三月。

韓劭原生得十分高大魁偉，相貌堂堂，有萬夫莫敵之威風，就是看起來有些凶，只能說，不愧是年紀輕輕就已在軍中打出名堂的人。

先前還十分激動的宋嘉淇，見了人就成了鋸嘴葫蘆；宋嘉音則是低眉垂眼，羞於開口的模樣。宋嘉禾不得不站出來應對韓劭原。

「我們要去河池看芍藥，大姊放心不下我們，便陪我們出門。」

「我派一隊人送妳們。」

「不用了。」一直保持沈默的宋嘉音拒絕，語氣有些著急。

韓劭原看了宋嘉音一眼，宋嘉音低頭捋了捋髮梢。

宋嘉禾瞧著有些尷尬，連忙道：「多謝韓世子好意，不過長輩已經安排護衛，就不麻煩世子了。」

韓劭原便不再多言，只與她們道別。

人走了，宋嘉淇才又活過來，她不好意思地撓了撓後腦勺。未來大姊夫的氣勢有些嚇人啊。她不由同情地去看宋嘉音。

宋嘉音垂眸看著裙襬，神色有些冷淡。

韓劭原無論能力還是家世都無可挑剔，宋嘉禾還知道他之後幾年會屢立戰功，扶搖直上，是這一輩年輕將領中公認的翹楚。唯一美中不足的，大概就是五官太凌厲，給人一種凶狠、不近人情之感。

在長輩眼裡，他自然是女婿的上上之選，宋老太爺和宋大老爺都十分滿意韓劭原，然而對女子而言，這樣的夫婿可能不是很合心意，起碼宋嘉音不是很滿意。

望著眉眼間不見丁點兒羞澀、激動的宋嘉音，宋嘉禾百思不解。她記得韓劭原來宋家拜訪時，宋嘉音可不是這態度，雖然嘀咕兩句「越長越凶」，可看得出還算滿意，也不知什麼時候起了變化？

想起之後發生的事，宋嘉禾心頭蒙了一層陰霾。憶及前世，宋嘉音對韓劭原的冷淡終於驚動長輩，宋嘉音還為此挨打，如此她才改了態度，可宋嘉禾看得出來，她嫁得不甘不願。出嫁後，宋嘉音就沒回過娘家，大抵也是在怨。她這樣的態度，韓劭原這種人精豈能看不出來？新婚第三月，韓劭原便帶兵出征，一走就是大半年，直到宋嘉音病逝才回來。

思及此，宋嘉禾心頭一顫。宋嘉音去世時，不過十八，她自然不想一塊兒長大的堂姊紅顏薄命。傷寒這病固然凶險，世家大族裡，每年都有人因此過世，不過多是老弱病殘，而宋嘉音身體向來康健，她沒熬過來，這其中未必沒有心情抑鬱的緣故，病由心生。

「杵在這兒幹麼，還不上車？」宋嘉音懨懨地說了一句，率先上了馬車。

宋嘉淇無措地看宋嘉禾一眼，也聽出宋嘉音話裡的不高興，這顯然不合常理。

望一眼晃動的車簾，舒惠然想了想，柔聲道：「坐了這麼久的馬車也累了，我想騎馬一會兒透透氣。」

宋嘉禾了然。騎術不精的舒惠然主動提出騎馬，是想給她們姊妹騰空間談心。

「那妳們倆去跑馬吧，小心點！」宋嘉禾笑道。

宋嘉淇猶豫了下，覺得以宋嘉音好面子的程度，她不在場也許更好一些，遂道：「那我們走了。」
坐在馬車裡的宋嘉音自然能聽見她們的對話，見宋嘉禾彎腰進來，當即就是一聲冷笑。
宋嘉禾無奈。大姊這脾氣有時候挺讓人惱火的。可姊妹一場，吵吵鬧鬧一塊兒長大，她又做不到袖手旁觀。
宋嘉禾懶得和她繞彎子，往墊子上盤腿一坐，開門見山問：「大姊，妳對這門婚事到底是什麼想法？」
宋嘉音嘴角一沈，反問：「妳什麼意思？」
宋嘉禾看著她的眼睛，直言不諱。「妳要是不滿意這門婚事，就去和長輩說明白。」
「妳以為我不想說？」宋嘉音激動地挺直脊背，雙手按在茶几上，語速急促又憤恨。「可妳覺得祖父會同意退婚嗎？父親更不會同意，我要是說了，他們肯定會打死我！」
嫁給韓劭原，對她而言是高攀，宋家和韓家在伯仲之間，可她爹是個吃喝嫖賭俱全的紈袴，而韓劭原的父親卻是威名赫赫的靖安侯。要不是姑祖母梁太妃保媒，她根本不可能和韓劭原訂親，宋大老爺怎麼捨得放過這個金龜婿？
宋嘉禾沈默了一瞬。「大姊既然知道退婚不可能，日後要過一輩子，那又何必把不滿放在臉上？大姊不會以為韓世子察覺不到吧？」
「察覺到又怎麼樣？」
宋嘉禾心念一動。「大姊不會是指望韓世子對妳不滿，然後主動退婚？」
宋嘉音臉色僵了僵，眼底浮現慌亂。

宋嘉禾匪夷所思地看著宋嘉音，被她的異想天開給震住。

宋家這邊不會輕易退婚，韓家亦然，除非宋嘉音做出什麼傷天害理的事，否則韓家怎麼可能拿這個作為退婚的理由，尤其這裡面還牽扯到梁太妃的面子。

「大姊，」宋嘉禾斟酌半晌才開口。「妳就沒想過，妳冷待韓世子的事傳到長輩耳裡，會是什麼結果？」

宋嘉音陡然打了個哆嗦，放在茶几上的雙手也不自覺地握成拳頭。他們肯定會要她改，要她保證不再犯，若是她不肯答應或者又故技重施，他們絕對饒不了她。

看著她手背上的青筋，宋嘉禾試探。「以前大姊對這門婚事頗為滿意，為什麼突然就不滿意了？是韓世子哪裡做得不好？」

宋嘉音目光閃了下，撇過頭道：「刀劍無眼，萬一哪天他有個好歹，讓我怎麼辦？還有，他長得如此凶神惡煞，見到他，我便害怕，叫我怎麼跟他過日子？」

「訂親之前，大姊難道沒見過韓世子，不知道韓世子從軍？這門婚事可是有人拿刀逼著大姊點頭？」

宋嘉音頓時語塞，面露難堪之色，咬咬唇，道：「我那會兒小，不懂事！」

「那會兒大姊是十三歲，不是三歲。」宋嘉禾幽幽一嘆，就算三歲時定下婚約，除非男方有大過，他們這樣的人家，絕不可能因為宋嘉音那幾個理由退婚，傳出去是要被人恥笑的。

「婚姻乃結兩姓之好，大姊別把退婚想得太兒戲。大姊若繼續這態度，最大的可能不是退婚，而是驚動長輩，最糟糕的是，還讓韓世子對妳心生不滿，最後吃苦的還是妳自己，大姊終究是要嫁過去的。」

見宋嘉音一張俏臉陰晴不定，久久不出聲，宋嘉禾也不再多言。她言盡於此，能不能想通端看當事人自己，她由衷希望大姊能想明白。

「我去騎馬透透風。」頓了下，宋嘉禾又道：「大姊擔心刀劍無眼，情有可原，不過以韓世子這地位，想出意外也不容易，大姊大可不必如此悲觀。至於相貌，看久了也就那麼回事。」說完，才打起簾子出了馬車，把空間讓給宋嘉音。

獨留在車內的宋嘉音貝齒咬唇，一顆心雜亂無章。

宋、舒兩家在河池都沒有別業，故而宋嘉禾一行人只好宿在城內最有名的來悅客棧，包了間獨門獨幢的院落，倒也清靜。

抵達客棧時，將近戌時，天都暗了。趕了一天路，大夥兒都累得不行，草草吃了點東西，便各自回房休息。

第二天醒來，個個精神抖擻，到底年輕，精力旺盛。唯獨宋嘉音，眼神疲倦，似乎沒休息好的模樣。

宋嘉音無精打采地打了哈欠。「我沒睡好，想再躺一會兒，就不去湊熱鬧了。」

發生了那樣的事，宋嘉音要是能睡得香甜，才是沒心沒肺。

宋嘉禾回道：「那大姊今日在客棧好好休息，反正我們要待好幾天。」

宋嘉淇也在一旁連聲附和。「有什麼好玩、好吃的，我給大姊帶回來。」

望著兩位堂妹關切的目光，宋嘉音心裡五味雜陳，定了定心神，道：「妳們玩得開心點。」

別過後，宋嘉禾三人便離開客棧。

眼下正是河池一年一度的芍藥節，又名花神節，樹枝上掛著五色彩紙，河裡漂著花神燈，街頭巷尾都是一盆又一盆的芍藥，紅的、紫的、白的、綠的……令人眼花撩亂。

「人可真多！」宋嘉淇被街上人潮如織的盛況驚到。

別說她，饒是宋嘉禾都呆了下。這場面都快趕上武都最熱鬧的上元節，她聽過河池花神節的美名，但是真沒想到會如此繁華。

一圈看下來，宋嘉禾道：「看來有不少和咱們一樣慕名而來的人。」

舒惠然贊同地點頭，有些人一看就知是外鄉人。

宋嘉淇可不管這個，她覺得自個兒眼睛都快不夠用。香噴噴的鮮花餅、漂亮精緻的花朵糖，各種帶花的小遊戲……她猶如穿花蝴蝶般，在一個個攤位上遊走，宋嘉禾與舒惠然便跟著一路看過去。

「幾位姑娘運氣好，這次花神節可是有史以來最熱鬧的一次，跟往年沒法比。」賣花環的老翁笑咪咪地道。

低頭挑著花環的宋嘉淇隨口一問：「為什麼今年特別熱鬧？」

「咱們知府老爺明日嫁女兒，要以花神之禮送嫁。」

宋嘉禾眉梢微微一動。

宋嘉淇好奇。「什麼是花神之禮？」

老翁便熱情洋溢地介紹起花神之禮來。

與此同時，身為副將的婁金迎著魏闕，上了三味閣的頂樓。

軍隊擴張，他奉命尋找新的屯兵處，在武都周圍看了一圈後，挑中河池西南那片山頭。前來查探的魏闕也十分滿意這個地方，心情大好的婁金就拉著魏闕進城，犒勞自己。

婁金一點都不客氣，挑了城內最貴的三味閣，還喊了一群同袍。

反客為主的婁金，正要招呼一眾親衛千萬別客氣，隨便點菜，就見站在窗戶邊的李石瞪直了眼，表情是驚喜中帶著點古怪，不由笑問：「石頭，你這是看見什麼了？」

李石扭過頭，神情曖昧地看著面色平靜的魏闕，指了指樓下的花攤。「將軍。」

那天在徑山，他可是親眼看見，他家將軍用一顆石子打暈一頭麃子。那會兒他還在納悶，將軍怎麼打起獵來？片刻後，又聽到一陣馬蹄聲，只見一個漂亮得不像話的姑娘，興高采烈地帶走麃子，而他家將軍也沒出來阻止。

李石一直覺得，要不是自己那會兒太激動以至於露出破綻，他是不可能被揪出來的。

不用他提醒，魏闕早就發現了。還真是巧！

婁金立刻順著李石所指的方向看過去，第一眼就留意到宋嘉禾一行人——貌美如花、衣著華貴，還帶著一群隨從的三位姑娘家，想不注意到太難了。

「什麼意思，你小子！」婁金納悶地看著怪笑的李石。看見漂亮姑娘有必要這怪模怪樣的？

魏闕淡淡地掃李石一眼。

李石頭皮一麻，摸了摸鼻子，只覺得四肢百骸撓心撓肝地癢，恨不能一吐為快。然而迫於魏闕淫威，不得不把話嚥回去。這種眾人皆醉我獨醒的滋味，真是太難受了，還不如啥都不知道呢！

肯定有貓膩！婁金被吊起了好奇心，又去看樓下花攤，突然間恍然大悟。「那綠衣服的姑娘，不就是將軍去年救下的那小表妹。」

那會兒宋嘉禾很狼狽，可憐兮兮的模樣和現在完全不可同日而語，不仔細看，真認不出來。

李石雙眼霎時亮起來。居然還有這樣的淵源，肯定有內情！要知道，魏闕終身大事一直都是他們私下議論的重點。那麼多投懷送抱的女子，將軍卻是正眼欠奉，說真的，他們都嚴肅討論過，將軍是不是不行？

難得出現一個不同尋常的姑娘，李石也顧不上回頭被訓練成狗的恐懼，視死如歸道：「將軍偷偷打了一隻麃子，哄那綠衣姑娘高興。」

婁金的眼睛，唰地一下亮了，他猛地一拍大腿。「當時我就覺得你對她態度不一般。」

這下子，整層樓的人眼睛都亮了，裡面燃燒著熊熊八卦之火。

目光焦點所在的魏闕輕笑一聲，往後一靠，語氣是人前罕見的戲謔。「都挺閒的？」

一眾親衛聞言，皮都繃緊了，顯然想起很不美好的回憶。

「被你當牲口使喚，我哪來的閒？所以你趕緊告訴我麃子是怎麼回事，別浪費我工夫。」婁金拿筷子敲著碗「逼供」。他和魏闕十幾年的交情，私下一直沒個正行，而李石的話徹底勾起他的好奇心。

魏闕抬眼，要笑不笑地掃視一圈，目光所過之處，紛紛低頭。

看見了就順便幫一把，與他而言，不過是舉手之勞，他根本沒想太多，倒是這群人明顯想太多。不過，他對宋嘉禾確實多一分關注，畢竟頗有淵源，然而看情況，小姑娘應該都忘了。她只記得他想把她扔下馬，其實他只是想把她拋給婁金，好去追擊逃逸的流寇。可在她看來，大概是他嫌棄她吐了一身。當時她瞪圓眼睛，一臉驚恐萬分又不敢置信的模樣，魏闕現在還記得。

一旁的下屬張山則憶起，自己在山谷裡看見的那香豔情景，將軍也知道此事，若是他對這姑娘有意，怎可能那麼平靜？可婁副將以及李石的話又讓他忍不住懷疑。將軍不會真的看上那姑娘了吧？說句大實話，那姑娘長得可真好。

愁腸百結的張山恨不能大吼一聲——這姑娘有相好，將軍您醒醒吧！

正糾結著要不要學李石豁出去喊出來，好讓婁副將勸一勸，張山忽覺心頭一悸，抬頭就對上魏闕淡淡的目光。

張山心跳突然漏了一拍，不受控制地撇過視線，心裡想的是，將軍居然還想維護她的名聲。禍水，果然是禍水！

張山憤憤地盯著樓下挑花的紅顏禍水，眼尾餘光忽然瞄見一個似曾相識的身影。愣了一瞬後，他反應過來，激動萬分地扭過頭。「將軍，那就是我在徑山看到的男子！」

人家有情郎，你們是沒有好結果的！

沒頭沒腦的，一眾人聽得滿頭霧水，唯獨魏闕瞬息之間明瞭。他眉峰一挑，垂眼看樓下。

那男子玉冠華服，長身玉立，站在大街上猶如鶴立雞群。

此時，正在挑花的宋嘉禾突覺異樣，不自覺回頭，就見緩步走來的祈光，面如敷粉，唇紅齒白。

「真巧，嘉禾表妹、嘉淇表妹，舒姑娘也是來看河池看花？」祈光風度翩翩地開口。

宋嘉禾淡笑道：「是啊，原來祈表哥也來了。」

祈光的祖母和宋老夫人是表姊妹，因祈父在武都為官，遂兩家也有往來。

客套兩句，祈光便禮貌地告辭了。

他一走，宋嘉禾立即抬頭，恰巧撞進魏闕眼裡，還發現他身旁的人也在看著她。

宋嘉禾愣了下。之前她察覺到的視線應該是他們吧！

見狀，宋嘉淇和舒惠然自然也發現了，各自微笑示意。

打過招呼，宋嘉禾趕緊拉兩人離開，立在那兒總覺得怪怪的。

背過身後，宋嘉淇嘆了一口氣。「之前吧，我覺得祈表哥真好看，斯文俊秀，可今日我怎麼就覺得，其實他也就那樣了。」

「沒有對比，就沒有傷害。」宋嘉禾幽幽道。

祈光的確是難得一見的美男子，乍看驚豔異常，可久了便覺乏味，追根究柢，還是氣勢太弱。對男人而言，氣勢比臉重要，年紀越大越明顯。

祈光年十八，婚事至今也未有著落。據聞祈家想擇一世家貴女提升門楣，可世家的小姑娘也許會被一張臉騙了，小姑娘的爹娘可沒這麼傻。

其實對女子亦然，韶華易逝，容顏易老，唯有氣質歷久彌新，宋嘉禾告誡自己，一定要引以為戒。

且說三味閣內的情況。因張山的話，前言不搭後語，聽得一眾人雲裡霧裡，可落在婁金耳裡，他瞬間腦補出一場大戲。這節骨眼上突然冒出一男子，張山還這種語氣，怎麼想都是有內情的。

不過涉及女兒家閨譽，婁金這人雖然胡鬧，可從來都在分寸內，要不然也成不了魏闕的副手。他便未不依不饒地鬧下去，而是打定主意，事後要好好「審問」魏闕。只是暫時苦了自己，猶如二十五隻老鼠鑽進膛——百爪撓心。

他不帶頭胡鬧，旁人再是好奇，也只能按捺下，化八卦之心為食慾，暢懷大吃。

美味佳餚在前，張山卻食不下嚥。他也知道姑娘家名聲要緊，遂不敢吆喝出來，暗自打定主意，要找機會直言勸諫一回。

天涯何處無芳草，何必單戀一枝花？更何況這花未必是朵好花！

那天他可是親眼看見兩人如何親暱，他一個大男人瞧著都不好意思了。他原以為他們是未婚夫妻，小倆口情難自禁，反正有婚約，親密點也情有可原。可剛才見樓下兩人的態度，絕不像是有婚約的人，前後反差之大，讓他覺得這兩人更像是一對偷情男女，這就是人品問題了！他怎能眼睜睜看著他家大人往火坑裡跳？不能！

未想，張山還沒主動找上魏闕，魏闕反而在席後召見他。

想得再好，事到臨頭，張山還是忍不住心慌氣短，咬了咬牙，終於下定決心欲開口，就聽見魏闕清冷低沈的聲音響起。

「你確定在山谷裡看見的女子是宋六姑娘？看見正臉了？」

宋嘉禾的神態舉止，完全不像是遇見心上人時該有的，魏闕不免有些懷疑張山話裡的準確性。

一群人似乎認定他對宋嘉禾有什麼不可告人的心思，要是他不把事情弄清楚，張山這麼一驚一乍，沒準兒就把事情鬧大，鬧得難以收場。

張山愣住了。當時那男人正面朝他，至於女子卻是背對著他，眼見兩人越來越親密，他也不敢多看，遂悄悄溜走。之後他認為那女子就是宋六姑娘，是因為那一身衣服。

被這麼一問，張山也意識到自己過於武斷，他頗有些心虛地搖搖頭。

魏闕食指輕敲桌面。「那你為什麼斷定是宋六姑娘？」

篤篤篤的敲擊聲，彷彿每一下敲在自己心上，張山忍不住心跳加速，他滿臉通紅地低下頭，嚥了口唾沫，道：「衣服一模一樣。」

越說張山臉越燙。顯然他太過想當然，沒把各種情況考慮在內，這是犯了兵家大忌。

瞬息之間，魏闕想起之後遇到宋嘉禾那次。宋氏姊妹穿著大同小異的騎裝，未必沒有第三個、第四個，這樣就下結論明顯太輕率。

魏闕冷聲道：「哪天我讓你去打探或刺殺敵人，你就靠這點來判定是不是任務目標？」

冷汗瞬間從張山額上冒出來，他撲通一聲，跪下請罪。「是屬下莽撞無能。」

之前深信不疑，他便沒多想，這會兒一經提醒，他突然就想起被自己忽略的一點——在山谷見到的那女子，可是比小白臉矮了半個頭，可從剛才樓下的情形來看，宋六姑娘卻矮了一個頭。

「自己下去領罰。」魏闕嘴角一沈。

張山連忙應是，不敢有半點怨氣。這回是他太自以為是，幸好沒張揚出去，否則就鑄下大錯。又想宋六姑娘和那小白臉清清白白，他忍不住心情大好，告退的腳步都是輕快的，不知道的，還以為他是下去領賞。

見他還挺樂呵，魏闕眉梢一挑，頗有些啼笑皆非。

宋嘉音在客棧內睡了一上午，精神總算好轉些，梳妝過後便出門。

留守在客棧內的護衛頭領是宋銘派來的，他見宋嘉音想出門，便要再派幾人保護。

宋嘉音不耐煩地一撇嘴。「我習慣了自己的護衛，你們跟著我不自在。我就在城裡走走，還能出什麼事？」

說完，宋嘉音便帶著人出了客棧。過了一條街後，白芷掏出銀子請一眾護衛去喝酒，隨後又打發了丫鬟、婆子，一切做來都是駕輕就熟。

隨從們也習慣了。宋嘉音不喜歡太多人跟著她，嫌棄他們礙手礙腳，擾了她遊玩的興致，這麼多次下來也從沒出過什麼岔子，他們便從一開始的心驚膽顫到現在習以為常。

待身邊人走了個乾淨，宋嘉音和白芷戴上帷帽，在街頭巷尾繞一大圈，便停在一座不起眼的小宅子後門前。

白芷上前有節奏地敲了幾下門，吱呀一聲，門從裡面被人打開。門後站著面白如玉的祈光，他一身月白色長袍，手執摺扇，含笑立在那兒，猶如畫中人。

祈光牽過宋嘉音的手，拉著她入內，溫聲道：「到了時辰，妳都沒來，我正想去客棧看看，妳就來了，妳說這是不是心有靈犀？」

宋嘉音抬眸望著溫柔的眉眼，一顆心又酸又麻。為什麼不讓她早點遇到他呢？

見她神色有異，手心發涼，祈光詫異，攬住她的肩頭，道：「妳怎麼了？可是哪裡不舒服？」

宋嘉音目光幽幽地看著他，眼底慢慢積起水氣。

祈光皺眉，滿臉掩不住的擔憂，加快腳步帶她進了客廳，握著她的雙手道：「這是怎麼了？」

宋嘉音睫毛輕輕一顫，一滴淚就這麼順著眼角滑落。「我來時遇見韓劭原了！」

祈光瞳孔劇烈收縮，倏爾放開宋嘉音的手，驚懼交加地往外看。「表哥他……他在河池？」聲音都不穩了。

宋嘉音愣怔地看著如臨大敵的祈光，有些回不過神來。

祈光突然反應過來，望著發怔的宋嘉音，心下一亂，他自嘲一笑。「妳是不是覺得我很沒出息？其實我也覺得。可我控制不住自己，小時候的事給我留下的印象太深刻了。」說著，祈光摀住臉，像是無顏面對宋嘉音。

宋嘉音心頭一刺。韓劭原的母親和祈光的母親是堂姊妹，祈父在資陽做官期間，兩家走得頗近，祈光沒少受韓劭原欺負，韓劭原那人一看就不是什麼善類。

想起祈光說過的那些陳年舊事，宋嘉音不禁心疼，拉過他的手。「怎麼會呢？是他太過分了。」

祈光動容，反握住她的手，拉到唇邊親了親。「阿音，妳真好。」

宋嘉音臉色微微一紅。

「妳在哪兒看見表哥的？」祈光竭力維持住面上的鎮定。

宋嘉音眼中蒙上一層陰影。「在武都城外，他似乎要進城。」

祈光心頭驚得一顫。「他調到武都了？」

宋嘉音忍不住煩躁。「我不知道。」說完，就有些後悔。「對不起，我……」

「對我，妳永遠不用道歉，是我對不起妳才是。」祈光悲涼一笑。

宋嘉音不禁撲進他懷裡，哽咽道：「怎麼辦？我害怕，要是被他知道了怎麼辦？我很害怕！」

宋嘉音崩潰大哭。她當然知道自己做的事是不對的，可她沒辦法。

在她看不見的地方，祈光臉皮微微一抽，目光幾經變換後，他悲聲道：「都是我不好，我不該情難自禁。」

宋嘉音淚如雨下，祈光溫言軟語地哄著，越哄，宋嘉音眼淚越多，祈光依舊不厭其煩，眼裡只有疼惜。

宋嘉音癡情地看著他，啞著聲音道：「我向家裡坦白，你去我家提親好不好？」

轟隆一下，祈光彷彿被劈頭打了個雷，整個人都僵住了。

宋嘉音立時就察覺到他身體僵硬，哭聲一頓，抬起頭來，正對上祈光閃躲的眼，那一刻她如墜冰窖。

「你不想娶我？」宋嘉音直勾勾地盯著祈光。

祈光當然想娶宋嘉音，雖然宋大老爺沒用了點，但她嫡親兄長出類拔萃，母族亦是世家，幾房叔伯都是有本事的，宋嘉音本人還是天姿國色……可宋嘉音有未婚夫啊，夫家還大有來頭，他怎麼敢去提親？

祈光的沈默令宋嘉音一顆心不住往下沈，俏臉瞬間布滿陰霾之色。

「好！」祈光緊緊抱著掙扎的宋嘉音，一臉視死如歸。「我這就去宋家提親，哪怕拚著一死，也要求得他們成全我們。」

宋嘉音就這麼看著他，好半晌後，她一邊哭，一邊笑。「你會被打死的。我們就這樣吧，以後別見面了。」

他願意娶她，為她豁出命去，宋嘉音覺得自己沒什麼可遺憾的了，只怪他們有緣無分。

祈光不敢置信地看著她。「妳說什麼？」心裡卻悄悄鬆了一口氣。看來自己賭對了，他要是拒絕，說不準宋嘉音就惱羞成怒，女人發起瘋來，沒什麼事是她們做不出來的。

宋嘉音掩面痛哭。「我們別再見面了！」

韓劭原來武都了，借他十個膽子，他都不敢再和宋嘉音繼續來往。

望著傷心欲絕的宋嘉音，祈光慶幸之餘，又油然而生一股暢快。打小他就被韓劭原壓得喘不過氣來，韓劭原永遠都是高高在上、不可一世的天之驕子，好似看他一眼都是施捨。可再了不起又如何，他未婚妻喜歡的人是他祈光！

如是一想，祈光便覺渾身血液都沸騰起來。

第五章

宋嘉禾等人回到客棧時，已經很晚了，一回來就問宋嘉音如何？得知她下午出去玩了一會兒，傍晚就回來，因為太累，一回屋便睡了，連晚膳都沒用。

宋嘉禾有些擔心，不過看她屋裡暗著也沒好意思去打擾，翌日一大早醒來，便想去看看她。

走到門口，正好與端著托盤從屋裡出來的白芷遇上。宋嘉禾看了看那只剩一點底的粥碗，揶揄道：「大姊這是沒用晚膳，一大早被餓醒了。」

剛喝了大半碗粥想躺回床上的宋嘉音，見到宋嘉禾進來，心頭一跳，勉力保持從容之色。「六妹。」

「大姊，妳怎麼了？」宋嘉禾被她這憔悴模樣嚇了一跳。

宋嘉音低了低頭。「可能昨兒吃了什麼不好的東西，一晚上都不舒服。」

宋嘉禾忙問：「請大夫了嗎？」

「吃了兩帖藥就好多了，不必請大夫。」

「這哪行？出門在外更要小心。」

宋嘉音年紀輕輕就病逝，給她留下濃重的陰影，宋嘉禾不敢馬虎，當即就命青書去請大夫。

宋嘉音張了張嘴，不知怎的，眼睛有些酸澀。

吩咐完的宋嘉禾，扭頭便見宋嘉音眼眶發紅，關切道：「大姊是不是哪兒難受？」

宋嘉音搖搖頭。「我沒事。」

宋嘉禾仔仔細細地看著她，一顆心七上八下，宋嘉音這神不守舍的模樣哪像沒事。「大姊先躺會兒休息一下。」

宋嘉音點點頭，順從地躺回床上。宋嘉禾傾身為她掖了掖被角，忽地目光一凝。

見她愣在那兒，宋嘉音不由喚了一聲。「六妹？」忽然察覺到什麼，她臉色驟變，扯過被子往上蓋。

宋嘉禾心裡打了個突，她穩了穩心神，轉頭對青畫道：「妳去廚房看看，有什麼吃的給我拿點上來，我餓了。」

青畫從外面合上門，輕輕的關門聲落在宋嘉音耳畔，無異於驚雷，她忍不住瑟縮一下，雙手緊緊地揪著被子。

宋嘉禾就這麼看著她，久久說不出話來。而她不說話，宋嘉音也不出聲，這樣的態度讓宋嘉禾忍不住心頭發寒。

「六妹，」宋嘉音強裝鎮定地開口。「妳這麼看著我幹麼？」

冷不防，宋嘉禾毫無預兆地伸手，一把扯掉被子，又拉下宋嘉音裡衣的領子，等宋嘉音反應過來再去搶被子，已是晚了。

該看見的、不該看見的，宋嘉禾都看見了，那一片紅痕還有牙印，讓她一陣頭暈眼花。

她扶著床欄勉強支撐住身體，顫聲道：「大姊，妳是不是被欺負了？」

宋嘉禾用了一個十分委婉的說法。兩世為人，她雖未經人事，可也是即將要和人拜堂成親的新嫁娘。出嫁前，早就有人跟她說過男女之間怎麼回事，宋老夫人還給了她好幾本壓箱底長見識。

宋嘉音抱著被子蜷縮成一團，後悔、驚恐、無助……種種情緒在她臉上交織。她不知道事情怎麼就會成了這副模樣？等他們反應過來的時候，已經晚了！

望著淚流滿面的宋嘉音，宋嘉禾心都涼了，看清她身上痕跡的那一瞬，第一反應是宋嘉音遇上歹人，畢竟宋嘉音生得如花似玉，河池又是龍蛇混雜之處。可待她在宋嘉音臉上沒有看到丁點兒憤恨後，宋嘉禾不得不往另一個方向猜測——宋嘉音是情願的。

這會兒，宋嘉禾懷疑宋嘉音上輩子不是病逝，而是被病逝的！哪個男人能吞得下這口氣？尤其是韓劭原這樣的天之驕子。

宋嘉禾怒不可遏。「是誰！」

宋嘉音將臉埋在膝蓋上，哭得不能自已。

宋嘉禾再一次追問：「那人是誰？」

回應她的，只有宋嘉音傷心至極的痛哭聲。

宋嘉禾被她哭得氣血上湧，都想掰開她腦子，看看裡面都塞了什麼？平時半點虧都不肯吃的人，不聲不響地居然吃了這麼要人命的一個虧。忽地，她腦中靈光一閃。既然大姊是心甘情願，必然是熟人，在河池她只遇到兩個熟人，魏闕和祈光。

宋嘉禾瞇了瞇眼，忽然想起上輩子祈光死得也挺早，她之所以記得，還是因為撞見幾個小姑娘一邊掉眼淚，一邊感慨天妒藍顏。

「祈光？」宋嘉禾試探地說出這個名字。

宋嘉音哭聲一頓，霍然抬起頭來，一張臉嚇得丁點兒血色都沒有。

還有什麼不明白的？怪不得突然改變主意跟她來河池，合著是來私會情郎的，被做了一回「紅娘」的宋嘉禾，氣得想殺人。

「你們到哪一步了？」

聞言，宋嘉音臉色更白，瑟瑟發抖如同秋風中的樹葉，眼淚更是猶如決堤江水，滾滾不絕。

見她只是哭，一句話都說不出來，宋嘉禾又氣又怒，更恨鐵不成鋼，咬牙道：「哭有什麼用？哭能解決問題嗎？」

宋嘉音驚得一顫，哭聲終於小了許多。

壓著怒火，宋嘉禾問出那個難以啟齒的問題。「你們有沒有行夫妻之事？」

宋嘉音頓了下，隨後輕輕點了下頭，就再沒抬起來，她根本不敢看宋嘉禾的臉。

宋嘉禾登時眼前一黑，指著她說不出話來。她怎麼會這麼糊塗！

掐了一把手心，宋嘉禾壓下各種於事無補的情緒，冷著臉問她。「避子湯喝了嗎？」她不想事情更糟糕下去。

見宋嘉音艱難萬分地點頭，宋嘉禾深深吸了一口氣。「大姊，事已至此，妳是怎麼想的？」

宋嘉音一夜未眠，就是在想這事該如何收場？「六妹，妳就當什麼都不知道，好不好？算我求妳了！」

「然後呢？妳也當什麼事都沒發生過，就這麼嫁給韓劭原？」宋嘉禾反問。

宋嘉音難堪地低下頭。「除了這樣，我還能怎麼辦？難道要我昭告天下嗎？」

「洞房花燭夜，妳想怎麼辦？」

宋嘉音咬唇。「總有辦法的。」

「萬一被發現，大姊有沒有想過妳會面臨什麼？韓家就是殺了妳，咱們家都沒法指責一句。」

宋嘉音嘴唇哆嗦，臉色白得幾乎透明，崩潰大哭。「可我能怎麼辦？我也不想嫁給他，可家裡又不讓我退婚。」

就憑宋嘉音之前那些理由，家裡自然不會答應退婚，然而宋嘉音已經委身祈光。以宋嘉禾對長輩的瞭解，他們很有可能會退婚，而不是裝糊塗，給將來埋下隱患。

淚眼迷濛中，宋嘉音見宋嘉禾神情越來越嚴肅，悚然一驚，聲音陡然尖利直刺耳際。「妳想把我的事告訴家裡，妳想害死我嗎？」

對上宋嘉音憤怒的雙眼，宋嘉禾指尖冰涼。

「對不起！」一出口宋嘉音就後悔了，她語無倫次地解釋。「六妹，對不起，我……我知道妳是為我好，可妳還小，妳不懂祖父為了家風，他真的會殺了我的。六妹，算我求妳了，妳就當什麼都不知道好不好？我求妳了！」

宋嘉禾是宋老夫人養大的，因此宋老太爺都格外疼她一些，宋嘉禾哪裡知道祖父的厲害。

宋老太爺會如何處置宋嘉音，宋嘉禾心裡也是沒底。宋嘉音縱然有錯，可那是和她一塊兒長大的堂姊，她做不到眼睜睜看著她去死。可幫宋嘉音隱瞞，無異於飲鴆止渴，待嫁過去後被韓家揭穿，事情就變得完全不同，十有八九，宋嘉音難逃一死，上輩子她不就莫名病逝了？

宋嘉禾猶豫半晌後，道：「裝沒這回事，我做不到，不過我不會直接告訴祖父，我會先告訴大哥。」

宋子謙是宋老太爺一手教導出來，在其跟前最說得上話。宋子謙是宋嘉音一母同胞的兄長，勢必會盡力保宋嘉音，有他從中轉圜，她再看看能不能請宋老夫人幫幫忙？最後的結果，很有可能就是宋嘉音受一番皮肉之苦，再去家廟思過幾年，總比丟了性命的強。

「不要，大哥要是知道，他肯定不會放過祈光。」宋嘉音一張臉嚇得青白交錯。

宋嘉禾差點被她氣了個倒仰，冷冷道：「種什麼因，得什麼果。」她巴不得家裡收拾那個混蛋，越狠越好！

「六妹，不要，我求求妳，別告訴大哥！」宋嘉音驚慌失措，她抓著宋嘉禾的手苦苦哀求。「六妹，我求求妳了，我求求妳……」

宋嘉禾簡直不敢相信，那麼驕傲的宋嘉音，為了一個男子，竟然如此低聲下氣。「他到底給妳灌了什麼迷魂藥，讓妳這麼死心塌地！」

宋嘉音摀著臉，失聲痛哭。「六妹，我求妳了，妳就當不知道這回事好不好？我都和他一刀兩斷了，妳不說這事，肯定沒人知道，我會乖乖嫁過去，相夫教子，好好過日子，這樣還不行嗎？」

「妳怎麼這麼天真？這世上就沒有不透風的牆，糊弄得了一時，還能糊弄一世？等妳嫁到韓家，那才是叫天天不應，叫地地不靈。」自家骨肉處置起來總會心慈手軟一些，難道還指望別人手下留情？

宋嘉音當然知道，要是韓家知道她的事，定然饒不了她，可僥倖之心乃人之常情。她實在不敢想，這件事被大哥知道後，大哥會做出什麼事來。

恐懼使得宋嘉音忍不住連連哀求，宋嘉禾受不得她這樣的乞求，霍然站起來。「這兩天大姊好好在屋裡休息。」說罷，徑直出了房間。

一出房門，宋嘉禾就看見立在廊下的青畫和白芷，前者憂心忡忡，後者戰戰兢兢。

宋嘉禾掃了白芷一眼。宋嘉音出了這樣的事，身邊人難辭其咎，尤其是這丫頭。她對白芷抬了抬下巴。「跟我來。」

白芷當即一個哆嗦，剎那間褪盡血色，囁嚅道：「六姑娘？」

見宋嘉禾冷眼相待，白芷駭然一驚，兩條腿不住打顫，嚇得一個字都說不出來。

青畫被她這疾言厲色的模樣嚇一跳，想問又不敢問地看著她。

「妳留在大姊身邊照顧，大姊身子弱，別讓她出屋。」

青畫心裡打了個突，瞬間明白事情的嚴重，當下肅容應是。

帶著白芷回了自己的屋子，宋嘉禾直接問她祈光在哪兒？白芷臉色慘白成一片，牙齒都在打顫。

「不想連累家小，就把妳知道的都說了，也許還能討個從輕發落，還是妳以為到了現在，還瞞得下去？」

白芷腦門上都是汗，不敢再隱瞞，當下就把祈光的所在說了。

宋嘉禾立刻讓護衛去盯著，免得祈光見勢不好，溜了。這事上，宋嘉音逃不了責罰，祈光也難逃一劫，至於如何處置，還要看家裡的決定。

也許是為了戴罪立功，白芷一股腦兒把宋嘉音和祈光的事都說出來，宋嘉禾才知道宋嘉音竟然去年上巳節那會兒，就和祈光好上了，平日都是通信，一個月見上一回。上一回見面就是徑山行獵那次，這回是祈光提到要去河池賞花，宋嘉音才會突然改變主意。

據白芷所言，之前宋嘉音和祈光偶有親密之舉，卻不曾逾越雷池。昨日宋嘉音本是想去做個了斷，可稀裡糊塗的就跟祈光成了事。

宋嘉禾懵了下，忍不住想，如果不來河池，事情是否不至於變成這模樣？如是一想，她心裡就像是打翻調味瓶，什麼滋味都有。她搖搖頭。多思無益，還是先把眼前的事情解決。

她揚聲喚來人，讓她們把白芷看守住，免得這丫頭鬧出么蛾子。

等人退下後，宋嘉禾洩氣一般，撲到床上。當初她特意求了宋老夫人允她來河池，的確是為了捉姦，可萬沒想到，竟然捉到自家堂姊！

宋嘉禾憤憤地捶著被子，也不知把這被子當成誰？發洩得差不多了，又一骨碌站起來，走到書桌前開始寫信。大堂兄早一刻知道，就能早一刻籌劃，多一分在宋老太爺面前保下宋嘉音的希望。再恨宋嘉音不爭氣，宋嘉禾也不想她丟了性命。

等把信送出去，宋嘉禾方覺鬆了一口氣。片刻後，青書也帶著郎中回來，少不得走了個過場，把事情圓過去。

送走郎中，宋嘉禾便以宋嘉音要歇息為由，帶著人退出房間。

宋嘉淇滿臉擔憂和疑惑，又見白芷不在跟前伺候，反而換了青畫，這樣不同尋常，她哪能沒留意到？

宋嘉禾便道：「白芷幾個不懂事，由著大姊吃壞東西，也不曉得請大夫，我哪敢讓她們繼續照顧大姊，就讓她們幾個在屋裡反省。」

宋嘉淇摸了摸腦袋，說不上哪兒不對勁，可也識趣地沒再問；舒惠然更不會多嘴，她略長幾歲，想得自然比宋嘉淇多。

郎中說了，宋嘉音臥床休養即可，不是什麼大毛病，遂一行人按照原定計劃，去城外看花，還打算買些花帶回去孝敬長輩。

出了那樣的事，宋嘉禾哪有心思遊玩，可她這次來河池的目的還沒達到，少不得打起精神佯裝無事。

她們去的不是最負盛名的穎水湖畔，而是蒼南山，越走越是人煙罕見，宋嘉淇心裡開始打鼓。「六姊，妳不是被人騙了吧？」

昨日，宋嘉禾言之鑿鑿，打聽到從蒼南山上俯瞰，入眼便是人間仙境，比穎水湖畔還美。可真要這麼美，難道就她們幾個識貨的人？

宋嘉淇不得不懷疑宋嘉禾被騙，想想，居然還有點幸災樂禍。

宋嘉禾送她一個白眼。「妳到山頂了嗎？」

宋嘉淇道：「可妳看這周圍哪裡好看了？」

「山清水秀，綠樹紅花，不挺好看的？」宋嘉禾理直氣壯。

「這種風景在武都也見到，我來河池又不是為了看這個，我是來看芍藥的。」宋嘉淇氣鼓鼓地強調。

舒惠然從旁和稀泥。「先去山頂看了，下來後再去穎水湖也來得及。」

宋嘉淇這才消停，覷一眼走在前頭的宋嘉禾，故意大聲道：「還是惠然姊姊好，又溫柔又可親，不像某些人就只會強詞奪理。」

宋嘉禾懶得理她，抬頭看了看日頭，離正午還有一會兒。「他們」就是午時左右逃到蒼南山的，卻不想蒼南山這麼大……

宋嘉禾咬咬唇。還是趕緊上山，站得高，看得遠。要知道能重來一次，她肯定忍著噁心把事情打聽清楚。

好不容易一群人到了山頂，宋嘉淇俯看一圈，直呼上當。「六姊，妳被人騙了，妳被人騙了！」

宋嘉禾糾正。「是咱們被騙了！」
宋嘉淇頓時蔫了，耍賴似地往石頭上一坐，嘟嘴道：「妳揹我下山。」
「我踢妳下山好不好？」
宋嘉淇開始假哭。「惠然姊姊，妳看，六姊又欺負我。」
舒惠然忍俊不禁，摸摸她的頭頂。「可我也打不過她啊！」
說得好有道理。長得跟朵花似的，力氣比牛大，簡直奇葩。
背對著她們搜尋山坡的宋嘉禾，嘴角抽了抽。「我都聽見了。」
「難道妳想打我們嗎？」宋嘉淇驚恐。
還演上癮了。宋嘉禾翻了個大大的白眼，吩咐人準備午膳。
宋嘉淇驚了。「還不下山？」
「我餓得走不動了，妳揹我下去？」
宋嘉淇果斷扭頭吩咐：「去打點野物回來，我要吃肉！」
舒惠然忍笑，低頭倒了三杯涼茶。「這天怪熱的，都來喝點水。」
宋嘉淇又是一通惠然姊姊真好，說話的時候一直瞟宋嘉禾。
望著嘴角含笑的舒惠然，宋嘉禾微微恍神。她當然知道舒惠然好，貞靜賢淑，最是討長輩喜歡，宋老夫人就十分喜歡她，都想聘做孫媳婦，只可惜她早早訂婚了。
想起她那未婚夫，宋嘉禾嘴角微微一沈。上輩子她周圍那一圈人，最悲慘的便是宋嘉音和舒惠然。宋嘉音還能說是自作自受，可舒惠然完全是遇人不淑；而她自己則莫名其妙遭遇刺客，連凶手是誰都不知道，想起來就心塞！

宋嘉禾端著茶杯走到邊上，繼續梭巡山下。這都正午了，怎麼還不出現？花神節，大婚日，蒼南山，難道記錯了？

就在她忍不住要自我懷疑的時候，視野內出現了兩個黑點。宋嘉禾瞇了瞇眼往後一看，一群小黑點跟在後面。

不知何時蹓躂過來的宋嘉淇驚叫。「六姊，我們要不要過去幫忙？」

後面那群人在追前面的人，眼看兩邊距離越來越近，宋嘉淇心急如焚，也不知腦補出了什麼大戲。

「幫，當然要幫！」幫他們升天！

「你走吧，別管我了。」筋疲力盡、氣喘如牛的黃玉瑩艱難地開口。她真的跑不動了，渾身都要散架一般，就連腦袋都開始暈起來。

「你走，你快走！」黃玉瑩回頭一看，見自家大哥他們越來越近，近得她心驚肉跳，她使勁甩著手，試圖抽出來。

竇元朗卻握得更緊，他額頭上布滿密密麻麻的細汗，不過臉色尚可，不像黃玉瑩面無血色，連嘴唇都發白發乾。

竇元朗一邊拉著她往前跑，一邊道：「我既然帶妳出來，就不會讓他們把妳抓回去。」

竇元朗覺得，今日是自己這輩子最膽大妄為的一天，他竟然帶著玉瑩從黃家逃出來，可他不後悔。眼睜睜看著玉瑩出嫁而無所作為，他覺得自己才會後悔一生。思及此，他臉上浮現堅定之色，突然蹲下身子，急切道：「妳上來，我揹妳走！」

黃玉瑩一愣，眼淚就這麼嘩啦啦流下來。她本想說「沒用的，我們跑不了了」，可望著他堅決又催促的雙眸，她一個字都說不上來。她流著淚爬上竇元朗不算寬闊的背，埋首在他的肩頭大哭起來。

這情景落在宋嘉淇眼裡，把她感動得無以復加。「六姊，咱們一定要幫他們。」宋嘉禾想，等妳認出那個男人是誰，恐怕不想幫他，只想扒了他的皮。

望著眼前不離不棄的一幕，宋嘉禾只覺得說不出的刺眼。這一幕她早有耳聞，還是從舒惠然口中得知的。

舒惠然十七歲嫁給竇元朗，婚後兩人琴瑟和鳴，羨煞旁人。竇元朗一直是眾人眼中品德俱佳的好兒子、好丈夫，直到他毫無預兆提出和離，因為黃玉瑩來找他了。黃玉瑩婚後對竇元朗念念不忘，終於被丈夫發現，繼而被休。

被休棄的黃玉瑩便跑去房齡找竇元朗，要與他再續前緣。而竇元朗也像是得了失心瘋，竟然要和離，因為他覺得黃玉瑩如此可憐都是他害的，所以他要負起責任來。

所有人都覺得竇元朗瘋了，竇家人、親朋好友都連番上陣勸他，都沒能讓他回心轉意，他就是鐵了心要和離。鬧到後來，竇家退了一步，允許黃玉瑩進門為妾。結果這個提議，不只舒家不肯答應，竇元朗也不願意委屈黃玉瑩。

那當口，舒惠然突然被診出兩個月身孕，舒家心疼女兒，便把舒惠然接回武都，竇元朗則在房齡與家族抗爭。一會兒是竇元朗雨夜跪求病倒，一會兒是竇家揚言要與這不肖子斷絕關係，紛紛亂亂。到後來，竟然有那麼一部分人覺得，竇元朗與黃玉瑩情比金堅，勸舒惠然成全他們。

那會兒，宋嘉禾也覺得舒惠然和離為好，不是為了成全，而是為了遠離人渣，竇元朗顯然不是良配，舒家也是這個意思。

可舒惠然捨不得腹中骨肉，也捨不得竇元朗。舒惠然是個很純粹的人，竇元朗是她丈夫，她便全心全意愛他、敬他，訂親五年，成婚一年，六年的感情豈是輕易能割捨的？

萬不想，竇元朗竟趁舒惠然去寺廟散心的空當兒，找上來，還帶著黃玉瑩，導致舒惠然當晚腹痛如絞，小產了。

宋嘉禾過去看她時，就見她躺在床上，整個人蒼白，一雙眼暗沈沈的，一點光亮都沒有，就像一口了無生機的枯井，把她嚇得不行。

那天舒惠然與她說了很多，包括竇元朗和黃玉瑩找上她時說的話。

黃玉瑩把她和竇元朗之間的始末，都告訴舒惠然。竇元朗和黃玉瑩的大哥是同窗好友，兩人因此結識，情愫暗生。竇元朗想退婚，可竇家不答應，還把他關起來，並且施壓黃家迅速把黃玉瑩嫁出去，可他們都對彼此念念不忘，於是作了驚世駭俗的決定，他們不顧一切私奔，只可惜被家人追回來。

一字一句恍若刀劍割在舒惠然心上，那樣的情比金堅，倒顯得她像一個笑話。

「黃玉瑩問我，強留一個不愛妳的丈夫在身邊有意義嗎？竇元朗說，他對不起我，是他辜負了我。嘉禾，我怎麼就把自己活成一個笑話？」

宋嘉禾至今還記得當時舒惠然說這話時的表情，無悲亦無喜，卻看得人心頭發酸。舒惠然沒哭，她自己卻忍不住哭了。

之後，舒惠然便簽了和離書，與竇元朗一刀兩斷。舒家人小心翼翼地守著她，就怕她想不開。被傾心愛慕的丈夫背叛再遭遇流產，這些經歷足夠擊垮一個人，可舒惠然還是趁人不備，在一個夜裡，吞金自殺。

卻說疲於奔命的竇元朗和黃玉瑩，都沒留意到宋嘉禾一行人。

然而，帶人追趕的黃鈺晉卻發現了，他不由心頭狂跳。之前他還慶幸蒼南山人煙罕至，這種事自然是越少人知道越好，沒承想，也不知從哪兒冒出來這麼一大群人？當下黃鈺晉又恨又惱。若是一、兩個便罷，這一群可叫他如何封口？

望著不遠處腳步踉蹌的兩人，黃鈺晉眼睛都氣紅了。這事一旦鬧大，他們黃家再沒臉見人。風月之事歷來最傷女方，男子一句年少風流就能全身而退，女兒家卻要賠上一輩子。

想到這兒，黃鈺晉大恨妹妹不爭氣，咬牙切齒地厲喝：「快抓住他們！」

距離越來越近，近得舒惠然終於能夠看清對方面容，那一瞬間，舒惠然雙眼不受控制地睜大，不敢置信地看著狼狽不堪的竇元朗。

十五歲的女孩再矜持，也會忍不住暢想未來的婚後生活，這張臉也無數次出現在她的想像中，可眼前這一幕，打碎了舒惠然所有關於未來的暢想。

她的未婚夫牢牢地揹著另一個女子，哪怕山路崎嶇，後有追兵，他也咬牙堅持著，不曾放棄，似乎上天入地都要帶著她。

舒惠然只覺得渾身血液爭先恐後奔襲至頭頂，耳畔轟然作響，腦子裡卻是一片空白。

漫說她，就連宋嘉淇都驚呆了，她也認出竇元朗。竇元朗曾在武都住過幾年，不過幾年未見，宋嘉淇有些不確定，她一邊指著竇元朗，一邊去看舒惠然，連話都說不索利了。「惠然姊姊，他……他……」

宋嘉禾擔憂地看著泥塑木雕一般的舒惠然。她知道舒惠然對竇元朗的感情，那是她的未婚夫，將感情放在他身上乃天經地義，有什麼方式比親眼目睹更容易死心？這是宋嘉禾帶她來河池的原因之一，另一個原因則是，除了這個辦法，她想不到其他方法拆穿竇元朗。

當年黃玉瑩剛出現時，舒家派人調查過她，結果兩家把尾巴收拾得乾乾淨淨，根本尋不著蛛絲馬跡。思來想去，只好親自跑一趟河池，捉賊拿贓，捉姦成雙。

這一愣神的工夫，竇元朗和黃玉瑩已經被黃家人追上。竇元朗好歹是世家子，身手尚可，而黃家這邊因為顧忌他身分，反倒束手束腳，一時之間竟然也拿不下。

黃玉瑩被他護在身後，聲淚俱下地哭求。「大哥，你讓我們走吧，求求你，大哥……」

不知前因後果的人，必然覺得這是一對被棒打的可憐鴛鴦，少不得要同情一下。

黃家那邊有家丁向她們走來。「處理家事，還請幾位姑娘避嫌。」

宋嘉淇終於回過神來，惡狠狠瞪他一眼，左顧右看尋找武器，正要去拔護衛手裡的刀。就見宋嘉禾動作比她還快，手裡提著馬鞭，也不知哪裡尋摸到的？一眾護衛一看，哪顧得上納悶，趕緊跟上去保護宋嘉禾。

黃鈺晉就見一個挺漂亮的小姑娘，氣勢洶洶地大步而來，一雙眼像是浸在寒冰裡，看得人心裡發冷。

黃家的家丁也是丈二金剛，摸不著頭腦，感覺來者不善，不自覺就要阻攔。剛一出手，就被宋嘉禾甩了一鞭，登時疼得滿地打滾。

發懵的黃鈺晉一個激靈醒來，指著宋嘉禾暴跳如雷。「妳要幹麼！」

左支右絀的竇元朗終於發現宋嘉禾，電光石火間想起她是誰，同時也想起了與她形影不離的舒惠然。混戰之中分神的下場，就是黃玉瑩被黃家人搶過去，而他自己也被打倒在地。

見竇元朗倒地，黃家人不敢得寸進尺，只想把他抓起來，可惜宋嘉禾壓根兒不給他們機會，劈頭蓋臉，一頓抽打竇元朗。

對著這張青紅交錯的臉，宋嘉禾忍不住想起前世靈堂上那一幕，他竟然有臉來祭拜，還把黃玉瑩帶來，也不怕髒了舒惠然的輪迴路。當時宋嘉禾就想揍他，不過舒家兄弟手腳更快，要不是人攔著，怕是要血濺當場。

見狀，黃鈺晉臉都綠了。要是竇元朗有個三長兩短，他們黃家也得吃不了兜著走。

被家丁抓著的黃玉瑩更是心痛如絞，恨不能衝過來以身相替，聲嘶力竭地哭喊。「不要！妳快住手，不要！元朗！」一見宋嘉禾動作不停，她轉而慌張地去求黃鈺晉。「大哥，你快救救元朗，你快救他！」

黃鈺晉當然想救人，可問題是他也沒辦法啊，對方的護衛比他多，還比他厲害，他能怎麼辦？這群人到底什麼來歷？

猛然間，黃鈺晉想到竇元朗的未婚妻，這般一想，一股涼意瞬間直衝頭頂。

宋嘉淇看得大快人心，差點要搖旗吶喊，但看著看著人也慌了，扔掉刀，衝上去抱著宋嘉禾的腰往後拖。「六姊，別打了、別打了，再打要出事了。」

可宋嘉淇那點力氣還真拉不動宋嘉禾。

卻說不遠處，魏闕與婁金並肩走在一塊兒議事，忽聽見一陣打鬥聲，看了個隱隱約約。

「去看看怎麼回事？」婁金心念電轉，說著就疾步竄出去。

自從在三味閣見過後，婁金就對宋嘉禾念念不忘，他堅信魏闕是「不懷好意」。實在好不容易出現個有點苗頭的小姑娘，他哪能這麼輕易放過？於是他偷偷派人留意宋嘉禾的行蹤，一方面是覺得這幾日河池外鄉人多，龍蛇混雜，保不齊有不長眼的人見她們幾個姑娘家姿色好，上前騷擾，他就可以代魏闕英雄救美；另一方面想著，魏闕既然上次能偷偷送麃子，這次指不定就能送花，他等著看好戲。

因此婁金知道宋嘉禾一行去蒼南山後，就找了個藉口，約魏闕去新營地視察，就在蒼南山邊上。這會兒他還在想，莫不是機會來了？

可等婁金看清後，不由咋舌，誇張道：「要出人命了！」

剛說完便眼前一花，魏闕已到幾丈外。婁金登時眼前一亮，趕緊跟上。

他趕到時，正見魏闕抓住宋嘉禾的鞭子，使不上勁的宋嘉禾氣結，回頭呵斥：「放手！」

魏闕眼角微微一挑，低頭看她，柳眉倒豎，眼眶發紅。

他忽地一用力，宋嘉禾便覺手上一鬆，馬鞭已經脫手。

魏闕隨手扔給婁金，婁金打量著上頭的血跡，嘖嘖有聲。小姑娘嬌嬌弱弱，力氣可真不小，又同情地看一眼在地上慘叫哀號的竇元朗。

魏闕踱步到竇元朗跟前，見他鼻青臉腫，慘不忍睹，不過細看就能發現都不在致命處，便抬頭看了宋嘉禾一眼。

回過神來的宋嘉禾被他看得有些心虛。怎麼也想不到會在這兒遇見他，又想起自己剛才好像吼了他，不免表情有些發僵。

一連串變故使得抓著黃玉瑩的家丁略一分神，黃玉瑩便掙脫出來，她撲到竇元朗身上，捧著他的臉，失聲痛哭。「元朗，元朗！你怎麼樣？」

竇元朗勉強睜開眼，吃力地轉動腦袋，終於在人群中找到臉色慘白如紙的舒惠然。他目光複雜，虛弱出聲。「舒姑娘。」

黃玉瑩霎時一震，霍然抬頭，神色難辨地看著站在那兒的舒惠然。

「嘿！」在邊上甩著馬鞭的婁金，突然一指發愣的黃玉瑩。「這不是老薛今日要娶的媳婦嗎？」

婁金這一聲猶如驚雷，在黃鈺晉耳邊炸響，炸得他三魂七魄都不穩起來。他最擔心的事情終於發生了。

黃鈺晉曾經陪父親招待過魏闕和婁金，且他還知道，婁金與妹妹的未婚夫薛崇是好友，遂兩人一出現，他渾身寒毛都炸開了，只能期盼婁金不認識妹妹，如此還有一線生機。可婁金一句話打破他所有妄想。

黃鈺晉當下眼前一黑，恨不得踢死黃玉瑩。

此時此刻，黃玉瑩也不比他好到哪兒去，嚇得花容失色，心悸不已。

婁金瞇了瞇眼。之前他還有點不確定，畢竟他只見過黃玉瑩一眼，還是那天和薛崇在酒樓喝酒，薛崇指著偶然從樓下經過的黃玉瑩給他看，得意洋洋地宣佈那是他媳婦，當時他還嘲笑是一朵鮮花插在牛糞上，讓那小子得意到不行。

婁金的臉剎那間陰沈似冰，目光如刀子似地，在竇元朗和黃玉瑩這對苦命鴛鴦身上打轉，最後定在黃鈺晉臉上。「這是唱哪齣？」

黃鈺晉受不住這樣的目光，臉色發白，嘴唇哆嗦著說不出話來。這局面讓他怎麼解釋？

婁金緩了緩神色，看向宋嘉禾。「宋姑娘要是不嫌麻煩，還請說一說，怎麼一回事？」

宋嘉禾琢磨著該怎麼說才更有利？要是這兩人肯作證，這事可信度就更高，如此一來舒家退婚時，就能占盡輿論優勢。

打過腹稿，宋嘉禾正想開口，卻被舒惠然截過話頭。

「嘉禾，我來說吧。」舒惠然扶著宋嘉淇的手走過來，腳步還有些虛浮，然而她臉色已經好許多，眼底也有了光亮。

宋嘉禾迎上去，一摸她的手，就被涼得一驚。

「我沒事。」舒惠然勉強擠出一抹微笑，輕輕吸了一口氣。這是她自己的事，她不能就這麼理所當然，讓兩個比她還小的妹妹替她出頭。

舒惠然對魏闕和婁金輕輕一福，眼角流下一顆顆眼淚。「還請兩位將軍為我見證一回。」她看一眼無地自容低著頭的竇元朗。「他是我的未婚夫。」

婁金吃了一驚，看著宋嘉禾。怪不得打得這麼厲害，還當是怎麼回事？

「我們原是來賞景，卻正好看見他和這位姑娘被一群人追趕，生怕出事，遂想前來幫忙，不想……」舒惠然閉了閉眼。「竇公子既然對這位姑娘如此情深意重，我也不做那阻人姻緣的惡人，至此我倆婚約作罷，一別兩寬，各生歡喜！」

低著頭的竇元朗霍然抬頭，青青紫紫一片的臉上看不出任何情緒，只能從大睜的眼中辨出幾分。震驚、難堪、愧疚、解脫……種種情緒最後化為一句「對不起」。

扶著他的黃玉瑩，滿臉震驚之色，似乎不敢相信舒惠然會如此輕而易舉地放手，又有一絲難以言喻的慶幸。

宋嘉禾心下冷笑。沒了舒惠然，她以為自己就能順順利利進竇家的門了？

宋嘉禾要來紙筆。「口說無憑，你要真覺對不起惠然，就把取消婚約的原因，白紙黑字寫明白，免得事後別人戳惠然的脊梁骨。」

眼下竇元朗被抓了個正著，正是滿心愧疚時，然而竇家可不是省油的燈，為了保家族顏面，誰曉得他們會不會矢口否認？

竇元朗瞳孔縮了縮，就見宋嘉禾已經開始蘸墨。

婁金對魏闕眨了眨眼，心忖，小姑娘厲害了！

魏闕嘴角微不可見地勾了下。

舒惠然走到宋嘉禾身邊，低低對她說了什麼。不少人豎起耳朵，奈何聲音太小，丁點兒都聽不著。

婁金和魏闕都有內家功夫傍身，耳聰目明，倒是聽得清清楚楚。婁金掃一眼緊張的竇元朗，覺得這小子真是有眼不識金鑲玉。

寫罷，宋嘉禾先給舒惠然看了看，舒惠然點頭，她便拿給竇元朗。

一直守著竇元朗的黃玉瑩自然也看見了，一目十行掃下來，見並未對她指名道姓，心中一塊大石落地，放鬆之餘，又說不上心裡是什麼滋味？而竇元朗也在發現這點後，目光複雜地看了不遠處的舒惠然一眼。

拿著筆的宋嘉禾沒好氣道：「看完就簽字吧！」

竇元朗接過筆，顫抖著寫下自己的名字。

待他落下最後一筆，宋嘉禾心頭大定，走回來的腳步都有些雀躍，路過魏闕身邊時，她忽地腳步一頓，轉過身，看了看魏闕，又看了看婁金。她覺得嬉皮笑臉的婁金看起來比魏闕好說話多了，不過繞過魏闕似乎太刻意，她便硬著頭皮福了福身，誠心誠意道：「可否請三表哥和這位將軍，在這上面幫忙見證一下？」

要是竇家說這簽名是假，她也好拿這兩人去堵得他們啞口無言。

婁金倒是十分樂意幫這個忙，可他怎能搶風頭？於是他只看著魏闕，示意這位才是能作決定的主兒。

於是宋嘉禾巴巴地看著魏闕，試探著喚了一聲：「三表哥？」

魏闕並無太多表情，很乾脆地伸出手。宋嘉禾趕緊把紙筆遞過去，生怕晚了，對方就反悔似的。

魏闕執筆，一蹴而就，宋嘉禾不禁打量幾眼。銀鉤蠆尾，鏗鏘有力，果然字如其人。婁金隨後落了自己的名。

見人證、物證全齊了，宋嘉禾和舒惠然又鄭重謝過二人。

舒惠然道：「我們回吧！」

宋嘉禾點頭。該做的事都做了。

上輩子，竇、黃二人私奔被抓回去，即便如此，黃玉瑩還是若無其事地出嫁，竇元朗也依舊娶了舒惠然，就這麼禍害兩個無辜之人。

這輩子，悲劇終不會發生了。

第六章

宋嘉禾一行人方走，山坡上的氣氛頓時變了，笑吟吟的婁金驟然變色，目光不善地盯著黃鈺晉，皮笑肉不笑。「今晚的喜酒怕是喝不成了。」

黃鈺晉臉一白。「家門不幸，出此逆女，是我們黃家對不起薛統領……」

婁金輕嗤一聲。要是沒被逮個正著，說不得黃家還歡天喜地嫁女兒。別看黃父做了知府，可他寒門出身，並無家族做靠山，如無意外，做個小地方的知府也就到頭了。薛崇雖然出身也一般，可他英勇善戰，眼下正逢亂世，武將地位空前，前程不可期。

「還不趕緊去通知老薛。」婁金覺得，黃家去說比自己說更適合，免得老薛面子上過不去。

黃鈺晉滿嘴苦澀，硬著頭皮應是。

婁金瞥他一眼，諒他也不敢搞小動作，回看魏闕時，他人已經抬腳往山下走了。

原地只剩下黃家人以及傷痕累累的竇元朗。涼涼的山風一吹，黃鈺晉一個激靈，醒過神來，瞪向還抱著竇元朗的妹妹，殺人的心思都有了。早知如此，他真恨不能一開始就掐死她，一了百了。壓了壓火，黃鈺晉惡聲惡氣地吩咐人把竇元朗抬走。

他是巴不得這混蛋死了乾淨，可竇元朗要是死了，竇家肯定不會放過黃家，他不得不捏著鼻子帶他走，還得給他治傷，越想越糟心。

另一廂，離開的魏闕和婁金不消一會兒，就追上宋嘉禾一行人。

下山的路不止這一條，可婁金偏要選這一條。他一壯年男子，腳程本就快，尤其還特意加快步伐。

魏闕涼涼地睇他一眼，並不多言。

婁金聳聳肩，腳步更快。瞧著魏闕對那小姑娘好像真不是他想的那麼一回事，可他哪是那麼容易就放棄的人？

婁金十分自來熟。「幾位姑娘怎麼會跑來蒼南山？這兒可不是什麼賞景的好地方。」

「還不是因為我姊被騙了。」宋嘉淇嘴快搶話。「說什麼從蒼南山頂俯瞰，風景美不勝收，我姊信以為真，就拉我們過來，」說著，她又老氣橫秋地嘆一口氣。「不過幸好我們來了。」

婁金笑咪咪地看著宋嘉禾。「那可得好好謝謝那人。」

宋嘉禾鎮定地對他笑了笑。「可惜是我在街上偶然聽見，並不記得那人的模樣。大概也是老天爺看不下去，遂指了一條明路。」

「走了！」魏闕開口道。

聲音清清冷冷的，宋嘉禾突然想到這還是他今日第一次說話。真是惜字如金。

婁金也察覺到幾位姑娘因為他們的存在不大自在，遂樂呵呵地抬手一拱。「後會有期。」

宋嘉禾瞅著笑容燦爛的婁金，總覺得這人似乎太熱情了些，讓她油然而生一股黃鼠狼給雞拜年的違和感。她低頭反省自己，這麼想也太不識好歹，要不是二人在場，這事肯定不會解決得這麼順利，黃家不會這麼順服。

雙方再次別過，婁金和魏闕從小道離開。

婁金摸了摸下巴，意味不明地問他：「會有人覺得蒼南山的風景好？」

「天下之大，無奇不有。」

「那可真巧，就被她們遇上了。」

魏闕掃他一眼。「你管得挺多。」

「你要是不奇怪，幹麼跟著我過去，不就是想聽聽怎麼回事？」結果得到一個巧合的答覆，可真有意思！見他面無表情，婁金頓覺無趣，一唱三歎。「我說，你平時話也沒這麼少啊，人家還是你小表妹呢，難不成害羞了？」說著，他把自己都給逗樂了。

正樂呵著，忽覺一陣勁風襲來，婁金下意識要躲，可他還沒來得及做什麼，砰一聲栽倒在地，摔了個狗啃泥。

「呸呸呸！」婁金吐掉嘴裡的泥，惱羞成怒。「卑鄙，偷襲。」

魏闕眉梢一挑，居高臨下地看著他。「是你太弱。」

婁金用力地呸一聲，千言萬語，盡在其中。

回到客棧，宋嘉禾就吩咐人收拾行李，準備明日一大早返程。現在出發，晚上就得宿在野外，不安全。

舒惠然對宋嘉禾、宋嘉淇安撫一笑，上樓休息。

宋嘉禾瞧著她神態尚可，應該已經緩過神來。畢竟只是訂親，又沒怎麼相處過，感情還不深。

待她一走，宋嘉淇就忍不住大罵。「這世上怎麼會有這麼不知廉恥的人！」

宋嘉禾摸摸她的腦袋。「這算什麼，妳還沒見過更無恥的。」

宋嘉淇的臉扭曲了。「還能更無恥？」

宋嘉禾笑了笑。「折騰一場，回去好好休息一下。」

宋嘉淇瞧著她眉宇間的疲憊，乖巧道：「六姊好好休息。」

回到屋裡，正打算休息的宋嘉禾還沒來得及喝一口水，留守在客棧的青畫就告訴她一個壞消息：祈光已逃之夭夭。

這結果可以說是意料之外、情理之中。能與一個有婚約的女子暗中往來的男人，還能指望他有擔當嗎？宋嘉音真是瞎了眼。她心心念念著人家，可對方一看闖了禍就溜之大吉，但凡稍微有點責任心的男人，哪怕不站出來承認，也得留下看看後續情況，確認宋嘉音的安全啊。

他倒好，連夜逃跑！

宋嘉禾忍不住嗤笑一聲。跑得了和尚，跑不了廟。反正她已經通知大哥，之後的事情就交給大哥處理吧。

宋嘉禾吩咐備水，簡單洗漱一回，便上床準備睡一會兒，這一天她是真的累了。

不知過了多久，宋嘉禾迷迷糊糊地被人喚醒過來，神情還有些懵，直到青書告訴她，宋子謙到了，才一個激靈醒過神來，睜開眼去看架子上的更漏。算算時辰，大哥是一得到消息就快馬加鞭趕來了。

顧不得多想，宋嘉禾胡亂收拾了下，下去迎接。

宋子謙生得儀表堂堂，氣度沈穩，哪怕風塵僕僕也不掩其風采。

「大哥，你怎麼來了？」動作更快的宋嘉淇已經問上。

「阿音病重，我便來看看。」

病重？怎麼就病重了，早上看不是還好？宋嘉淇滿臉不解。

樓梯上的宋嘉禾驚得心頭一悸，險些踩空臺階。

「病重」二字放在宋嘉音身上，宋嘉禾難免會產生不好的聯想，以至於她面色微微發白。掐了掐虎口，讓自己鎮定下來，宋嘉禾打發走滿頭霧水的宋嘉淇，迎著宋子謙進了樓上的小花廳。

「六妹能把事情詳細說一回嗎？」宋子謙溫聲開口，又對她安撫一笑。

宋嘉禾定了定心神，將事情盡可能完整地說一遍。一些事信裡說得不夠明白，末了又把祈光溜之大吉的事說了。

隨著她的陳述，宋子謙清雋的面龐逐漸陰沈，宋嘉禾看著心裡發緊，說罷，她忐忑不安地看著宋子謙，欲言又止。

宋子謙斂了斂面上的怒色，放緩聲音道：「阿音不爭氣，難為妳了。」說著，他突然拱手對宋嘉禾鄭重一揖。「多謝六妹通知我，否則後果不堪設想。」

無論是宋嘉禾沒有因為怕麻煩而裝聾作啞，還是率先通知他，給他工夫準備，他都欠了這個妹妹一個大人情。

宋嘉禾慌忙避開。「大哥如此可不是把我當外人了？一家子兄弟姊妹，這些都是我該做的。」

見她無措，宋子謙笑了下，又嘆了一聲。一榮俱榮，一損俱損，宋嘉禾都知道這個理，宋嘉音還比她大好幾歲，這麼簡單的道理怎麼就不明白？她的所作所為，害的不僅是她自己，還要連累家人，尤其是宋家的女兒。

猶豫了下，宋嘉禾問他。「大哥，家裡的意思是？」

宋子謙神色幾經變幻。「命應該能保住，其他就看她自己造化了。」

如今宋老太爺年事已高，不如年輕時嚴厲，很大可能是尋個藉口，把宋嘉音送到廟裡去。如此也好，她這樣嫁出去，害人又害己。

聞言，懸在宋嘉禾心頭的那塊巨石終於落地。命能保住就好，宋嘉音行事荒唐，受些懲罰也是應該的。

「她在哪兒？我去看看。」宋子謙問宋嘉禾。

宋嘉禾便給他帶路。到了門口，宋子謙看著掩不住疲憊之色的宋嘉禾，緩聲道：「六妹回去好生休息，這事我會處理好，妳別擔心。」

一個小姑娘攤上這樣的糟心事，壓力之大，可想而知。

宋嘉禾點點頭，又看一眼房門道：「大哥也別太擔心了。」

先頭的大顧氏走得早，宋大老爺又是個不管兒女，只顧自己風流快活的；續弦的小顧氏倒是個心善的人，可到底隔著一層。宋嘉音和宋子謙兄妹倆，可謂是相依為命長大，宋子謙待宋嘉音亦父亦兄。

小時候，宋嘉禾還暗暗羨慕過宋嘉音有這樣一個哥哥。如今宋嘉音出事，最傷心、最失望、最擔憂的，莫過於宋子謙。

宋子謙對她笑了笑，推開房門，守在屋裡的青畫便退出來，讓兄妹倆獨處。

宋嘉禾便帶著青畫往回走，將將走到門口，忽然聽見「啪」的一聲脆響，讓她嚇一跳，不再久留，趕緊回屋子。

回了屋，宋嘉禾喝了一杯茶壓驚，方問起黃家婚事的後續時，卻見青書的神情有些怪。

宋嘉禾納悶，就聽她道：「黃家姑娘吃喜圓子時，不慎噎著，去了。」

去了？

宋嘉禾愣了好半晌才回過神來。上輩子黃玉瑩私奔被抓回去後，黃家能若無其事地繼續婚禮，那是因為這事沒有外人知道。可這輩子，黃玉瑩的未婚夫知道了，魏闕和婁金這樣的大人物也知道了，還有她們幾個。

大婚之日，新娘子與人私奔這樣的奇恥大辱，沒一個男人能受得了，且知道的人這麼多，指不定哪天就鬧得滿城風雨。與其如此，不如當機立斷，人死萬事空，旁人也不好再指責。

宋嘉禾指尖輕輕一抖。宋嘉音的事要是鬧大，宋家怕是也會這般處置她，上輩子她是否就因此喪命的？

「姑娘？」青書和青畫見宋嘉禾的臉色委實不好看，不由擔心。

宋嘉禾對她們勉強一笑。之前還活生生的一個人就這麼死了，心裡難免有些不是滋味，尤其自己還推波助瀾。不過若說後悔，卻是沒有的。如果她不揭穿此事，死的就是舒惠然，親疏遠近，一目了然。

宋嘉禾甩了甩腦袋，甩走那些紛亂的情緒，見時辰不早，讓人準備晚膳。

次日一大早，一行人便收拾行囊返回武都。

舒惠然對宋子謙的突然出現並沒有表現出太多驚訝。早兩天她就察覺出有些不對勁，不過她素來知分寸，絕不會刨根究底。

因為有女眷，且宋嘉音還因水土不服而「病重」，故而速度不快，中午時分，才走了不到一半的路。宋子謙見路旁有一涼亭，四周又開闊，便下令原地休整用膳。

坐了半天馬車，幾人都腰痠背痛，一聽可以下車，立刻從車廂出來。

宋嘉淇見隨從在準備午膳，好奇地湊過去。

宋嘉禾拉著舒惠然在草地上散步舒展筋骨，兩人說些閒話，一字不提竇元朗。對此，舒惠然是感激的，她並不需要同情。

正說著話，驟然聽見一陣激烈的馬蹄聲，抬頭一看，遠處一行人疾馳而來，塵土飛揚，馬蹄轟然，轉眼之間，婁金那張露出一排牙的燦爛笑臉，就出現在眾人視線中。

可真巧了！宋嘉禾心裡嘀咕一句。

若是婁金聽見了必會說：可不是？他們原定的計劃也是今日返程，但是能巧遇那就是他的功勞了。

「大中午的，咱們吃點東西再上路？」話音剛落，婁金已經勒馬停下。

一眾護衛有樣學樣，都停下來。他們眼神都好著呢，早就認出宋嘉禾。拜三味閣所賜，宋嘉禾在他們眼中，儼然是不同尋常的人。

涼涼地掃一眼走向涼亭的婁金，魏闕翻身下馬。

宋子謙當下迎上去見禮，宋嘉禾等女眷也廝見過一回，旋即離開。

婁金頗為惋惜，可人家哥哥杵在這兒，他自然不會沒眼色地表露出來，而是熱情地與宋子謙攀談。

宋子謙邀請二人入涼亭，又有丫鬟端著茶水、瓜果、點心上來。

婁金坐下後，笑道：「宋大人可真是好兄長，親自來接妹妹們回家。」

宋子謙面不改色。「大妹水土不服，病得厲害，我正好空著便來看看。」

婁金連忙關心。「可是要緊？」

宋子謙面帶憂色。「都起不來身了，家中府醫也是束手無策，遂想著盡快趕回武都，延請名醫。」

聽得隱隱約約的宋嘉禾，知道宋子謙已經在對外放出宋嘉音病重的風聲。他特意趕來，本身就說明宋嘉音病情的嚴峻，回頭那些安排佈置起來，也順理成章。

魏闕目光微微一動，若有所思地摩著茶杯邊緣。不經意間，瞥見桌上那碟粽子糖，想來是替幾位姑娘準備的，卻不小心被端過來。

望著面前琥珀色的粽子糖，魏闕沒來由想起一樁陳年舊事，唇角微不可見地一翹。他略一側臉，就見不遠處的宋嘉禾不知為何突然笑起來，笑靨如花，梨渦淺現。

被宋嘉淇逗笑的宋嘉禾若有所覺，不自覺地轉頭，正對上魏闕淡淡的目光，微微一怔，馬上又禮貌地彎了彎嘴角。

魏、宋兩家乃姻親，兩府又相鄰，遂一直以來，兩家往來頻繁，可以說彼此之間十分熟悉。唯一的例外大概就是魏闕。他一出生就被送到香積寺，五歲左右被他師父帶走，從此以後，兩、三年才回來一趟，停留十數日便離開。

因此小時候宋嘉禾對魏闕的印象十分模糊，後來印象會加深，也是因為他建功立業，赫赫戰功，讓人想忽視都不行。

可魏闕對宋嘉禾的印象卻頗深。在好些年裡，他每一次回武都，總能遇上哭得可憐兮兮的宋嘉禾。

最後一次便是六年前，宋嘉禾七歲時，恰逢上元佳節，魏府舉辦燈會，張燈結綵，喜氣洋洋。節日裡的少年少女，也變得格外熱情大膽，也許還要歸功於能掩藏一切的面具。

不勝其擾的魏闕躲到屋頂，正自得其樂，就見一個穿著玫紅色衣服的小姑娘，急匆匆地跑來，好巧不巧地停在他前面的空地上。

魏闕已經認出來人是宋嘉禾，還在納悶她怎麼孤身一人，連個丫鬟都不帶？就見她提起裙襬打了個結，對著一棵樹躍躍欲試。

在他愕然之際，她已經上了樹，動作異常熟練。

魏闕啼笑皆非，饒有興致地看著她繼續往上爬。恰在此時，又有一個略大的姑娘走來，正是宋嘉卉。

從姊妹倆的對話裡，魏闕才知道，原來是一群小姑娘在玩捉迷藏。

宋嘉卉仰頭看著宋嘉禾，語氣十分理直氣壯。「樹枝會把妳的頭花弄壞，妳把花給我吧！」

魏闕這才留意到，她頭上戴了一朵手心大小的玉蘭花，也不知用什麼材質做的，看起來栩栩如生，又透著玉一樣的晶瑩。

宋嘉禾聞言，捂住頭花。「我很小心，不會弄壞的。」

宋嘉卉疏淡的眉頭皺成一團。「妳大手大腳肯定會弄壞的，要麼妳別躲樹上，要麼妳把花給我。」

樹上的宋嘉禾抱著樹枝不吭聲。

宋嘉卉惱了。「妳說話啊！」

宋嘉禾還是不說話，反而又往上面爬一段。

「宋嘉禾，妳給我下來！」喊了兩聲，還不見她有動作，宋嘉卉抬腳就去踹樹，怒氣沖沖地喊。「妳下不下來、妳下不下來！」

魏闕就見抓著樹枝的宋嘉禾，一張小臉煞白煞白的，無端讓人心疼，他便隨手撿了一塊碎瓦片彈出去。

又要抬腳的宋嘉卉就這麼砰一聲重重栽倒在地，當即大哭起來，一邊哭著站起來，一邊抬頭喊。「宋嘉禾，妳等著，我告訴娘去！」說罷，哭著跑了。

宋嘉禾似乎慌了，一個分神，手就抓了個空，一頭倒栽下來，也虧她爬得高，給了魏闕足夠工夫營救，及時把人救下來，否則後果不堪設想。

一著地，小姑娘眼淚就啪嗒啪嗒往下掉，越哭越傷心。循著她的視線一看，便見一朵頭花已經碎成好幾片。

彼時魏闕也不過十四，還沒練就一副鐵石心腸，見一粉妝玉琢的小姑娘哭得那麼可憐，自是要安慰。結果宋嘉禾哭得更厲害，哭得魏闕頭都大了，還得按捺著性子哄她，就連給她再找一朵玉蘭花的話都說了。最後也不知是她哭累，還是哄成功了，哭聲終於小下來。

宋嘉禾抹了一把淚，不好意思地看著他。「謝謝大哥哥救我，你叫什麼名字？我好謝謝你。」

魏闕撫了撫臉上的面具。還沒來得及摘下就遇上這一齣，倒合他的意，他並不想引人矚目，便搖搖頭。「不用。」

宋嘉禾「啊」一聲，看得出來很失望也有點好奇，最後她撓撓臉，對他福了福身，又道謝一回，末了巴巴地看著他。「你別告訴別人我哭過了，好不好？」

魏闕看了看她，略一點頭。

「那我先走了。」宋嘉禾瞬間喜笑顏開，剛轉過身，又忽然轉過來，掏出一只荷包遞給他。「送給你，很好吃的。」

魏闕一愣，抬手接過荷包，忽然問她。「妳姊姊似乎要向妳娘告狀？」

宋嘉禾那雙因為淚洗而格外明亮的眼眸突然黯淡了下，她咬咬唇，小聲道：「我告訴祖母去。」

還沒傻得無可救藥。魏闕便對她笑了笑，笑容裡頗有些欣慰，大概是因為在她身上依稀看見幾分自己小時候的影子，見不得她不爭氣。

她走後，魏闕打開荷包一看，竟然是一袋粽子糖。到底是小孩子！

之後魏闕也見過她兩回，不過都是在公眾場合，再沒見她哭得可憐兮兮的模樣。女兒家長大，自然學會了如何收斂情緒。

「既如此，那我們就卻之不恭了。」婁金扭頭問魏闕。「將軍，你意下如何？」

婁金嚴重懷疑，他到底知道不知道他們在說什麼？雖不明顯，可他哪能沒發現魏闕走神。

魏闕淡淡點頭，對宋子謙道：「有勞表弟。」

宋子謙溫文一笑。「三表哥這話可就見外了。」

當即就有人下去安排多做些膳食，招待魏闕一行人。

聞訊後，宋嘉禾少不得過去安排一回。雖然在野外沒法講究排場，可也不能丟了宋家的顏面。

用了一頓不算豐盛的午膳，婁金便提出告辭，一路同行就太刻意了。
宋子謙客氣地送走這一行人後，繼續趕路，總算在關城門前抵達武都。
舒家大哥舒臨候在城門前多時，立時迎上來，鄭重其事地感謝宋嘉禾和宋嘉淇，尤其是宋嘉禾。
宋嘉禾被他謝得十分不好意思。「我和惠然從小一塊兒長大，她就跟我親姊姊似的，我做的那些都是應該做的，舒大哥這樣，倒是弄得我手足無措了。」
宋嘉淇連忙點頭附和。
舒臨失笑。「惠然有妳們兩個妹妹是她的福氣。」
寒暄一回後，兩家人才分開，各自回府。
宋嘉音的馬車直接駛到毓蓉院外，也不知宋子謙給她吃了什麼，宋嘉音一直昏迷不醒，如此看來，倒像是真的病得不輕。
宋嘉音剛被抬進房，宋老夫人和小顧氏便帶著府醫來了。小顧氏一見宋嘉音這模樣，就紅了眼眶，一迭連聲問什麼情況？
又是一番紛擾，最後府醫說宋嘉音需要靜養。宋老夫人叮囑下人好生照顧，便帶著其他人離開。
打發了旁人，宋老夫人帶著宋嘉禾回了溫安院。
林氏看見攙扶宋老夫人胳膊的宋嘉禾，不由想起她向自己請安時，恭敬有禮；反觀宋嘉淇黏著宜安縣主不放，眼裡的思念情真意摯。剎那間，百般滋味浮上心頭，林氏低頭掩飾情緒。

冷不防聽到一聲輕笑，林氏一驚，抬頭就見宜安縣主似笑非笑地看著她，不免面上一窘，不自覺地別過眼。

「二嫂好走，我們就先回去了。」

見林氏勉強一笑，宜安縣主溜她一眼，頗為解氣地牽著宋嘉淇離開。

林氏這麼一把年紀，被女兒冷落都難受，怎麼不想想六姪女那麼小的丫頭被她撇在一邊，是什麼滋味？真以為人的心能熱乎一輩子啊！

且說回到溫安院的宋嘉禾，少不得被宋老夫人拉著問河池的事，宋嘉禾答應宋子謙不會告訴任何人，遂只說了舒惠然的事，宋老夫人聽得唏噓不已。

宋嘉禾不好意思地摸了摸鼻子。「我把竇元朗打了一頓，打得挺厲害。」

宋老夫人摸著她的腦袋，不以為意地笑道：「這種人打了便打了，又沒死，他們竇家還有臉訴委屈不成？說出去，但凡腦子靈醒的人都不會怪暖暖，會怪的人那也是腦子不清楚，理這些人做甚？」

宋嘉禾笑起來。她就知道祖母不會怪她的。

宋老夫人寵溺地捏捏她嫩滑的臉蛋。「妳就沒其他話要和我說的？」

宋嘉禾眼神開始飄。

宋老夫人好整以暇地看著她。「關於妳大姊？」

人，活蹦亂跳地出門，昏迷不醒地回來，而且宋子謙還專程跑去接人，宋老夫人直覺不簡單。

宋嘉禾支支吾吾半晌，才紅著臉道：「我答應大哥不告訴旁人的。」她可以對別人說那套敷衍之詞，然而無論如何也不願意欺騙宋老夫人。

瞧著她紅彤彤的臉蛋，眼裡的愧疚似乎要溢出來，宋老夫人失笑。「言而有信，這是做人的基本道理，妳做得很好。」

「祖母，妳真好！」宋嘉禾撒嬌地抱住宋老夫人的腰。

宋老夫人笑出聲來，摸著她的脊背道：「好了，天色不早了，早點回去休息，在外頭這幾天都沒睡好吧？」

「父親不在府裡？」論理她還要去向父親請安，可祖母都沒提這事。

「妳父親三天前就去軍營了，說是要去十天。」

宋嘉禾應了一聲，聲音愉快。「祖母也早點休息。」

宋老夫人拍拍她的手。「去吧！」

次日起，便有不少人聞訊前來探望宋嘉音，就連梁太妃都驚動了，她老人家在魏宋氏的陪同下，過來探視宋嘉音一回。諸多姪孫女裡，因為魏宋氏經常接宋嘉音過去，故而梁太妃也最疼宋嘉音，要不也不會費心替她謀劃韓家的婚事。

連韓劭原都親自上門過，送來名醫和珍貴的藥材，可即便如此，宋嘉音的病情也沒有好轉。

與此同時，竇、舒兩家退婚之事鬧得沸沸揚揚。

竇元朗私德有虧，人證、物證俱全，舒家請了當年為竇家說媒的定勇伯夫人，一道去房齡與竇家退婚。

按理說都到這分兒上了，竇家萬沒有不退婚的道理，可竇家也是奇葩，他們承認自家理虧，可就是不肯退婚。

以竇夫人的話來說，竇元朗是年少不懂事，被人哄騙，如今他已經知錯，後悔不已。浪子回頭金不換，請舒惠然再給他機會，經此一劫，竇元朗一定會加倍對舒惠然好。

漫說同去的舒臨氣得發抖，就是定勇伯夫人都羞得無地自容。當年她怎麼就瞎了眼，給這家人作媒？

人家女兒是嫁不出了不成，所以一定要吊在竇元朗這棵歪脖子樹上？舒家那也是百年世家、書香名門，舒惠然又是有口皆碑的淑女名媛，便是退過一次婚，也多的是世家子弟求娶。

無論定勇伯夫人如何好說歹勸，竇家就是不肯交還庚帖。這還不算，竇夫人還親自跑到舒家求諒解。舒家連門都不讓她進，可這也沒妨礙竇夫人每天去舒家，姿態之低，令人嘆為觀止。

如此數日後，效果終於出現。

一位世家夫人如此伏低做小，落在很多人眼裡，都覺得竇家認錯的誠意十足，漸漸地，有一部分人開始說些「人不風流枉少年」、「人非聖賢，孰能無過」、「知錯能改，善莫大焉」這類的話。

宋嘉禾氣得不輕。當年竇元朗的「情深意重」就博得一群人同情，在竇元朗與舒惠然和離後，竇夫人也專程跑來，想讓舒惠然回心轉意。

說得倒好聽，什麼一直以來把舒惠然當成親女兒，寧可不認竇元朗這個兒子，也要認舒惠然這個女兒。可哪家當娘的，會讓好不容易從火坑逃離的女兒再回去？追根究柢，還不是為了保住兒子的前程！

為了一個女人欲跟髮妻和離，與真的和離，那完全是兩碼子事。前者可歸咎於一時鬼迷心竅，過上幾年大家也就淡忘，一旦真的和離，這事將成為竇元朗一輩子的污點。

這一家子說白了都是道貌岸然的偽君子。在竇元朗和黃玉瑩的事情上，竇家的嘴臉比誰都義正詞嚴，實際行動上卻是黏黏糊糊。及至後來，舒惠然想不開尋短見，竇家也是比誰都傷心難過的樣子，又是道歉又是賠罪，還說要將舒惠然安葬在竇家祖墳裡。可對於竇元朗的懲罰，依舊是雷聲大，雨點小。

幸好賤人自有天收，半年之後，竇元朗和黃玉瑩不慎誤吃有毒的蘑菇，雙雙暴斃。竇家懷疑是舒家下的手，為此鬧了一場，因為沒有證據而不了了之，竇、舒兩家也結了仇。

所以宋嘉禾才會大費周章折騰一回，不承想，證據都擺出來，竇夫人還如此厚顏無恥。竇夫人之所以胡攪蠻纏的原因，宋嘉禾約莫能猜到幾分。經此一事，被退婚的竇元朗名聲必有損，仕途受影響不說，從此以後別說門當戶對，就是比竇家差上好幾等的姑娘都娶不著。因此，唯有舒家不退婚，連當事人都不追究，這也就只是一樁風流韻事，竇元朗的前途、竇家的名聲都能保住。

宋嘉禾運了運氣，用力搖著團扇。氣死她了！
這時候，青書走進來，柔聲稟報。「姑娘，夫人傳您過去一趟。」
宋嘉禾搖扇的動作一頓。「有說是為什麼嗎？」
「說是要給姑娘做新衣裳，二姑娘也在沉香院。」宋嘉卉終於在昨日把一百遍《女誡》抄完。
宋嘉禾轉了轉扇子，站起身。
此時，沉香院裡其樂融融，宋嘉卉興高采烈地翻著衣裳冊子。
「這一套，還有這套，這一套我也要。」她一下子挑了五套。
林氏滿臉寵溺地看著她。「好好好，都做給妳。」
宋嘉卉喜上眉梢，興致勃勃地翻著冊子，看模樣是還要再選幾套。
丫鬟迎夏欲言又止。這五套衣服下來，一半多的料子就去了。以前在雍州就罷了，就這麼一位姑娘，自然什麼好的都給她，可今時不比往日，還有六姑娘呢。
迎夏悄悄碰了下林氏的肩膀，使了個眼色。
林氏一怔，驟然明白過來，可看著低頭認真挑選的女兒，勸說的話在舌尖轉了好幾圈，就是說不出來。
這孩子被關了近半個多月，吃了大苦頭，人都瘦了，眼下不過是想多做幾件衣服而已。
然而那輕薄透氣、顏色又正的雪菱紗攏共就三疋。
就在林氏左右為難之際，宋嘉卉又指著一套衣裳問林氏。「娘，您瞧這套好不好看？」

望著喜形於色的宋嘉卉，林氏不由自主點頭。「好看！」

宋嘉卉歡喜道：「那就這套，嗯，這一套我也要。」

林氏頓了下，又點點頭。

迎夏索性低了頭。事已至此，她還能跳出來說什麼不成？

這時候，斂秋的聲音在外頭響起來。「六姑娘。」

聞言，宋嘉卉臉上的笑意瞬間淡了，落在林氏眼裡，不由心頭泛苦。她也不知怎麼回事，卉兒就是和小女兒合不來，從小就這樣。

宋嘉卉神色淡淡地坐在林氏身邊。「六妹來了。」

一進門，宋嘉禾笑了下，看了看她，又看林氏一眼，也站在那兒不動。

林氏的笑容逐漸開始發僵，輕輕地推了下宋嘉卉。宋嘉卉用鼻子輕輕一哼，聲音還不小。

林氏立時忐忑地去看宋嘉禾，就見她笑容不改，直到宋嘉卉起身避開，宋嘉禾才屈膝朝她福了福，又對宋嘉卉見禮。

宋嘉卉敷衍地回過禮，隨後又坐回去，沒骨頭似地歪在林氏身上，挑釁一般地看著宋嘉禾。

見宋嘉禾眉梢都不多抬一下，宋嘉卉頓時有一拳打在棉花上的無力感，用力扣著圖冊。

毫無所覺的林氏，柔聲對宋嘉禾道：「入夏了，我便想著給妳們做幾套衣裳。」

迎夏神色微微一變。林氏並沒有特意說雪菱紗，可一開始，她是打算給姊妹倆用雪菱紗各做幾套衣裳的。

「妳看看喜歡哪幾個款式？」

宋嘉禾接過斂秋遞上的圖冊，隨手挑了兩件。

大概是想彌補，林氏又道：「兩件怎麼夠？妳再選幾套。女兒家長大了，就該多打扮自己。」

「月初我剛做了夏季衣裳，盡夠了。」按規矩，每季姑娘們都能做八套衣裳，想多做也可以，只是不能走公帳。

宋嘉卉忽然用力一翻冊子，賭氣般地指了四套衣裳。公中做衣裳那會兒她正被禁足，遂沒她的分，而等她出來了，小顧氏又為了宋嘉音的病牽腸掛肚，也沒想起這件事。林氏倒是一直記掛著，因此一收到娘家送來的雪菱紗，就想著替宋嘉卉做衣裳。

針線房的趙婆子無措地看著林氏，見林氏對她點頭，這才記下。

宋嘉卉把畫冊一合。「就這些了，妳們都下去吧！」

趙婆子又去看林氏，眼角餘光卻瞄向宋嘉禾。

宋嘉禾慢條斯理地搖著團扇。因為剛午睡醒來，她只戴了一支碧玉簪並些許珠釵，身穿水綠色長裙，顯得格外清麗。再配上那悠閒的神態，讓人見了就覺得清爽舒適，與氣急敗壞的宋嘉卉形成鮮明對比。

林氏想著自己要是再說什麼，卉兒必然又要鬧騰，讓下人看笑話，遂道：「妳們退下吧。」

宋嘉卉面色明顯好轉。

不知怎的，趙婆子突然有些心疼六姑娘，又趕緊壓下這荒唐的念頭。人家是宋家金尊玉貴的嫡姑娘，還有宋老夫人疼愛，又生得如此國色天香，哪裡需要她這個做下人的瞎心疼？

趙婆子低眉順眼地告退後，宋嘉禾也尋了個藉口提出告辭。

「暖暖。」林氏輕輕喚她一聲，欲言又止。

宋嘉禾便看著她，見林氏張了張嘴，似是難以開口。

宋嘉卉看不過去，徑直開口。「六妹難道不知道，娘和竇夫人是故交，妳把竇大公子打成重傷，讓娘怎麼面對竇夫人？」

宋嘉禾當然知道，也曉得竇夫人送了帖子試圖拜訪林氏，大概是想請林氏幫忙說項。這陣子她可是拜訪不少人家，不過因為宋老夫人不允，竇夫人並不曾踏進宋家大門。

宋嘉卉皺著眉頭，不滿地看著宋嘉禾。「妳趕緊去向竇夫人道歉，省得娘為難。不管怎麼樣，拿鞭子抽人肯定是妳不對！」

林氏一驚。她的確不贊同宋嘉禾打人的行為，覺得對姑娘家名聲不好，也有點不知日後該怎麼面對竇夫人？但是讓宋嘉禾去向竇夫人道歉的想法卻是沒有的。

見宋嘉禾冷下臉，林氏大急。「暖暖，妳二姊的意思是——」

宋嘉禾根本不給她機會把話說完，俏臉一沈。「打人是不對，可豬狗不如的東西活該被打。二姊這話說得真有趣，養出那麼個混帳兒子的竇夫人不覺得沒臉見人，倒是母親沒臉見她了，莫非在二姊眼裡，我做的事更丟人？」

宋嘉卉登時一怒，又無言以駁，只好狠狠瞪著她。「妳這是什麼態度？我是妳姊姊！」

宋嘉禾冷笑。「那妳也得像個姊姊！」

自承認她和林氏母女緣薄這個事實後，宋嘉禾對林氏就不再心存幻想，更不可能惦記著與宋嘉卉姊妹情深。她只想和這兩人井水不犯河水，面上過得去就成，哪怕宋嘉卉時不時炫耀母女情深，她也只當對方在耍猴戲，看對方那麼費心表演，也挺好玩的。可若是宋嘉卉得寸進尺，想端姊姊的架子對她指手畫腳，她可不會順著對方。

面對宋嘉禾難得一見的疾言厲色，宋嘉卉愣住了，愣怔過後，她一把抓著林氏的胳膊，無比委屈地看著林氏。「娘，您看她說的什麼話！」

林氏尚且還有些回不過神來，怔怔地看著面色冷然的宋嘉禾，心口像是綁了一塊秤砣，壓得她心裡發慌。

「娘！」宋嘉卉用力搖了搖林氏的胳膊。

回過魂來的林氏，急忙替宋嘉卉解釋。「暖暖，妳二姊沒有惡意，她本意是怕妳因為打人之事被說嘴。」她總是盼著兩個女兒能和睦相處的。

「就是，姑娘家動不動就拿鞭子抽人，成何體統？」宋嘉卉立時附和，說得好像她真是這意思似的。

「二姊這好意藏得可真深，我愣是沒聽出來。」宋嘉禾輕笑一聲。

林氏和宋嘉卉的臉色不約而同地僵了僵。

宋嘉禾皮笑肉不笑。「至於被人說嘴，祖母說了，但凡腦子清楚的人都不會說我做錯，會說我錯的，都是腦子不靈光的人。我又不是吃飽了撐著，何必去理那些人的想法？」

林氏不敢置信地看著宋嘉禾，不是因為她話裡的內容，而是她此時的態度。這些年來，宋嘉禾偶爾會和宋嘉卉吵嘴，但是對她從來不曾如此不留情面過，這是第一次！

宋嘉卉則是臉紅了又白，覺得宋嘉禾根本就是在指桑罵槐，嘲笑她沒腦子，這樣的冒犯她豈能嚥得下？尤其還是在林氏跟前，她從來都自覺比宋嘉禾高一等。再看林氏震驚又傷心的模樣，宋嘉卉更是火冒三丈，騰地一下子衝過去。

「卉兒！」林氏大驚失色，嚇得站起來。

「妳說話客氣點！」宋嘉卉伸手就想抓宋嘉禾的衣領。

「說我之前，先照照鏡子。」宋嘉禾一把擒住宋嘉卉的手腕，用力一捏。

宋嘉卉當即慘叫一聲，眼淚都快掉下來，只覺得被她握著的地方，椎心蝕骨地疼起來，不由尖叫。「放手！」

「暖暖，快放開妳二姊！」林氏的心都揪成一團，聲音也急得變了，還帶上不自知的嚴厲。

宋嘉禾抬頭深深地看她一眼，甩開宋嘉卉。

對上宋嘉禾冷冰冰的雙眼，林氏好似被人兜頭澆了一盆冰水，整個人都凍住了。

宋嘉卉踉蹌著後退幾步，見手腕都紅了，還火辣辣地疼，眼淚就這麼掉下來。「娘，您看宋嘉禾，她怎麼敢！」

「為什麼不敢？真當我得一輩子讓著妳？」宋嘉禾冷冷看著她。

宋嘉卉像是被踩了尾巴的貓。「誰要妳讓！」
「求之不得！」宋嘉禾冷笑一聲，旋身離開。
「暖暖！」林氏大驚，追上去。「暖暖！」
「娘，」宋嘉卉一把拉住林氏。「她都這樣對您了，還追她幹麼？」
「卉兒，別鬧！」林氏心急如焚，去拂宋嘉卉的手。
宋嘉卉臉色大變，又哭起來。「娘，我手好疼，我的手是不是斷了？」
林氏嚇一大跳，連忙捧住她的手，一迭連聲道：「快傳府醫。」
聽著後面的動靜，宋嘉禾譏誚地勾了勾唇，掀起簾子，大步走出去。
候在外頭的青書、青畫憂心忡忡地迎上來。宋嘉卉那麼大的嗓門，她們隱約聽到幾句，差點就想衝進去。兩人上下打量她，確認毫髮無傷，才齊齊鬆了一口氣。
宋嘉禾被她們這模樣逗笑了。「回吧。」
兩人應了一聲，隨著她離開。

第七章

出了沉香院，宋嘉禾頓覺神清氣爽，連空氣都是甜的。

對付宋嘉卉這種把別人的客氣當成理所當然的人，撕破臉是樁好事，以後終於不用同她虛與委蛇，面上過得去就成。

走出一段路，青書提醒。「姑娘，老夫人午睡該是起了。」

她這是不安好心，打著讓姑娘去告狀的主意。雖然不知發生了什麼，但是她認定自家姑娘在二姑娘那兒受委屈了。二姑娘不就仗著在夫人跟前，要是在老夫人那兒，看她敢不敢吆喝？

宋嘉禾白她一眼。她又不是宋嘉卉，芝麻綠豆的事都要拿來告狀，丟人現眼。反正宋嘉卉也挨教訓了，手腕上的紅腫雖馬上就能退，卻足夠她疼上十天半月的。

青書摸了摸鼻子，忽然瞥見一個蹴鞠滾過來，不由看過去。

「六姊！」脆生生的童聲伴隨著蹋蹬腳步聲。

滿頭大汗的宋子諺跑過來，連蹴鞠也不要了，直直地撲上去抱住宋嘉禾的腰。

宋嘉禾拿帕子給他抹腦門上的汗。「今日沒上課？」

宋子諺喜形於色。「先生病了！」語氣那個高興。

宋嘉禾戳戳他的額頭。「先生病了你就這麼高興？」

宋子諺發急。「我已經去看過先生，明日就好了。」

見他急得要跺腳，宋嘉禾忍俊不禁。「是不上課高興吧！」

宋子諺連忙點頭，又不好意思地撓著腦袋瓜。

看著胖乎乎、白嫩嫩的小傢伙，宋嘉禾忍不住掐了一把他的臉，摸到一手汗，又摸摸他的後頸，濕漉漉的，遂道：「日頭大，別玩蹴鞠了。」

宋子諺猶豫了下，點點頭，仰頭看著她，一臉得意。「六姊，妳上次給我的那個九連環，我解出來了。」

宋嘉禾十分配合，驚嘆道：「你怎麼這麼厲害！」

宋子諺挺了挺小胸脯，抓住宋嘉禾的手。「我教妳怎麼解。」

宋嘉禾哭笑不得。送九連環給他時，她逗他說自己解不開，哪想這小東西竟然信以為真。

反正回去也無事，宋嘉禾便隨著他去了外院。宋子諺雖然才六歲，卻已經搬到外院住。一路上宋子諺嘰哩咕嚕說個不停，說著說著，兩人說到了蹴鞠。

宋子諺對一個月前所見的「穿花飛蝶」招式念念不忘。那次他和幾個哥哥在園子裡踢球，撞見了宋嘉禾。宋嘉禾興致不錯，就踢兩腳逗他們，可把一群小傢伙們樂壞，追著宋嘉禾要學，宋嘉禾也教了幾個招式，可他就是學不會。

宋嘉禾摸摸他毛茸茸的腦袋。「等你再大一點，我再教你。」

「妳踢一個，踢一個我看看嘛！」宋子諺眼巴巴地看著她，胖手一合。「就踢一個，好不好？」

「好。」宋嘉禾再是鐵石心腸，都沒法拒絕這眼神。

「六姊，妳真好。」宋子諺歡呼雀躍後，從小廝手裡拿過蹴鞠，殷勤地放在宋嘉禾腳邊。

宋嘉禾提起裙襬，用腳尖一勾，蹴鞠就飛起來。

宋子諺滿眼崇拜，拍著手捧場。「六姊真厲害！」

顛著蹴鞠找感覺的宋嘉禾相當想說「你嘴真甜」，她停下蹴鞠。「看好了，就踢一個啊！」保佑她踢出來，要不多丟人！

宋子諺激動得臉都紅了，雙手握成拳，目不轉睛地看著她。

宋嘉禾後退幾步，助跑抬腳，蹴鞠便以直線飛出去。

「……」說好的弧線呢？

宋子諺也傻眼了。

宋嘉禾突然拿手蓋住臉，遮住自己，擺出類似牙疼的表情。

宋子諺有樣學樣，也拿手蓋住臉，透過指縫偷看宋嘉禾。

宋嘉禾一拿下手就見他這怪模樣，忍不住噗哧一聲樂了，用力捏捏他的小髮髻。「小傢伙！」說罷，牽著他走過去。

望著手拉手走近的稚子幼女，宋銘神色不覺溫和了些，側身對旁邊的魏闕道：「小孩子調皮，你擔待下。」

落後一步的宋子諫，古銅色的面容也露出幾分不好意思。魏闕有事尋父親，正好在路上碰到，父親就邀請他回府商議，哪想斜刺裡飛出來一個蹴鞠，速度還挺快。幸好魏闕接住，宋子諫趕緊上前接過他抓在手上的蹴鞠。

魏闕看一眼蹴鞠，又看一眼走來的宋嘉禾。上次接住馬球時就覺勁道不小，這次更明顯。看起來嬌嬌柔柔的人，哪來這麼大的勁？

宋嘉禾也想起上次的意外，這是自己第二次差點砸到他，她只恨不能飛天遁地，逃之夭夭，就不用面對這窘境了。

向父兄請過安後，宋嘉禾窘迫地對魏闕福身。「對不起，三表哥，我不是故意的。」

宋子諺十分仗義。「三表哥，我姊姊真不是故意的，是我央求姊姊踢穿花飛蝶的。」

宋嘉禾心頭泛暖。沒白疼他！

「就是失敗了。」宋子諺惋惜地嘆了一口氣。

宋嘉禾本就因為羞窘而面帶薄紅，這下子紅暈更甚，試圖挽回一些面子。「這只是個意外！」

宋子諺思考了下，鄭重點頭。「姊姊以前都成功了，這次是意外。」

宋銘和宋子諫的臉上出現隱隱笑意，就連魏闕，嘴角弧度也上揚了些，語氣頗為溫和。「不要緊。」

如此，宋嘉禾又謝過一回。

宋銘出聲。「外頭熱，別在外面久待。」

宋嘉禾應了一聲。

宋銘便帶著魏闕和宋子諫前往書房。走出一段路後，突然聽見宋子諺興高采烈的歡呼聲。「六姊真厲害！」

看樣子是終於踢出穿花飛蝶了。

腳步一頓的宋銘，見魏闕看過來，便道：「見笑了。」

此時，宋子諺崇拜的眼神讓宋嘉禾心情大好，隨後她又「虛心」向宋子諺學習如何解開九連環，哄得小傢伙笑逐顏開。

姊弟倆愉快地玩了大半個時辰，宋嘉禾就要回降舒院。下個月就是梁太妃六十大壽，她打算畫一幅麻姑獻壽圖，如今才畫了一小半。

宋子諺戀戀不捨，最後拿起功課跟上。姊弟倆大小牽小手，有說有笑地走著，其實大多是宋子諺在說學堂趣事。

「八哥最壞了，他把菜蟲放在我的筆筒裡。」

宋嘉禾平生最怕軟趴趴的蟲子，登時同仇敵愾。「小八太調皮了，待會兒我告訴你八姊，讓她教訓小八。」八少爺宋子訊是宋嘉淇胞弟。

宋子諺搖頭。「我後來把菜蟲放在八哥肩膀上，」又失望地嘆一口氣。「可他一點都不害怕，還帶回去養起來了！」

宋嘉禾聽得津津有味，正樂呵著，視野內就出現一道水綠色身影，定睛一看，不由揚了揚眉梢。

「二姊？」宋子諺也眼尖地發現假山旁的宋嘉卉，她懷裡還抱著一隻哈巴狗。

宋嘉卉終於發現漸走漸近的宋嘉禾和宋子諺，當即面皮抽了抽。

宋子諺納悶地看了看宋嘉卉，又回頭看宋嘉禾一眼，童言無忌。「二姊，妳穿的和六姊好像喔！」

宋嘉禾要笑不笑地看著宋嘉卉。哪只穿得像，就連打扮都像。一樣的垂髫分肖髻，碧玉髮簪和珍珠釵。

之前見面時，宋嘉卉可不是這打扮，她那身穿戴偏華麗，其實她真不適合華麗繁複的風格。宋嘉卉可能本意是想用華麗貴重的衣裳、首飾彌補容色上的不足，卻不知適得其反，襯得她面容更寡淡，反而是這麼一身清爽簡單，看起來更順眼一些。

宋嘉卉臉色變了又變，萬萬想不到會在這兒遇見宋嘉禾，只覺得她落在自己身上的目光彷彿針一般，又像是有一百隻螞蟻在皮肉裡鑽。

再看宋子諺的目光在兩人身上來回轉，似乎在比較，那眼神讓宋嘉卉彷彿受到莫大恥辱，凶巴巴地吼了一句。「看什麼看！」

話音未落，人已經拂袖而去，腳步飛快，恨不能插翅而飛。

青書幾個萬分解氣地看著落荒而逃的宋嘉卉。剛見過她家姑娘就這麼一通打扮，若說不是故意的，騙誰呢！不過撞衫或者說模仿這種事，誰醜誰尷尬。

見宋子諺受驚似地瞪圓眼睛，宋嘉禾大為心疼，彎腰抱了抱他，柔聲道：「沒事、沒事，二姊不是凶你。」

宋子諺依戀地在她肩窩蹭了蹭，小聲道：「她就是凶我，又不是第一次了，我才不怕她。」

宋嘉禾愣了下，輕輕地摩著他的脊背安撫，忽覺臉上熱了一下。

宋嘉禾摸著臉，詫異地看著羞答答的宋子諺。

小傢伙臉蛋紅撲撲，眼神亮晶晶。「我喜歡六姊。」

不像二姊，高興時就陪他玩一下，不高興了理都不理人，還對他發脾氣。

「我也喜歡你。」宋嘉禾笑彎了眉眼。

宋子諺害羞地扭了扭胖身子，臉更紅了。小孩子情緒來得快，走得也快，立刻又是一臉陽光燦爛，姊弟倆高高興興地回降舒院。

臨走前，宋嘉禾回頭張望一眼，並不見宋嘉卉的身影。她不覺一哂，又瞟一眼遠處隱約可見的三水居，那是宋銘的書房，裡面有宋嘉卉求而不得的心上人。上輩子宋嘉卉可沒少為了魏闕幹荒唐事，可惜落花有意，流水無情，還把自己弄成了笑話。

且說宋嘉卉一路疾走，直到回頭不見宋嘉禾的人影才停下來，撒氣似地一把扔掉手裡的狗。那摔出去的狗害怕地汪了一聲，對宋嘉卉委屈地叫兩聲。

「不許叫！」宋嘉卉煩躁地大喝一聲。

那狗登時嗚咽一聲，耷拉著腦袋竄進林子裡。

宋嘉卉恨恨地踢了一腳路邊的樹，低頭看著自己這一身，臉色來回變幻，陰晴不定。

聽說魏闕來了，她顧不得手腕還疼得慌，就著急發慌地開始更衣打扮，鬼使神差間就想到宋嘉禾。再是討厭宋嘉禾，她也得承認今日她穿那一身真好看，清爽昳麗，就像是一株含苞待放的青蓮，看著就叫人心曠神怡。她不由自主地挑了一件水綠色紗裙，又讓人梳了垂髫分肖髻，末了攬鏡自照，也覺得自己這樣打扮格外好看。

本來懷著難以描述的心情過來，可這一切都被宋嘉禾嘲笑的目光毀了。

想起宋嘉禾那張臉，宋嘉卉就覺心浮氣躁，又重重一腳踢過去，似乎是把那樹幹想像成宋嘉禾。

太過用力的後果，就是宋嘉卉疼得倒抽一口涼氣，紅葉連忙上前扶住她。「姑娘，您沒事吧？」

疼得臉都白了的宋嘉卉見她就來氣，沒好氣地瞪著她。「宋嘉禾在這兒，妳為什麼不告訴我？」

紅葉低頭，戰戰兢兢地賠罪。「姑娘恕罪，奴婢不知道六姑娘在前院。」

一句不知道，害自己丟了多大的臉！

宋嘉卉更恨，抬手重重打了紅葉胳膊一下，紅葉疼得臉一白，卻是一點都不敢伸手揉。

腳不再那麼疼之後，宋嘉卉就想馬上回去燒了這套衣服，一雪前恥，可看一眼遠處的三水居後，又下不了決心。

萬一自己回去更衣的空當，他走了怎麼辦？宋嘉卉如此安慰自己，壓下換衣服的念頭。

又過了約莫一刻鐘，書房的門終於打開，宋銘送魏闕到房門口。

魏闕拱手。「表叔留步。」

「子諫，替我送送你表哥。」

宋子諫連忙應是。

魏闕對宋銘頷首示意後，隨著宋子諫離開。

宋嘉卉再次向紅葉確認自己的頭髮沒亂、珠釵端正後，蹲下身摸著那隻哈巴狗的腦袋，放柔聲音哄牠。「樂樂，去二哥那邊，晚上給你吃牛骨頭。」

樂樂歡天喜地地汪一聲，一個箭步衝出去。

宋嘉卉喜上心頭，連忙追出去。「樂樂、樂樂，慢點兒！」

魏闕和宋子諫循聲抬頭，就見一道水綠色的身影向他們跑來。

一開始宋子諫還以為是宋嘉禾，不過很快就看清是宋嘉卉，眉頭輕輕一皺。再看平時見了他就活蹦亂跳的樂樂，急勒馬般在幾丈外停住，徘徊不前。宋子諫心裡一動，看了看身旁的魏闕，想到樂樂也怕父親，從來不敢靠近，大概是因為兩人都久經沙場，帶著煞氣。

越是靠近，宋嘉卉心跳得越厲害，彷彿揣了一隻兔子。她穩了穩心神，越過焦躁地刨著地面的樂樂，在魏闕和宋子諫面前站定後，款款行禮，細聲細氣道：「二哥、三表哥。」

魏闕對她略一頷首，目光不著痕跡地在她身上繞了一圈，眼神有些玩味。

女兒家的直覺格外敏感，這會兒的宋嘉卉，她就覺魏闕的目光似乎在她身上多停留了下，不由得心頭小鹿亂撞，臉一點一點紅了。

宋子諫眉峰皺得更緊。兩年前，魏闕在和父親一起圍剿雍州流民時，宋嘉卉對魏闕一見傾心，還歪纏著母親要他們和魏家說親，母親拗不過，和父親說了，被父親一口回絕。

他也是贊同父親的。齊大非偶，自家妹妹自己清楚，宋嘉卉這性子低嫁到人口簡單的人家才是上策。

「妳帶樂樂去玩吧，我送三表哥離開。」宋子諫對魏闕抬手一引，不給宋嘉卉留一絲機會，免得兩相為難。

望著兩人離開的背影，宋嘉卉的嘴張了又張，卻是一點聲音都沒發出來。明明準備一肚子的話要說，可到了近前，那些話就像是綠葉上的露珠遇上太陽，蒸發得一乾二淨。

宋嘉卉懊惱又挫敗地捶了捶自己的腦袋，憤憤不平地一跺腳。「二哥真是的！」這個時辰就該留人用了晚膳再走的。

十年前，宋老夫人就把管家權交給小顧氏，做她逍遙自在的老封君，不過後宅的事，鮮少有她老人家不知道的。

沉香院裡的事也不例外。朱嬤嬤輕輕打著扇子，小心翼翼覷著宋老夫人冷然的面龐。真不是她偏心，而是二夫人、二姑娘太超過，居然要六姑娘向竇夫人道歉，虧她們想得出來。

「暖暖呢？」

珍珠緩聲道：「六姑娘帶著十少爺在降舒院畫畫。」

宋老夫人露出個笑意，但笑沒多久，嘴角又沈下去，轉而問朱嬤嬤。「教養嬤嬤那事如何了？」

這話裡所指的教養嬤嬤與尋常府裡那些嬤嬤不同，多是大家女眷出身。這世道，便是世家也能在眨眼之間傾覆，便有一些僥倖活下來的女眷做了教養嬤嬤。其中一些人的本事做世家家婦都綽綽有餘，更何況是教姑娘。所以這些嬤嬤十分搶手，尤其是在寒門中極受追捧，就是世家也樂意在家裡供奉一位。

宋老夫人就看中一位謝嬤嬤。由於她對林氏已經徹底失望，連說都懶得說她。從來都是這樣，積極認錯，死不悔改！除非宋嘉卉捅出個大婁子，林氏才有可能醒悟，可到時候也晚了。

總是宋家血脈，宋老夫人哪能坐視不理，她自個兒是沒這精力，也不想管教宋嘉卉，這不就想到了教養嬤嬤。

朱嬤嬤道：「六月底送趙大姑娘出閣後，人就能過來了。」很多教養嬤嬤都不願意陪著姑娘去夫家，糟心事太多了。

宋老夫人點點頭，又吩咐珍珠拿了一對血玉手鐲送到降舒院。誰養的孩子誰心疼，宋嘉禾不是林氏親手養大的，所以她林氏不心疼，為了哄她自個兒養的大女兒，就作踐她養的。

越想越窩火，宋老夫人冷著臉道：「我最近晚上睡覺老是心悸，讓二夫人替我在佛前抄十卷《金剛經》。」

比起宋嘉卉，宋老夫人更惱林氏。要她是個腦子清楚的人，一母同胞的姊妹哪至於鬧成這樣，連堂姊妹都不如。

且說林氏，正忐忑不安之間，朱嬤嬤就來了，輕飄飄地傳了宋老夫人的話。

林氏哪不知道宋老夫人已知情，但她自知理虧，不敢有怨言，比起被叫過去訓斥，她寧願抄經書。

宋嘉卉卻是氣得哇哇大叫。她之前就積了一肚子火，現下壓都壓不住，噴薄欲出。「肯定是宋嘉禾這個白眼狼去告狀了，她怎能這麼不孝，竟然拿祖母壓娘！」這會兒她選擇性地忘了自己針眼大的事都要告訴林氏，更忘了自己多少次拿林氏壓宋嘉禾。

林氏眉頭輕輕一蹙。「卉兒，妳別這樣說，那是妳妹妹！」

「她哪有把我當姊姊！」宋嘉卉怒氣沖沖道。「今日的話娘您也聽見了，她壓根兒就沒把我倆放在眼裡。」

想起之前宋嘉禾的神情，林氏心頭登時一澀。

宋嘉卉見之暗喜。「娘，宋嘉禾但凡敬重您，都不會用那種語氣跟您說話，更不會對我這麼不客氣，她啊，眼裡只有祖母。」

「妳別說了。」林氏被她說得心煩意亂，眉頭都快打結。「她是妳祖母一手養大的，敬重妳祖母天經地義，這些年到底是我虧欠她。」

宋嘉卉最不耐煩聽這話。她宋嘉禾有祖父、祖母疼愛，從小錦衣玉食，僕婦環繞，哪裡受委屈了？

「妳以後別和妳妹妹鬧了好不好？就當娘求妳了。」林氏無奈地看著她。

宋嘉卉瞧她愁得快哭出來似的，只好敷衍地點點頭。

幾日後，舒夫人帶著舒惠然上門拜訪，見了宋老夫人，便十分不好意思地道：「早就該登門道謝，可我這身子不爭氣。」

舒夫人一直都想親自來宋家道謝，可她被竇元朗之事氣得臥病在床，是以拖到現在。

「說什麼見外話，咱們兩家多少年的交情了。」宋老夫人細細端詳她，一臉欣慰。「瞧著氣色好多了，妳就放寬心，犯不著為了那些小人，氣壞自己。」

「您老說得是，我這是著相了。」

宜安縣主問：「竇夫人還在你們府門前鬧？」

舒夫人苦笑。「她每天都來，說是要道歉，怎麼說都沒用。」

「你們家就是脾氣太好了。」宜安縣主修剪得細細的眉毛一挑，語氣中帶著幾分凌厲。「要是我，早就讓人潑餿菜、扔臭雞蛋了，哪怕不潑人，潑地上也是好的。養出那麼個玩意兒，還有臉來演苦肉計。」

宋嘉禾忍不住翹了翹嘴角。她七嬸這暴脾氣，十個竇夫人都不是她對手。

宜安縣主又道：「明兒她要是再來，妳就聽我的試試，看她還敢不敢再上門？」

舒夫人唯有苦笑。

宋老夫人瞋一眼宜安縣主。「妳就別出餿主意了。」其實對付這種不要臉的，這主意還真不錯。不過，舒家人性子都溫和，做不來這事，竇夫人敢這麼鬧，可不就是看準這一點。

宜安縣主一撇嘴。「那你們接著怎麼打算呢？」

舒夫人便道：「竇家不肯還庚帖，我家老爺就想貼告示宣佈那庚帖作廢。」然後放出擇婿的風聲。不過這後半句話當著姑娘家的面說，就不好了。

既然宣佈庚帖作廢，少不得要把原因寫出來。兒子做了那種事，還想扣著女方庚帖，逼得女方不得不出此下策，最後丟人的還是竇家。

宋嘉禾已經完全無法理解。鬧了這麼多天，竇夫人怎麼還能繼續心存幻想，覺得舒家會回心轉意？

宋老夫人點頭。「人家都不要臉了，也沒必要給他們留臉面。」

「您說得是。」舒夫人說完，又招手將宋嘉禾與宋嘉淇招到身邊，一手拉著一個，感激之情溢於言表。「惠然能逃過這一劫，多虧妳們倆，我真不知該怎麼謝妳們才好？」

宋嘉淇撓撓臉。「都是六姊的功勞，我也沒做什麼。」

宋嘉禾笑道：「這是好人有好報，惠然姊姊這麼好，老天爺也見不得她所嫁非人。」

舒夫人越看越愛兩人，滿面笑容地看著宋老夫人、林氏和宜安縣主。「也就貴府這樣人傑地靈的地方，才能養出這般古道熱腸的好孩子。」

宋老夫人與宜安縣主俱是笑彎眉眼。做長輩的最喜歡別人誇自己的孩子，尤其是真心實意地誇。

林氏的笑容略有些尷尬。自從提起竇夫人後，她便如坐針氈，尤其是想起前不久還為了竇夫人的事，和宋嘉禾鬧了不愉快。

誇完了，舒夫人又對身後的婆子使了一個眼色。「這是我給兩個孩子準備的一點心意。」早前舒家就送了豐厚的謝禮過來，不過舒夫人覺得，還是得親自再送一份重禮才能略表心意。

宋嘉禾雙手接過來，又對舒夫人福身。「那我們就覥著臉收下了。」這禮物顯然不會輕，不過也沒必要客氣來客氣去，反正兩家常來常往的，日後找機會給舒惠然補上就是。

一旁的宋嘉淇也接過並福身。

舒夫人笑逐顏開，又詢問一番宋嘉音的病情。宋嘉音「病」了這麼多日，外頭都隱隱有她要香消玉殞的流言了。上門作客，少不得要關心一番。

恰在此時，外頭跑進來一個小丫鬟稟報，靖安侯夫人和韓劭原進側門了。

身為未來的婆婆，靖安侯夫人哪能不關注宋嘉音？反正要來武都參加梁太妃六十大壽，她便提早上武都，昨兒剛到，就遞了今日拜訪的帖子。

「母親，我去院子裡迎一迎。」小顧氏站起來道。

宋老夫人頷首，又回答舒夫人之前的問題。「大丫頭還是病著，郎中都束手無策。」

舒夫人連忙安慰。「吉人自有天相，您也別太擔心了。」

「借妳吉言了。」宋老夫人面帶憂愁地嘆一聲。

說話間，靖安侯夫人母子就進了屋。武都風氣開放，姑娘家也無須專門避開韓劭原，大大方方地見禮。

靖安侯夫人生得一團和氣，慈眉善目還有些微胖，要不是事先知道，完全不敢相信她是韓劭原的親娘，長得一點都不像。

小顧氏為靖安侯夫人與舒夫人互相介紹一回。

靖安侯夫人不著痕跡地看舒惠然一眼。竇、舒兩家的婚事鬧得沸沸揚揚，連她都略有耳聞。倒是個標致的姑娘，看起來溫溫柔柔，觀之可親，怪不得竇家不肯放手。

寒暄過後，靖安侯夫人便進入正題，開始詢問宋嘉音的情況。宋老夫人與她略說幾句，便讓小顧氏帶著靖安侯夫人和韓劭原去看宋嘉音。

韓家母子離開後，舒夫人也適時提出告辭。

看過宋嘉音，韓劭原隨著留在家裡招待他的宋子謙離開。而靖安侯夫人又被迎回溫安院，此時屋裡唯有宋老夫人和小顧氏在場。

小顧氏斟酌又斟酌，還是有些不知如何開口？

靖安侯夫人不由看過去，一看這陣仗，其實她隱約猜到了幾分。

最後還是宋老夫人打破沈默，沈聲道：「阿音病得凶險，各種靈丹妙藥都灌下去了，神醫妙手也請了不少，可依舊沒有起色。」

這一點，靖安侯夫人略有耳聞，他們就送了不少珍貴藥材和兩位名醫過來。「您老人家別太擔心了，我看這孩子是個有福氣的，定然會轉危為安。」

宋老夫人沈沈一嘆。「就怕她這身子等不到那一天。這孩子都瘦得脫形了，再這樣下去……」她搖搖頭，像是下定某種決心。「前幾日我和她祖父商量了下，想著把她送進空門祈福。」

靖安侯夫人面露驚色。「這、這可……」

宋老夫人苦笑。「好好的姑娘，我們也捨不得，可眼下也只有這麼一個法子了，就盼著佛祖憐憫，給她一條生路，活著才有以後。」

時下若家有體弱多病的小兒，遍尋名醫還是沒效果，常見的一種做法，就是送入廟裡養到成年再接出來。漸漸到了後來，也有一些病重到無藥可醫的成人進入寺廟，希冀佛祖保佑，偶有效果，便被傳得神乎其神，紛紛仿效，頗有點死馬當活馬醫的意味在裡頭，也是圖個心安。

宋老夫人繼續道：「這孩子進了空門，與劭原的婚事便只能作罷，就是對不住你們了，是我們家阿音沒福氣。」

是沒福氣啊，那麼好的夫家就被她硬生生給作沒了。

宋老夫人已經從宋老太爺那兒知道前因後果，只能說這丫頭小事精明，大事糊塗。

靖安侯夫人忙道：「您老說的什麼話，只要對阿音好，入了廟裡調養也是應該的，至於婚事，我們韓家是願意等她出來的。」

「若是她逢凶化吉醒過來，沒有三年五載肯定出不來，否則佛祖是要怪罪的，」宋老夫人不贊同。「豈能讓你們家等上這麼久？劭原年紀也不小了，又是長子嫡孫，耽擱不起。再退一步，萬一這孩子待久了，不願還俗怎麼辦？這種情況又不是沒有。」

如此你推我讓兩回後，靖安侯夫人只能萬般遺憾說，要問下靖安侯才能決定。

兩廂又客套幾句，靖安侯夫人便提出告辭，宋老夫人讓小顧氏送她出去。

朱嬤嬤上前為宋老夫人添了一回茶。

「這靖安侯夫人倒是個會說話的。」宋老夫人突然笑道。

朱嬤嬤了然地笑了笑，難得促狹了一句。「似寶夫人那樣不要臉皮的才是難得一見。」

韓家真願意等宋嘉音三年五載嗎？自然不願意。到時候韓劭原都多大了，可又不能宋家一提就答應，那顯得無情無義，是以靖安侯夫人才再三推拒，然後宋老夫人再苦口婆心勸一勸，兩家都全了臉面，傳出去也要說兩家都是厚道人。

幾日後，靖安侯夫人再次上門，這次上門是著手取消婚約。兩家在見證人面前和和氣氣地簽了文書，唯一的分歧在當初下定的定禮上。宋家要折合成銀子歸還，韓家自是不肯收，最後送到城裡的育幼堂做善事，如此又引來一通稱讚。

婚約取消第三日，宋嘉音就被送進頗負盛名的瓏月庵出家；到了第八日上，奇跡一般地甦醒過來。消息傳出去，瓏月庵的香火頓時更旺了一些。到了月底，宋嘉音都已經能下床了。

這一日，宋嘉禾正在練字，練到一半，長房七姑娘宋嘉晨帶著人過來了。

「七妹。」宋嘉禾迎上去，又吩咐人上涼茶。

「六姊不用忙，我就是來問問妳，我打算明日去看大姊，六姊要不要和我一塊兒去？」宋嘉晨溫聲道。

宋嘉音甦醒次日，宋嘉禾隨宋老夫人去一趟之後，就再沒去過瓏月庵，算算也有半月，遂道：「好啊，要不再去問問八妹？」

宋嘉晨依禮問了一聲各房姊妹。宋嘉淇自然願意，而宋嘉卉則找藉口推了，她才懶得去看宋嘉音。

當下姊妹三人騎馬前往瓏月庵，途經姚記糖鋪時，宋嘉禾揚聲。「停一下，我去買些糖。」

這家百年老鋪的糖做得十分有特色，宋嘉音喜歡吃裡面的桂花糖，宋嘉禾則最喜歡他們家的粽子糖。

宋嘉淇歡天喜地翻身下馬，動作比宋嘉禾還快。「我也要買！」她喜歡這裡面所有的糖。

宋嘉淇衝進店內，眼裡除了各色各樣的糖糕，哪裡還看得見其他？

宋嘉禾可沒她這麼沒出息，一進門便若有所覺地轉過頭，只見櫃檯前站著一人，玄色錦袍，長身玉立，清雋英挺。

宋嘉禾眨了眨眼，濃密的睫毛如同一把小扇子。「三表哥？」

她語氣裡是顯而易見的驚訝。實在是魏闕和糖鋪完全格格不入啊。

魏闕神色如常，略一頷首。

被糖糕晃花眼的宋嘉淇聞聲扭頭，詫異地看著魏闕，顯然是和宋嘉禾一樣的想法。

宋嘉禾帶著兩個妹妹上前行了萬福禮，視線在他和擺滿糖糕的櫃檯之間來往轉了兩圈。

「三表哥也來買糖？」

魏闕垂眼看著她，淡淡地嗯了一聲。見小姑娘眼珠黑漆漆的，機靈又鮮活，還隱隱含著撞見熱鬧的笑意。
宋嘉禾忍不住懷疑了下，望一眼他身後的櫃檯，確定那是一盒又一盒香甜精緻的糖糕而不是文房四寶，她努力讓自己的笑不帶上多餘意味。
真想不到他這樣的人也會來買糖，就是不知買給誰，或者是自己吃？
瞬間一個畫面湧入宋嘉禾腦海中，她忍不住乾咳一聲，藉此忍下幾乎憋不住的笑意。
男人愛吃糖怎麼了？宋子諺就挺喜歡的，前兩天還撒嬌耍賴地要走她最後一匣子粽子糖呢！不過，宋子諺才六歲……
宋嘉禾一本正經地向他介紹。「三表哥，這家店的粽子糖、桂花糖還有杏仁糖最好吃。」看在他幫過她那麼多次的分上，她決定助人一把。
宋嘉淇點頭如啄米，熱情推薦。「還有牛軋糖也好吃。」
之前她有點怕這個表哥，不過經過河池的事後，宋嘉淇覺得，這表哥雖然看起來冷冰冰，但人還是挺好的。
魏闕便淡聲道：「那每樣來一斤。」
自魏闕出現就沒冷靜下來的小二，激動道：「好嘞！」
這可是戰功赫赫的魏將軍，試問哪個男人不崇拜這樣的鐵血男子？
小二手腳麻利地裝糖。「將軍來得巧，就剩下最後一斤粽子糖了。」
最後一斤！
宋嘉禾的眼睛立時睜大一圈。

眉目如畫的姑娘露出這樣的表情，哪個男人能無動於衷？至少店小二就做不到。於是他裝粽子糖的動作一點一點慢下來，等著魏闕讓出這粽子糖。然而他再慢，都快包好了，也沒等來預想中的話，小二忍不住偷看魏闕。

魏闕平靜地看他一眼，小二登時一個激靈，十指翻飛，瞬間就包好糖，恭恭敬敬地遞過去。「魏將軍，您的糖。」

宋嘉禾的心情很複雜。自己的建議被接納是一件高興的事，卻也因為這樣，輪到自己就沒了，莫名有種挖坑把自己埋了的鬱悶，這種鬱悶比吃不到粽子糖更甚，她頓時有點心塞。

魏闕慢條斯理地拎起油紙包，宋嘉禾的視線一路從他手上的油紙包順著修長的胳膊，移到他冷峻的臉上。看在他長得這麼好看的分上，她揚起盈盈笑臉。「三表哥慢走！」

人家也不是故意的，難不成還要為了一包粽子糖擺臉色？她又不是三歲小孩。

魏闕也彎了彎嘴角，笑意頗深，隨後抬腳離開。

「我們明日再來買粽子糖。」宋嘉晨瞧著宋嘉禾似乎耿耿於懷，於是安慰道。

店小二殷勤備至。「小的替姑娘們留著。」

「這不是糖的問題，這是運氣的問題！」宋嘉禾嚴肅著臉。「我覺得今日不宜出門。」

第八章

半個時辰後，一行人抵達瓏月庵。

宋嘉音瘦了不少，下巴尖尖的，看起來我見猶憐，帽簷邊露出分岔的青絲，看得人心裡怪不好受。

見她們這模樣，宋嘉音反而笑起來，眉眼瞬間鮮活。「這是怎麼了？我病癒了，妳們不高興？」

「當然高興。」宋嘉禾彎起嘴角，露出一個大大的笑容。「大姊，我們買了妳最愛吃的桂花糖，喝藥時妳可以吃一顆。」

除了桂花糖，她們還帶了不少精緻點心，有些是買的，有些是家裡做的，都是素點。「這些大姊自己留著吃，這堆則可以分給庵堂裡的師太。」

宋嘉音笑道：「算妳們有良心。」

宋嘉淇做賊似地朝門口張望一眼，然後鬼鬼祟祟地把一個綠皮包袱推過去，得意洋洋。「這是肉乾。」

宋嘉禾無語地看宋嘉淇一眼。這丫頭。

宋嘉音低頭看著那包袱。說實話，她真的很想留下來，可卻只幽幽一嘆，捏了捏宋嘉淇的臉。「妳的好意大姊心領了，不過我既然出家修行，就該守佛門清規戒律。」

宋嘉淇不敢置信地看著她。她一直都覺得大姊進寺廟是無奈之舉，連那麼好的婚事都沒了，若是連肉都不能吃，豈不是太可憐！

饒是宋嘉禾也有些驚訝。上次來看宋嘉音時，她還有些不甘不平，可這會兒整個人都心平氣和不少。忽地，宋嘉禾心裡一動，想起前幾日聽到的一樁喜訊。祈光在萊城青樓因為「爭風吃醋」而被打斷腿，臉上還留了疤。那人也就一張臉的優點，現下臉沒了，又不良於行，總不能再騙小姑娘了。聞訊時，宋嘉禾還猜測，是不是家裡動手的？

姊妹之間略說幾句後，宋嘉音打發走宋嘉晨和宋嘉淇，獨留下宋嘉禾。

宋嘉淇佯裝吃醋，不高興地皺了皺鼻子。「大姊只和六姊說悄悄話。」

「等妳們大一點，我就和妳說。」宋嘉音敷衍道。

「六姊也就比我大一歲！」宋嘉淇不滿地強調。

宋嘉音愣了下。是啊，宋嘉禾也就比她們大一歲，可這個妹妹一直給她可靠的感覺，明明她自己也是個愛玩、愛鬧的人。

宋嘉禾指了指那綠皮包袱。「大一歲的區別就是，我不會那麼不可靠地帶肉過來。」

宋嘉淇訕訕一笑，抱起包袱就跑，大概是想去毀屍滅跡；宋嘉晨也朝二人福身告退。

屋子裡便安靜下來，宋嘉禾使了個眼色，青書便帶人出了屋子，還守在門口。

宋嘉音抬手想捋髮，一下捋了個空，登時扭了下臉。

宋嘉禾有點不知道該擺出什麼表情才好？對姑娘家來說，頭髮就是第二張臉。

「妳坐吧。」宋嘉音看著她，似乎在斟酌用詞，片刻後開口。「特意留妳，是想和妳道歉。」

宋嘉禾一驚，不知她何出此言？

開了頭，後面的話就容易了。宋嘉音眼底浮現歉意。「在河池，我對妳態度不好，我還嫌妳多管閒事來著，可那時妳要是放任我這麼下去，我怕是難逃一死。」

大哥和她說了黃家那姑娘的下場，如果她的事被捅出去，黃玉瑩就是她的前車之鑑。

宋嘉音忽然站起來，抬手朝她作揖。

宋嘉禾連忙扶住她。「大姊這是做什麼？我們一塊兒長大，要是我出事，難道妳會置之不理？」

她還記得小時候宋嘉卉欺負她，宋嘉音替她出過頭。

宋嘉音眨眨眼，掩下其中澀意。「我自己都想不明白，當時怎麼就鬼迷心竅了？」

聽話頭，宋嘉音是想通了，宋嘉禾由衷替她高興，雖然代價大了點，不過幸好她還年輕。「大姊現在明白過來也不晚，妳的日子還長著呢！」

宋嘉音笑了下。是很長，但是不一樣了，可誰叫她竟然喜歡上那麼一個畜生呢！闖了禍，連她的安危都不顧就逃之夭夭，大哥的人是在煙花柳巷裡找到祈光的。她被灌了藥，昏迷不醒，他卻在溫柔鄉裡左擁右抱，好不快活！

這個消息對她而言，不異天崩地裂。宋嘉音作夢都想不到他是這樣的人，在她眼裡，祈光一直都是溫潤如玉的翩翩佳公子，待她溫柔小意、體貼入微。經此一事，遮住她雙眼的迷霧瞬間消散，籠罩在祈光身上的光環也化成灰燼，她突然間意識到自己是如此愚不可及。

其實祈光並非毫無破綻，偶爾她也能聽見別人說起他進出風月場合，可他說是為了應酬，自己也傻乎乎信了。

近二十的人了，也沒個正經差事，他說自己無心仕途，只想醉心辭賦，可也沒見他寫出過一篇值得稱道的錦繡文章。

樁樁件件，可見當初的自己到底有多蠢！

「人心險惡，六妹以後睜大眼，千萬別被甜言蜜語騙了。要是有看對眼的，先去問長輩，她們走過的橋比咱們走過的路還長，不會看走眼的。」望著宋嘉禾精緻如畫的臉蛋，宋嘉音有感而發。不知多少男人想著把她騙到手？「我就是血淋淋的例子。」

宋嘉禾心頭泛暖，鄭重點頭。「大姊的話，我記下了。」

姊妹倆又說了些體己話，宋嘉音道：「我要做午課了。後山風景不錯，妳們可以去玩一會兒，玩累了正好回來用了齋菜再回去。」

妹妹們來看她，她很高興，也想她們多留一會兒。

午課二字讓宋嘉禾微微一怔，再看宋嘉音習以為常的模樣，她便笑起來。「那大姊去忙，我先走了。」

宋嘉音送她出門，望著她漸漸遠去的背影，眼底有著欣羨。她一點都不喜歡庵堂生活，可人總要為自己的愚蠢付出代價。

宋嘉禾打聽妹妹們的下落，得知她們在後山瀑布那兒玩水，便尋過去。彼時豔陽高照，哪怕打著傘，宋嘉禾也熱得不行，少不得尋了林子裡的小路走。瓏月庵的住持明惠師太是宋老夫人好友，故而她來過好幾次，對地形熟得很。

四面八方都是一聲比一聲長的蟬鳴聲，宋嘉禾一邊打著扇子一邊走，正尋摸著可以捉兩隻回去哄宋子諺，冷不防聞到一股誘人濃香，讓人口舌生津。

宋嘉禾矜持地抿著唇，掃一圈自家丫鬟和護衛，說出大家的心聲。「去看看。」

天上飛的、地上跑的、水裡游的，什麼山珍海味她沒吃過，可從來沒聞過這麼勾人的香味。

姑娘英明！眾人在心裡默唸。

一行人頓時把瀑布拋諸腦後，腳尖一拐，循著香味走去。

片刻後，終於尋到香味源頭，波光粼粼的水潭邊，有兩人圍著一簇火堆而坐。面朝他們而坐的是一和尚，那鋥亮的大腦袋和赤色袈裟讓人想忽視都難；另一人則背對他們，坐姿挺拔如松。

宋嘉禾停下腳步。若是旁人倒是能覥著臉上前問一問，可這和尚……人家躲起來吃肉，她湊上去可不就令人尷尬？

宋嘉禾只得聞香興嘆，打算原路返回。剛旋過身，腦中靈光一閃，覺得眼前這衣服有點眼熟。

大和尚毫無形象地箕坐在地，一手執酒壺，一手抓著半隻蹄膀，吃得好不快活；腳邊是一堆碎骨頭，蔚然可觀。

魏闕翻著簇火上的鹿腿，對眼前蝗蟲過境一般的景象，眼皮都不多抬一下。

吐出最後一口骨頭，大和尚心滿意足地灌了一大口酒，一唱三歎。「清蘆竹葉青，七方樓烤鴨，百味閣蹄膀，姚記粽子糖，」又指了指魏闕。「你烤的鹿肉。這兩年和尚作夢都想著。」

魏闕抬眼看他。「既然這麼想，何不留下不走了？」

大和尚嘿嘿一笑，頗為自得。「臭小子，捨不得你師叔我啦？」

「是啊，」魏闕語氣涼涼淡淡。「那你要留下嗎？」

大和尚微微一笑，望著層層疊疊的樹葉，慢慢道：「東海有一種鳥，一生絕大多數時日都在空中飛。因為牠沒有腳，一旦停下就行動困難，起飛遲緩，稍不留神就命喪黃泉。」

此刻魏闕的神情和煦如春風，目光悠遠又深長，彷彿穿過距離、透過時光，看到了不知名的景象。

大和尚被他看得不自在，神色一整，又是放誕不羈的酒肉和尚，嘟囔道：「別烤糊了我的肉。」

魏闕輕嗤一聲，低頭刷油。

這一聲落在大和尚耳裡就是赤裸裸的嘲笑，立時惱羞成怒，抄起酒瓶，又覺沈手，遂換了一個空瓶砸過去。

魏闕隨手接住，見他還要再扔，道：「要比劃，等我烤好肉。」

大和尚一想也是，肉糊了豈不可惜？遂扔掉酒瓶，決定口誅筆伐。「你小子翅膀硬了，都敢嘲笑你師叔，簡直是大逆不道。」

魏闕認真刷著油，一概不理。

大和尚痛心疾首，唱作俱佳。「就不該把你交給師兄，當年多嘴甜乖巧的胖娃娃，結果被他教成這麼個老頭樣。」

「你確定跟著你，我能活到現在？」魏闕抬頭，要笑不笑地看著他。

大和尚眼神開始飄。四歲的魏闕差點被一顆鳥蛋噎死，那顆鳥蛋就是他餵的。如此這般的往事，不勝枚舉。

大和尚果斷轉移話題。「有人來了。」

「十一人。」魏闕笑笑。

大和尚不得不感慨，這世上有些人天生就是練武奇才，他二十歲時可沒這功力。

片刻後，宋嘉禾一行出現在視野中，大和尚敏銳地捕捉到魏闕的目光動了動，似驚訝還有一絲微不可察的笑意。

大和尚饒有興致地摩了摩下巴。這小丫頭生得可真嬌俏，看著就賞心悅目。

稍後，坐在篝火堆前的宋嘉禾還有些回不過神來。她怎麼會坐在這兒了？

宋嘉禾百思不解。她本來是要走的，可這和尚幾句話後，自己就莫名其妙地走過來了。

宋嘉禾看著眼前的大和尚，此人看起來五、六十歲，生得白白胖胖，一看就是不缺油水的人。

「香不香？」

「香！」脫口而出的宋嘉禾臉一紅。大概是覺得自己太不矜持，她掩飾地搖了搖扇子。

「香就多吃點，」大和尚一指熟練翻著肉的魏闕。「這小子也就這點能拿得出手了。」堂堂戰功彪炳的大將軍，竟然只有烤肉這一優點？宋嘉禾很辛苦地忍住笑意，不由得去看魏闕。

魏闕專心拿著刷子往肉上刷油，只當耳邊風拂過。

宋嘉禾單手托腮，覺得他們倆關係肯定很好。只有極為親近的人，才能這樣肆無忌憚地開玩笑。

「敢問大師如何稱呼？」宋嘉禾懊惱地想拍腦袋。這時竟然才想起來。

大和尚的目光，在她手腕上的小葉紫檀佛珠上繞了繞，樂呵呵地說：「貧僧法號無塵。」

「無塵大師好。」

「酒肉和尚而已，當不得一句大師。」無塵拿起手邊的酒瓶就灌了一大口。

宋嘉禾微笑。「酒肉穿腸過，佛祖心中留。」

無塵擊掌大笑，聲音渾厚，驚得林中休憩的鳥雀紛飛而起，嘩啦啦一陣響。宋嘉禾嚇了一大跳，覺得耳朵有些難受。

「師叔。」魏闕淡淡地看著無塵。

笑聲驟停，無塵若無其事地抓了兩顆粽子糖吃起來。「這粽子糖，還是姚記的最正宗。女施主要不要嚐嚐？」

宋嘉禾有點懵。這變臉也太快了吧……

無塵托著油紙包遞到宋嘉禾面前，宋嘉禾不由自主拿了一顆塞進嘴裡，口中香甜的味道讓她醒神過來。「謝謝大師。」

「女施主客氣了。」無塵又把幾個油紙包往她面前推了推。「女施主請隨意。」

宋嘉禾便對他笑了笑，看一眼那幾包糖，又看魏闕一眼。敢情是替他師叔買的？

「我家人還在等我，大師和三表哥慢用，我先走一步。」宋嘉禾站起來道。

無塵熱情留客。「什麼事能比吃還重要，難道妳不是聞著香味尋過來的？」

宋嘉禾的臉又不爭氣地紅了。說得她很饞似的。

一直沒說話的魏闕抬頭，說：「馬上就好。」

這是留客？

宋嘉禾詫異地看著他，就見他往肉上撒了不知名的東西，頓時香味更令人垂涎欲滴。

「依米花籽、番蓮果、白鷺花……」他說了一串名字，聽得宋嘉禾眼冒金星。就五、六樣她似曾耳熟，旁的聽都沒聽過。

「這是什麼？」

魏闕又補充道：「就是香料。」

宋嘉禾鎮定地點點頭，假裝自己聽懂了。

魏闕看她一眼，低頭拿匕首削下幾片鹿肉，用筷子串成串後，遞給宋嘉禾。

宋嘉禾受寵若驚，剛想說讓無塵大師先來，畢竟那是長輩，不想一錯眼，就見刀光一閃，無塵已經抓著一隻鹿腿在啃了。

宋嘉禾盯著他的手。他難道不怕燙嗎？

吃得齒頰留香的無塵看過來，彬彬有禮一笑。「女施主不要客氣。」

說實話，宋嘉禾有點混亂，不自覺去看魏闕。

魏闕遞了遞手裡的鹿肉。「涼了會腥。」

宋嘉禾吶吶地「哦」一聲，總覺得這情形有點不對勁，又說不出哪兒不對。她不自覺地咬一口鹿肉，鮮嫩多汁，噴香四溢，她頓時什麼念頭都沒了。

「好吃吧！」無塵一臉得意。

嘴裡含著肉的宋嘉禾只能捧場地點頭，又朝魏闕豎了豎大拇指，面上是毫不掩飾的誇讚。

無塵咬下一口肉，含糊道：「他這烤肉的手藝真沒話說，以後要是不帶兵打仗，開一家店，保准客聚如潮，財源滾滾。」

宋嘉禾忍不住就噴了，拿帕子捣著嘴，輕輕咳起來，眼神閃閃發亮地看著魏闕，似乎是在暢想他開店的美景。

魏闕挑了挑眉，看向無塵。「有吃的還堵不住你的嘴。」

無塵嘿嘿一笑，埋頭大吃特吃。

宋嘉禾立即識趣地低頭吃肉，不知不覺就吃完了，還有些意猶未盡。她偷偷瞄一眼架子上香氣撲鼻、色澤誘人的鹿肉，趕緊挪開視線。她可是宋家姑娘，哪能表現得像是一輩子沒吃過肉似的，忒丟人！

不過，這肉真好吃！

宋嘉禾拿帕子擦擦嘴角，笑得落落大方。「多謝三表哥招待。」

「吃飽了？」片著鹿肉的魏闕問她。

宋嘉禾盯著他手裡的鹿肉，內心劇烈掙扎，終於決定做個誠實的好姑娘。「還沒有。」丟人就丟人吧，反正自己在他面前估計也沒什麼面子了。

魏闕不覺一笑，用洗乾淨的芭蕉葉裝了一大盤給她。

「謝謝三表哥。」宋嘉禾眉眼彎彎，聲音甜絲絲的，覺得這一刻的魏闕前所未有的順眼。

吃了一大半下去後，宋嘉禾總算徹底飽了，她懶洋洋地坐在木樁上看著另外兩人。無塵大師屬於豪放派，大口吃肉，大口喝酒；魏闕就要「婉約」多了，不過這個婉約也就是在無塵的襯托下才顯現出來。他吃東西速度很快，動作倒不粗魯。

魏闕抬眸看她，見心情大好的宋嘉禾奉送一枚大大的笑臉。小姑娘的臉被篝火映得紅彤彤，眼睛亮閃閃，眼角、眉梢都透著滿足，看著讓人覺得歡喜。

魏闕垂下眼，拿起酒壺喝一口。

等兩人吃的動作停下來，宋嘉禾再次提出告辭。

無塵熱情洋溢地道：「女施主，下次有緣再一起吃肉。」

宋嘉禾愣了下，隨後笑咪咪地應了一聲，心裡覺得大概沒機會了。這次是自己沾了他的光，居然能吃到堂堂魏三爺親自烤的肉，想想還有點小驕傲呢！

宋嘉禾朝二人行了個萬福禮，便旋身離開。走出一小段路後，腳步一頓，面露懊惱。光顧著吃，她都忘了問為什麼他烤的肉這麼香？可再讓她專門跑回去問，這麼丟人的事她可做不出來。

宋嘉禾一扭頭，果然對上青書、青畫兩人幽怨的小眼神，訕訕一笑。「回頭帶妳們去吃七方樓的烤鴨，每人吃一隻，帶一隻。」

青畫幽幽道：「謝謝姑娘。」

「……」聽起來還是有點怨念，可她也沒辦法啊！

在她們身後，無塵定定地望著這個方向。追憶、悵然、無奈等情緒如走馬燈一般，在他臉上切換。

魏闕默默看他一眼後，收回目光，眼角餘光瞥見一點紅光。他走過去，在枯葉堆裡撿起一枚紅寶石胸針。

「看來是那小姑娘落下的。」人一走，無塵也不裝模作樣喊女施主了。他嘖嘖兩聲，擠眉弄眼。「就當肉錢，你還賺了。」

魏闕淡淡掃他一眼。

旁人被他這一眼掃過去，十有八九噤若寒蟬，可無塵是誰？那是打小以弄哭魏闕為樂的無良師叔，可憐魏闕硬是被他逼得修練成喜怒不形於色。

「話說，你今日挺細心，還拿三張芭蕉葉包肉，怕燙到小姑娘？」不等他回話，無塵幽幽而嘆。「我一把屎一把尿把你拉拔大，怎麼沒見你對我這麼體貼過？」

越說越上癮的無塵，完全無視他漸漸變黑的臉，如數家珍一般說著他童年黑歷史。

魏闕終於忍無可忍，把寶石胸針放在木椿上。

「喲呵，惱羞成怒了。」無塵挑眉，拍了拍大肚皮，慢騰騰道：「吃飽了，正好動一動，看看你這兩年進步多少？」話音未落，先發制人，完全沒有以大欺小的愧疚感。

頃刻間，兩人已經過了幾十招，拳腳如影，瞬息萬變，隱在暗處的暗衛看得頓覺生無可戀。

瓏月庵的齋菜清淡可口，對於吃了一大堆烤肉正犯膩的宋嘉禾而言正適合。

用完齋飯，宋嘉禾幾人又陪宋嘉音說了一會兒話，見天色不早，遂去向明惠師太辭行。

如無特殊情況，宋老夫人每月起碼要來瓏月庵禮佛一次。宋嘉禾每回都陪宋老夫人過來，故而和明惠師太十分熟悉。又有年初她大病一場，昏迷不醒，宋老夫人急得直掉眼淚，後來明惠師太把那串陪伴她四十年的小葉紫檀佛珠送給她，還在她床前打坐唸經。

唸到第三天，她甦醒過來，宋老夫人一直都覺得是明惠師太用佛法，把她從鬼門關拉回來，對師太更是感激不盡。

如此淵源之下，宋嘉禾來了瓏月庵，萬沒有不拜見明惠師太的道理。

說起來，宋老夫人和明惠師太的交情可追溯到垂髫之年。師太本也是世家貴女，卻在風華正茂的年紀看破紅塵，入了空門。因緣際會下，她來到武都，進入瓏月庵，因精通佛法而信徒眾多，短短二十年就將瓏月庵發揚光大。

比丘尼通稟後，將她們引入廂房便告退。

宋嘉禾對蒲團上的人恭敬地拜稽首。「師太好。」

宋嘉淇和宋嘉晨亦見禮。明惠師太還了一禮，慈眉善目地看著她們。

如此宋嘉禾才抬起臉來，哪怕看了十幾年，每次見面她都忍不住在心裡驚嘆。眼前的師太即使一身簡樸的灰色僧袍，眼角已有淡淡紋路，這些都掩不住她的絕代風華。

宋嘉禾一直都覺得瓏月庵能如此香火鼎盛，與明惠師太身上那種，莊嚴中混合著縹緲仙氣的氣質密不可分，看著她，就會讓人不自覺信服。

「祖母讓我問問您，院子裡的荷花開得很好，您要不要抽空去看一看？」宋嘉禾不由自主放輕聲音。

明惠師太輕輕一甩拂塵。「告訴妳祖母，若得空，貧尼便上門叨擾。」

宋嘉禾笑咪咪道：「您能過來，祖母定然開心。」

明惠師太微微笑著，如春風拂面。

宋嘉禾猶豫了下，期期艾艾道：「我大姊初來乍到，還請師太多多關照。」

明惠師太微微一笑。「求人不如求己。」

碰了個軟釘子的宋嘉禾臉色微紅，訕笑著撓了撓臉。「那您好好休息，我們先走了。」

「一路小心。」

宋氏三姊妹乖巧地行禮告退。

出了院子，宋嘉淇用力呼出一口氣。在裡面，她大氣都不敢出，總覺得自己咋咋呼呼的，會褻瀆了住持師太。

宋嘉禾被她這沒出息的樣子逗樂了。「有至於這麼誇張嗎？」

宋嘉淇吐了吐舌頭。「我也不想啊，可我看見師太就控制不住地緊張。」寶相莊嚴，仙氣渺渺，跟見了大殿上的佛像似的。

宋嘉禾無奈地搖頭，抬頭一看，紅霞滿天，如火如荼。「和大姊道別後……」

「六姊，怎麼了？」宋嘉淇見她突然愣在原地，不由奇怪。

宋嘉禾朝對面的屋頂眨眨眼，不是很確定道：「我剛剛好像看見一道紅色的影子閃過去。」

宋嘉淇與宋嘉晨面面相覷，扭頭問丫鬟們。「妳們看見了嗎？」

一眾人不約而同地搖頭。

「妳是被彩霞晃花眼了吧！」宋嘉淇嘲笑。

宋嘉禾望了望天邊大片大片的晚霞，捏著眉心笑了笑。

稍晚，幾人又去找宋嘉音，她一直送她們到大門口，不捨之情溢於言表。

眼睛發澀的宋嘉淇突然一把抱住宋嘉音，聲音裡帶著哭腔。「大姊，妳跟我們回家吧，修行在家裡也可以啊！」

大姊那麼講究的人，從小到大，衣食住行無一不精，在這兒卻要粗茶淡飯，還要自己洗衣、掃屋，連個小丫鬟都沒有，宋嘉淇越想越心酸。

宋嘉音喉嚨有些堵，像是被塞了一團棉花。她啞著嗓子道：「妳說什麼糊塗話，我這條命都是菩薩給的，要是這點誠心都沒有，是要遭報應的。」

宋嘉禾摸摸宋家淇的腦袋。「妳別胡鬧，以後我們多來看望大姊。」

宋嘉音勉強維持笑意。「是啊，妳們幾個以後多來陪我說說話。快點走吧，天黑山路就不好走了。」

宋嘉淇這才戀戀不捨地放開手，一步三回頭地離開。

宋嘉音癡癡地望著她們的身影，眼眶漸漸濕了。

六月底，趙家大姑娘出閣後，謝嬤嬤帶著行李住進錦繡院，宋嘉卉水深火熱的生活就此拉開序幕。

宋嘉卉的下馬威，被謝嬤嬤四兩撥千斤地化解不說，還在翌日就被謝嬤嬤揪到一個錯，打了手心。任是宋嘉卉如何謾罵都無濟於事，宋老夫人特意撥了四個孔武有力的婆子，任由謝嬤嬤差遣，就是防著謝嬤嬤指使不動錦繡院裡的人。十板子下來，宋嘉卉的手也腫了。

挨打的宋嘉卉能善罷甘休嗎？要是挨一次打就乖順下來，她就不是宋嘉卉了。宋嘉卉自是越挫越勇，與謝嬤嬤對著幹，結果一敗塗地。

手心還腫著不好再打，於是手臂、大腿、臀部這些肉多的地方，紛紛慘遭毒手。苦不堪言的宋嘉卉找林氏哭訴，林氏自然疼得心肝顫，硬著頭皮和謝嬤嬤說情，反被謝嬤嬤義正詞嚴地說教一頓。

謝嬤嬤想當惡嬤嬤嗎？她也不想啊！可這位二姑娘，她要是不一上來就把她打服了、打怕了，根本不會把她放在眼裡。

活了大半輩子，這點看人的眼力她還是有的。怪不得宋老夫人讓她不必束手束腳，只當教訓自家子姪，敢情她早知道自己孫女這德行。

謝嬤嬤後悔了，當初就不該被宋家的門楣和束脩晃花了眼。可千金難買早知道，不想砸了招牌，她就得把宋二姑娘教出個樣子來。

錦繡院裡的鬥法，也驚動了宋銘，他卻不是替宋嘉卉說情，而是告誡林氏不要扯後腿。宋銘發話比宋老夫人還管用，林氏再不敢求情。

宋嘉卉見林氏都撒手不管，登時心涼，傷心又絕望地哭了一場，旋即消停下來。

鬧鬧哄哄就到了七夕，當天崇仁坊裡舉辦廟會，且晝夜不絕。這樣的熱鬧，宋家姑娘們自然要去湊一湊，宋嘉卉也不例外。

是日傍晚，盛裝打扮好的姑娘們，陸陸續續到了溫安院。

宋嘉卉在屋裡打扮了整整一個時辰。自從上次從宋嘉禾那兒得到靈感後，她摒棄一貫的華麗風，改走清新簡潔路線。今日她穿的，就是用黃色雪菱紗新做的千水裙，雙股垂髫分肖髻，插了米花色水晶髮釵，淡淡的妝容，簡單自然。

攬鏡自照，宋嘉卉摩著鏡面，嘴角微微上揚，弧度越來越大。然而剛剛建立起來的滿滿自信，在她進門看見宋嘉禾那一瞬間，便潰不成軍，屍骨無存。

宋嘉禾身穿大紅色水袖鳳尾裙，如同一朵盛開的芙蓉花；髮尾用白玉梳，鬆鬆垮垮綰在腦後，斜插的鏤空飛鳳步搖隨著她的動作，輕輕晃動。肌膚賽雪，紅唇若朱，額間的紅蓮花鈿，豔麗得讓人挪不開眼。

緩緩站起來的宋嘉禾，朝門口的林氏和宋嘉卉明媚一笑，眸光流轉，顧盼神飛。宋嘉卉的腳再也抬不起來，一股拔腿就跑的衝動油然而生。她知道宋嘉禾美，很美！可從來都不知道她能美得這麼具有侵略性。

同樣被驚豔的林氏回過神來，立時去看宋嘉卉，見她怔怔地咬著唇，登時心裡一疼。卉兒的容貌一直是她的心病，尤其是回到武都後，被俏麗多姿的姊妹圍繞著，卉兒越來越自慚形穢，每次和姊妹們出門都要難受一回。然而，容貌於世家貴女不過是錦上添花，且這紅顏易老，奈何卉兒就是聽不進去。這孩子到底年紀還小，看不透這些。

嘴裡發苦的林氏往前走一步，遮住失態的宋嘉卉。「母親恕罪，我們來遲了。」

藉著這一打岔，謝嬷嬷不著痕跡地推了推宋嘉卉。驚豔正常，嫉恨就不正常了。

「二嫂和二姪女可來了，就等妳們了！」宜安縣主滿臉笑容地開口。目光在顯然精心打扮過的宋嘉卉身上繞了一圈，輕輕一笑。

這臉酸得都能沾餃子吃了，相由心生這話可見還是有道理的。

林氏笑了笑，帶著宋嘉卉見過禮後入座。

宜安縣主笑吟吟對宋老夫人道：「母親可得多安排一些人跟著姑娘們，萬一碰上那不長眼的壞人可怎麼辦？」

宋老夫人虛指著她，笑罵道：「妳這張嘴，能不能說點吉利話？」

「我這不是以防萬一嘛！」宜安縣主一甩帕子，飛一眼斜上方的林氏。「早年咱們暖暖不就差點丟了？」

林氏整個人都顫了顫，手心出了一層細細的汗。

提起那樁事，宋老夫人就滿心後怕，又冷冷掃一眼如坐針氈的林氏。宋嘉禾五歲那年的上元節，林氏帶她上街賞燈，竟是把人給丟了。幸好遇上好心人送宋嘉禾回來，要不宋老夫人都不敢想她是個什麼下場？

面色發白的林氏低了頭。小女兒丟了，她自責得無以復加，宋老夫人還厲喝要休了她，她又急又怕，當年那種心臟被什麼東西箍住的感覺，至今回想起來，還心有餘悸。

望著玉顏光潤的宋嘉禾，宋老夫人還是一陣陣止不住的後怕，她板著臉叮囑。「玩歸玩，妳們記得，切不可甩開下人，也別去那危險的地方，知道嗎？要是叫我知道妳們胡鬧，下次就別想踏出大門一步。」她故意多看了宋嘉禾一眼。當年這丫頭就是調皮，甩開了下人才跑丟的。

宋嘉淇握了握拳頭，自信滿滿。「祖母您放心吧，誰敢拐我們，我打得他滿地找牙。」

宜安縣主見自己引起婆母不好的回憶，忙補充道：「可不是，母親就放心吧，咱們家這幾個姑娘，誰敢欺負她們？」

宋老夫人這才露了笑影。

「當年是誰把妳送回來的，六姊真不記得了？」宋嘉淇突然對另一個盤旋自己心頭多年的疑問又好奇起來。

宋嘉禾微微仰頭，纖細的手指輕點下巴，沈吟片刻後，遺憾地搖搖頭。「想不起來了，就記得他身上的熏香有點像松柏，挺好聞的。」

年初那場病，讓宋嘉禾想起很多小時候的事，唯獨這一樁，兩輩子她都記不起細節。她所有的記憶就是，有人抱著她「飄」進家裡，把她放下就「飄」走了。

之後的事都是宋老夫人告訴她的。見到家人後，她哭得背過氣去，當夜發了高燒，燒退後，就又生龍活虎地活過來。她連自己走丟兩個時辰這件事都不記得，更別說陰影了。

宋嘉淇暢想。「肯定是個行俠仗義的大俠，做好事不留名！」

宋嘉禾微笑。因為不知其人，宋老夫人只好在瓏月庵為他點了一盞長明燈，上寫佚名。

「好了，該出門了，早去早回！」宋老夫人看一眼更漏提醒道，餘光瞄見低著頭、渾身都不自在的宋嘉卉，目光下滑，落在她手裡皺巴巴的錦帕上。

宋嘉卉心裡一慌，將帕子團在手心裡，頭垂得更低了。

宋老夫人心裡一嘆。大家閨秀講究的是氣度而非容貌，多少世家貴女容色尋常，可待人接物大方得體，誰會輕視？她怎麼就想不明白這點呢！

離開溫安院後，一路上，宋嘉卉沈默得有些反常。往常若是姊妹們刺激了她，在長輩跟前，她就臭著一張臉，離了長輩便整張臉扭曲起來，而今她竟然連憤憤不平之色都沒了，沈默異常。

宋嘉禾不由多看她一眼，就見宋嘉卉迅速扭過頭，手指一下一下地繞著錦帕。

心虛？她竟在宋嘉卉眼裡看到了心虛，不免讓她想起前世那些不怎麼美好的經歷。難不成，這輩子她這麼早就要開始動歪腦筋了？

「六姊？」見宋嘉禾出神，宋嘉淇納悶。

宋嘉禾對她笑了笑。「也不知道今日街上人多不多？」

宋嘉淇興奮。「肯定很多！去年下雨，夜市取消了，今年肯定好多人出來玩。」

說笑間就到了側門，宋嘉卉上了馬車，其餘姑娘依舊騎馬。畢竟她們打扮得這麼美，自然要招搖過市一回，才不枉一番心血。

行至崇仁坊這一路，她們遇上不少或坐馬車，或騎馬的貴女，有那關係好的便一道走。

到了目的地，她們三三兩兩地分開，宋家四姊妹也各自呼朋喚友離開。再好的姊妹也未必天天黏在一塊兒，大家都有自己的小圈子。

宋嘉禾與舒惠然、王博雅等五個關係好的小姑娘往東街去。七夕廟會她們已經看膩，來來回回那些節目，還不如東街各種小吃來得有吸引力。這一天，全武都的小吃都會集中在那兒，免得大家東奔西走。

民以食為天，東街也是最熱鬧的地方，熙熙攘攘，呼喝不絕。

漂亮姑娘不管到哪兒都是人群的焦點，一群更甚。一路走來，宋嘉禾一行人引得行人紛紛側目，更有直接看呆眼的人。

姑娘們習以為常。武都風氣開放，尤其是上層，女兒家亦可隨意出門，甚至著胡服胡飾。

約莫半個時辰後，眾人也有些累了，眼尖的宋嘉禾發現一家熟悉的餛飩攤，立刻道：「那家燕皮餛飩特別好吃。」

「妳說好吃的，肯定差不了。」王博雅十分捧場，一眾人興致勃勃地坐下來。多了這麼一群嬌嬌豔豔的食客，年輕的老闆喜不自勝，拿出十二分本事煮湯，撲鼻的香味傳過來。

王博雅笑問：「妳怎麼發現這地方的？」這樣簡陋的攤子，虧她能找到。

「我八妹帶我來的。」宋嘉禾笑道。

王博雅一臉的果然如此。宋嘉淇好美食，還喜歡大街小巷尋美食，百無禁忌，她們自然知道。「這武都能吃的，她是不是都嚐遍了？」

宋嘉禾笑道：「還真是，最近她已經嚷著要去隔壁縣府玩。」

王博雅正想取笑，冷不防一陣孩童高亢又尖細的哭聲，直衝耳內。

這孩子的哭聲委實響亮，在人聲鼎沸中依舊十分顯眼，以至於不少人看過去。

就見一名年約三歲的男孩扯著嗓子哭，含含糊糊地喊著娘。抱著他的婦人胖乎乎的，滿臉的汗，愧疚地朝周圍人解釋。

「孩子想買玩具，可太貴了，我實在是……」婦人露出一個阮囊羞澀的紅臉。「實在對不住、對不住！」邊說邊抱著孩子離開，嘴裡還不停哄著。「柱兒，娘給你買糖葫蘆吃。」

那男孩卻依舊哭個不停，還用手打婦人的臉，小身子也使勁往外拱，嘟嘟囔囔地喊娘。

一群人看得皺眉不已，覺得這孩子也太沒規矩了。

「再哭，我告訴你爹去，讓你爹打你屁股。」婦人按著他的腦袋靠在自己肩膀上，加快腳步離開，似乎要去尋男人來管教兒子。

宋嘉禾眉頭越皺越緊，突然站起來，邁著大步，攔在那婦人面前。

婦人一驚，不自覺後退幾步，兩隻手緊緊地抱著孩子，驚疑不定地看著宋嘉禾。

宋嘉禾對她笑了笑。「孩子哭得怪可憐的，他要什麼，我讓人給他買回來，別哭壞了身子。」

婦人緊緊按著孩子的腦袋，宋嘉禾都在孩子的哭聲裡聽出了痛苦，登時臉色一變。

婦人就見這漂亮得像畫裡走出來的小姑娘突然靠近，慌忙後退，可才退一步，就被人抓住手腕。她只覺手上一麻，渾身力氣驟然消失，人也像麵條似地軟倒在地。

宋嘉禾一把接住那小男孩，後退幾步，護衛們見機，上前將那婦人團團圍住。

「搶孩子哩！來人啊，快來看，有人要強搶孩子！」從痠麻中清醒過來的婦人，捶著路面嚎天喊地，抹著淚就想往外衝。「老朱啊，你快來看看！」

婦人自然是衝不出去。宋家的護衛若是連一個不會武功的婦人都攔不住，也就可以回家吃自己了。

舒惠然愕然地看著抱住男孩的宋嘉禾。「嘉禾，妳……」

其實宋嘉禾也不是很確定。她只是瞧著這母子倆長得一點都不像，孩子又很抗拒，最重要的一點是，這婦人是硬生生把孩子按在肩膀上，一點都沒手軟猶豫。她覺得，親娘哪裡捨得如此？再者，出門前說起她小時候走丟過的事，讓她不免起了疑心。這種事寧枉勿縱，大不了她事後好生賠禮道歉。

「小弟弟，那是你娘嗎？」宋嘉禾輕輕拍著小男孩的背，柔聲哄他。

此言一出，人群大驚，那婦人更是駭得面無人色。閉著眼、哭得上氣不接下氣的小男孩，慢慢睜開眼。對上宋嘉禾溫柔的笑臉，他哭聲漸漸停下來，搖搖頭，忽然又小聲哭起來。「娘，我要我娘！」

「小孩子不懂事，他是氣我沒給他買玩具。」婦人驚慌失措地解釋。

可這會兒誰願意信她，人群裡議論紛紛。「我早就看出她不對勁。」

「可不是？孩子哭成那樣，她都哄不好！」

嘰嘰喳喳，都是事後諸葛亮；也不排除真有人看出不對勁，卻因為各種原因不敢站出來。

宋嘉禾低頭問那如喪考妣的婦人。「這孩子，妳從哪兒抱來的？」

話音剛落，兩聲慘叫聲同時響起，人群哄然散開。

只見空出來的兩個圈裡，兩名壯實的男人抱著腦袋打滾，汗如雨下，慘叫聲撕心裂肺。

宋嘉禾一怔過後，心裡一動，看向那驚恐萬分的婦人。「妳的同黨？」

婦人癱在地上，戰戰兢兢，整個人抖如篩糠，忽地兩眼一翻，昏了過去。

顯然，宋嘉禾猜對了。她抬眼環視周圍，忽然間，與幾丈外茶樓上的人目光相撞。

魏家九爺，魏闕。難道是他？

宋嘉禾禮貌地對他笑了笑，旋即，她收回目光，吩咐自家護衛。「把這三人送到衙門去。」

本也想把這孩子一道交給衙門替他尋找家人，可瞧他可憐兮兮的，到底於心不忍，想著先照顧一會兒，說不得他家人就聞訊找來了。

青書怕宋嘉禾累，想接過那小男孩，不想那男孩一把抱住宋嘉禾的脖子，不肯撒手。

宋嘉禾失笑。「沒事，我去那邊坐坐。」這小東西還怪沈的。

於是，宋嘉禾抱著那小男孩又回到餛飩攤上，問他家裡情況。可這孩子一問三不知，急了就眼淚汪汪地看著人。

「之前沒細看，這孩子還怪好看的。」王博雅摩著下巴，忍不住伸手去逗他。

小傢伙含著淚，眼睛睜得大大的，特別機靈可愛。能被拐子看中的孩子，「賣相」總是不會差的。

「好可愛！」幾個姑娘低呼一聲。王博雅還想抱一抱，奈何小傢伙是「要逗隨妳們，要抱門兒都沒有」。大抵是餘悸猶存，只相信救他出火坑的宋嘉禾。

「妳怎麼知道那女人不對勁？」

宋嘉禾就把自己猜測的依據說一遍。

舒惠然輕輕給她和小孩打著扇子。「到底是妳細心。」

「也就是湊巧了。」宋嘉禾微笑，低頭餵了小傢伙一口餛飩，見他乖巧地張嘴吃了。看得出來，這孩子家教不錯。

第九章

不一會兒，一名荊釵布裙、容貌清秀的少婦，跌跌撞撞朝她們跑來。「策兒、策兒！」

一直黏著宋嘉禾不放的小孩子，眼睛驟然亮起來。「娘！」

宋嘉禾放他下地，小傢伙頓時像一枝離弦的箭，飛奔過去。

黃四娘緊緊抱著失而復得的兒子，才覺空落落的胸口再次充實起來。丈夫參軍，她與兒子相依為命，因她有些滷肉的手藝，日子勉強過得去。今日生意興隆，忙亂間，她都不知道兒子什麼時候不見了？發現兒子不見那一刻，她幾欲魂飛魄散，直到此時聽見兒子奶聲奶氣的呼喚，才令她三魂七魄歸位。

望著母子情深的這一幕，宋嘉禾微微有些出神，竟是有些羨慕。

半晌，黃四娘才放開兒子，拉著他一塊兒朝宋嘉禾跪下，重重磕了三個頭，剛才有人把兒子脫險的經過告訴了她。「姑娘大恩大德，民婦趙黃氏沒齒難忘。」

宋嘉禾笑了笑，心念一轉，問她孩子怎麼弄丟的？

黃四娘也是一頭霧水，遂問兒子。「那繩子是你解開的？」

小傢伙露出八顆牙齒，點點頭。「去玩。」。

見宋嘉禾等人奇怪地看過來，黃四娘搓了搓手，尷尬中帶著一絲自責。「我丈夫從軍去了，家裡就剩下母子倆，怕他丟了，我每次出攤都拿根繩子把他綁在我自己身上。今日生意好，我忙昏了頭，連他什麼時候不見了，都沒察覺到。」

宋嘉禾沈默一瞬，憐惜地揉揉他的腦袋。「以後可不許偷偷溜出去玩，要不然就見不到你娘了。」

見小傢伙似懂非懂地看著她，宋嘉禾對他笑了笑，又對黃四娘道：「以後當心些，別讓他再溜了。」不是每次都能運氣那麼好的。

黃四娘感激涕零地應是。

宋嘉禾看得出來她很疼愛她兒子，忙昏頭才把人丟了，這其中滿布著生活的無奈。也不知道自己當年是怎麼在僕婦環繞的情況下走丟的？林氏是不是也忙昏了頭，又在忙什麼？

宋嘉禾輕輕一搖頭，讓青書塞了個荷包給小男孩，黃四娘忙要拒絕。

「我和這孩子有緣，給他買糖吃。」宋嘉禾笑道。

「策兒還不謝過姑娘。」黃四娘教著兒子。

小傢伙奶聲奶氣道：「謝謝姊姊！」

黃四娘一驚，見宋嘉禾並不為稱呼著惱，還笑盈盈地摸了摸兒子的小腦袋，鬆了一口氣，暗想，這位姑娘不只人美，心地更好！

送佛送到西，宋嘉禾又讓護衛送這對母子回家，引得黃四娘千恩萬謝。

見證了母子團圓，還留在周圍的看客們也心滿意足地離開。

宋嘉禾等人也想離開，恰在此時，頭頂傳來一道含著笑意的聲音。「禾表妹。」

魏聞笑得陽光燦爛，露出一口大白牙。「阿瑤也在這兒，禾表妹要不要帶朋友上來喝口茶？」

這下宋嘉禾拒絕的話也沒法說了，只得帶人上了茶樓，且她還想打聽一樁事。樓上十分熱鬧，男男女女好幾桌人。起先是魏聞帶朋友在這兒歇腳，片刻後，魏歆瑤帶著人上來，俊男美女湊在一塊兒，氣氛酣然，哪還有人記著要離開？望著一步一步走來、明豔不可方物的宋嘉禾，魏歆瑤瞥一眼周圍那些人，紅唇漸漸抿緊。

女兒家心細，不少人的目光都在一身紅的魏歆瑤和宋嘉禾身上打轉。魏歆瑤愛穿紅衣，也適合紅衣，豔如牡丹，豔冠群芳，讓人不敢直視。而一身紅的宋嘉禾妖而不豔，比之魏歆瑤，少了一分逼人，多了一分妍麗。

若有似無的打量，讓魏歆瑤心緒翻湧。有人在暗地裡說，這一代梁州第一美人的名號落在她頭上，那是因為她姓魏。這種話她聽了雖不高興，但並不心虛。

有人愛牡丹之雍容，自然也有人愛梅花之高雅；還有人讚荷花之聖潔，蘭花之典雅，蘿蔔青菜各有所好。然而絕代只西子，眾芳惟牡丹。

可這一刻魏歆瑤猛然意識到，宋嘉禾也能豔如牡丹，端妍富麗。

魏歆瑤維持從容之色，不肯在人前失了風度，甚至還在宋嘉禾過來時對她微微一笑，神色如常。

互相廝見過一回，宋嘉禾被安排在魏聞、魏歆瑤這桌上。

魏聞笑咪咪向宋嘉禾豎了豎大拇指。「表妹慧眼如炬，避免了一樁人間慘劇，那些拐子伏法後，就不能繼續危害四方，大善！」

宋嘉禾低了低頭，客氣道：「瞎貓碰到死耗子罷了，當不得九表哥謬讚。」

「我怎麼就碰不著了，可見這還是要看本事的，」魏聞看著她。「表妹就別謙虛了。」

宋嘉禾笑了下，低頭喝了一口茶，輕輕摩著茶杯。

魏聞望著她纖細白嫩的手指，覺得有些口乾，也喝了一口茶。「表妹怎麼會懷疑那婦人？」

宋嘉禾少不得又言簡意賅地說一回，末了試探地問一句。「那兩個同夥突然倒地，九表哥知道是怎麼回事嗎？」

這個問題，魏聞也好奇，他還特意派人去四周查探，一無所獲，此時不免有些尷尬。

「我已經派人去查，有結果立刻通知妳。」

宋嘉禾忙道：「對方既然不想被人知道，那還是算了吧，免得打擾人家。」

魏聞自是點頭。

魏歆瑤溜一眼自家九哥，覺得他這乖順樣可真礙眼，又覺他喝多了茶，腦子進水，竟是賊心不死！

「我約了八妹碰面，時辰差不多了。」宋嘉禾站起來。「九表哥、瑤姊姊和各位慢用，我先走一步。」

魏聞眼底笑意略略轉淡，面上還是笑著。「表妹慢走。」

宋嘉禾朝他福了福，下了茶樓，默默地鬆了一口氣。

小時候她和魏聞還算是玩伴，但是越大他越喜歡欺負人，宋嘉禾打不過他，只得繞著他走。後來隱隱琢磨過味來，只想罵一聲——有腦疾！

與此同時，一條街之外的慶雲樓裡，婁金自斟自飲，自言自語。「前有悄悄幫人打麃子，現又暗中出手抓壞人。做好事不留名，將軍品行之高潔，吾等凡人望塵莫及。」

婁金誇張地向對面的魏闕抱拳，表情浮誇到極致。

魏闕垂眸看著手中青花瓷酒杯，沒有說話。

婁金摩著下巴，一臉納悶。「你又不是見不得人，何必這麼藏頭藏尾？」

多好的露臉機會，小姑娘包准感激又敬佩。婁金實在百思不解，他要是對那小姑娘沒意思，只是舉手之勞，不願意多事就罷了，可他對那小姑娘分明非比尋常。男未婚，女未嫁，又是門當戶對，豈不是天生一對，他到底猶豫個什麼勁？

想破了腦袋，婁金都想不出一二三來。

魏闕抬眸看他，淡淡道：「多一事不如少一事。」

「你當我傻嘛！」婁金顯然不信。

魏闕垂下眼，端起酒杯喝一口。他覺得關注太過，會是個麻煩。

「你總不能是害羞吧？」婁金把自己逗樂了，拿出打破砂鍋問到底的勁頭，卻見魏闕驀然起身。

「噯！」婁金大驚，伸手。「你幹麼去？」

魏闕已經到了樓梯口。「回府。」

婁金罵了句髒話。「這才出來多久……」他廢了九牛二虎之力才把人拉出來湊熱鬧的。

話音未落，人已經拾級而下。婁金一拍腦袋，又暗罵一聲，緊跟上。

到了人來人往的街上，婁金也不好再胡說八道，免得叫人聽了去，遂只恨鐵不成鋼地盯著魏闕。

沒想到，魏闕嫌棄他煩，讓他滾蛋。好心被當成驢肝肺的婁金，氣了個倒仰，當下甩了他，自己尋樂子去了。

橫豎往後他娶不著媳婦，也是自個兒活該！

宋嘉卉心情原有些不好，不過在街上逛了一會兒，便又好轉起來。武都不愧是北地中心，繁華完全不是雍州可比。

宋嘉卉看得眼花撩亂，應接不暇，正樂不思蜀，冷不防就看見遠處的魏闕。他生得高大挺拔，氣勢威嚴，在人群中猶如鶴立雞群，人群自動避讓，想不注意到都難。

宋嘉卉心花怒放，心跳倏爾加速，怦怦怦地似乎要跳出來。兩頰也出現一層薄紅，雙眼含羞帶怯，這麼看起來倒是多了兩分姿色。

宋嘉卉抿抿唇，又理了理鬢髮，激動地朝他款款走去。

與她同行的兩個女伴互相對視一眼，都在對方眼底看到譏誚和羨慕。譏誚她竟然敢妄想魏闕，也不照照鏡子；又羨慕她家世顯赫，未必不能心想事成。

魏闕眉峰不動，腳尖一轉，加快了腳步。

見狀，宋嘉卉心急如焚，顧不得女兒家的矜持，揚聲吸引注意。「三表哥！」說著還提著裙襬小跑起來。

魏闕彷彿什麼都沒聽到，繼續邁步離去。

宋嘉卉大急，深恨周圍人嘰嘰喳喳掩蓋了自己的聲音，真恨不這些人原地消失才好，聲音不由自主地加重，急迫之情溢於言表。「三表哥！」

變故發生在電光石火之間，也不知哪個缺德的人吃了西瓜，把皮亂扔，小跑的宋嘉卉一腳踩在西瓜皮上，登時腳底一滑，在尖利的驚叫聲中，她整個人劈成了一字馬。如此清新脫俗的摔倒姿勢，委實驚呆周圍一群人，不約而同替她喊了一聲疼。

再看她整個人疼得臉都扭曲，面無人色，冷汗淋漓，也不知摔到哪兒？剛剛好像聽見布疋撕裂的聲音，細思恐極。

好巧不巧，逛到這兒的宋嘉禾也是目瞪口呆。她以前怎麼沒發現，宋嘉卉如此能引人注目，居然能摔得如此別開生面，蕩氣迴腸。

錯眼間就看見不遠處的魏闕。原來罪魁禍首在那兒。在心上人面前花式出醜，這傷害又要翻倍遞增。不過也有可能是宋嘉卉以如此另類的方式，吸引魏闕的注意也說不準。天下之大，無奇不有嘛！

宋嘉禾拿團扇遮住下半張臉，怕自己笑得太燦爛。不經意間，撞進魏闕風平浪靜的眼底，她輕輕一咳，神情瞬間變為擔憂。

「妳二姊還好吧？」王博雅吞了口唾沫，看著即使被人扶起來也蜷縮成一團的宋嘉卉，仍心有餘悸。

不好，非常不好，宋嘉卉肯定恨不得挖條縫鑽進去。

宋嘉禾整了整神色，儘量讓自己看起來像個擔心姊姊的好妹妹。「我也不知道。」說著，人已經走過去。

宋嘉卉疼得眼前一陣陣發黑，只覺整個人被活生生劈成兩半，胯部鑽心地疼，同時更覺有火苗燎著她的臉，火辣辣地疼。

可宋嘉卉還不敢讓自己表現出來，唯恐被人看了笑話，四周已經有刺耳的嬉笑聲了。

「二姊，妳沒事吧？」宋嘉禾憂心忡忡。

宋嘉卉的臉扭了下，怎麼看都覺得宋嘉禾是在嘲笑她，恨不得一巴掌甩過去，可眾目睽睽，尤其是在魏闕面前，她硬是咬牙，擠出一個比哭還難看的微笑。「還好。」

望著腿肚子都在打顫卻還勉力支撐的宋嘉卉，宋嘉禾心想，這動了春心的女孩果然不是能以常理推論的。

「姑娘先去酒樓裡休息下，奴婢讓人去駕馬車過來。」紅葉小心翼翼道。

宋嘉卉微微一點頭，抬眼去看依舊站在不遠處的魏闕，既盼著他過來安慰，又希望他從來都沒出現過，一顆心登時揪成一團。

直到宋嘉卉被攙扶進酒樓，魏闕都沒有過來。

進酒樓前，宋嘉禾對他頷首一笑，覺得他不過來才有風度。女兒家出了這麼大的醜，前來慰問豈不是火上澆油？

見魏闕面無表情，宋嘉禾愣了下，忽然收了笑，驕矜地扭過頭，目不斜視地進了酒樓。

酒樓外的魏闕平靜地看著那道紅色倩影消失在門後，正欲抬腳。

「三哥。」魏聞大步而來。他是追著宋嘉禾來的，正好撞見這事，也覺得尷尬，就沒有露面。

跟他一塊兒走來的還有魏歆瑤。「三哥也在這兒？」

魏闕道：「正好路過。」

想起方才三哥對宋嘉禾的疏離冷淡，魏歆瑤便覺神清氣爽。想到這兒，她不禁瞪了沒出息的魏聞一眼。

魏聞不甘示弱地回她一個白眼，魏歆瑤氣得扭過臉不理他。

羅清涵倒是很高興。之前馬球場上的事她一直耿耿於懷，隨後又出了河池舒、竇兩家的事。舒家能占盡上風，魏闕功不可沒，他的作證，讓大家對竇元朗那些匪夷所思的事，深信不疑。

當時，宋嘉禾也在河池，羅清涵控制不了自己不去胡思亂想。那樣的美人兒，誰能不心猿意馬？這武都多少兒郎思慕宋嘉禾，不過如今看來，倒是自己草木皆兵了，魏闕豈是那等迷戀皮囊的俗人？

魏歆瑤瞥羅清涵一眼，決定成人之美，對魏闕甜甜一笑。「三哥，我想吃七方樓的烤鴨，你陪我一塊兒去好不好？」

羅清涵臉都紅了，偷偷抬頭看魏闕一眼，激動又歡喜。

魏闕笑了下。「我還有事。」轉頭看著魏聞。「九弟，你陪七妹過去。」

魏聞雖然不樂意，不過他向來服氣魏闕，遂道了一聲好。

魏歆瑤鼓了鼓腮幫子，顯然不高興，輕輕跺腳。「三哥。」

魏闕對他們略一頷首，抬腿離開，不一會兒就走出一大段距離。

羅清涵失魂落魄地看著漸行漸遠的魏闕。

魏歆瑤深覺顏面無存，便把氣出在一旁的魏聞身上。

「不是要去七方樓，還不走？」魏歆瑤冷笑一聲，指了指隱約可見的七方樓。「你不是答應了三哥，要陪我去？」

魏聞耷拉下臉，扭頭看向眼前的酒樓。怎麼還不出來！

魏歆瑤被他這沒出息的樣子氣得磨牙。宋嘉禾有什麼好，就這麼讓他心心念念。可別忘了，他都是有婚約的人了。

「還不走？」魏歆瑤用力扯了扯魏聞的袖子。

魏聞扯回袖子，不高興地道：「走就走，動手動腳幹麼！」

這要不是她親哥，魏歆瑤都想一腳踢死他。

酒樓裡，宋嘉卉經檢查，腰扭傷得厲害，究竟傷得如何還得回去讓女醫瞧瞧。如此一來，宋嘉禾也不好繼續留下遊玩，以免顯得她沒心沒肺。於是她和舒惠然等人道別後，便和宋嘉卉一道回府。為了避免兩看生厭，依舊是宋嘉卉坐馬車，宋嘉禾騎馬。

馬車剛進側門，聞訊的林氏就迎上來，直撲馬車。宋嘉卉見了她，眼淚就像斷了線的珠子成串成串往下掉，引得林氏也跟著淚流不止。

母女倆哭作一團，不知道的人還以為宋嘉卉得了什麼不治之症，不久於人世。

宋嘉禾默默站在一旁，見她們哭得沒完沒了，不得不開口。「母親趕緊讓女醫給二姊看看。祖母怕是擔心得很，我先去給她老人家報平安。」

林氏一怔，才留意到宋嘉禾，不知怎的心下一怯，吶吶道：「妳說得是。」

宋嘉禾對林氏略略一福，笑道：「那我先去見祖母。」說罷，旋身離開。

林氏愣愣地看著宋嘉禾的背影。

「娘……」宋嘉卉哭哭啼啼地喊一聲。

林氏當即回神，立刻指揮人抬她去錦繡院，一個勁兒吩咐輕一點。

當晚，宋嘉禾作了一個夢，在夢裡，她渾身無力，神志卻清醒得很。

她聽見一個男人氣急敗壞的聲音。「你不要命啦，看她穿的、戴的，家裡肯定不簡單，你想死也別拖累我。」

另一個聲音聽起來滿不在乎。「有錢不賺王八蛋。你看這玉珮，少說也能賣個一百兩，這身行頭五百兩銀子跑不掉。再看看這臉，有些人不就喜歡這樣鮮嫩的小女娃，至少能賣這個數。」

宋嘉禾只覺掐著她臉的那隻手陰涼如蛇，她想躲開，卻一點力氣都使不上來，就連眼睛都睜不開。

「可、可……」

「可個屁！拿了錢，咱們換個地方，大不了離開梁州，我就不信她家還能找到咱們？撐死膽大的，餓死膽小的，幹了這一票，下輩子就不愁了。」

那人似乎被說服了，耳邊只剩下踢踢踏踏的腳步聲，宋嘉禾怕得不行，就像被人裝在一個伸手不見五指的罐子裡。

她張嘴想喊祖母、喊祖父、喊爹娘，可嘴巴好似被人縫起來，張都張不開。

忽然間，她聽見兩道急促的慘叫聲，同時身體失重，旋即她落入一個暖洋洋的懷抱裡，鼻尖傳來一陣清冽乾爽的松香，讓人莫名心安。

宋嘉禾察覺到有人給她餵了什麼，漸漸地力氣回來了，等她能睜開眼，眼前的景象已經熟悉起來，是宋家附近。

她抬起頭看著他，突然伸手想摸他的臉，可還沒摸到，就被他偏頭躲開。

她還要伸手抓，那人似乎惱了。「別亂動。」聲音粗粗的。

她愣在那裡似乎被嚇著了，下一瞬，他輕而易舉地越過家裡高高的紅牆，像一隻大鳥，他把她放下來，轉身要走。

她仰頭看著他，突然追上去拉住他的手。「大哥哥，你叫什麼？」

躺在床上的宋嘉禾輕輕動了下，濃密捲翹的睫毛顫了又顫，慢慢地睜開眼。她懵懂地望著頭頂的海棠花紋，無比懊惱地拍了拍額頭。

關鍵時刻居然醒了，她還不知道他的名字呢！

宋嘉禾鬱悶地裹著被子滾了兩圈，忿忿地捶床。

她覺得這不是夢，而是她小時候的記憶，大概是被那小男孩的事刺激，所以勾起了隱藏在深處的記憶。

當年的事因為那場高燒，她記得的內容所剩無幾，很多都是長輩事後告訴她的，像是這兩個人販子被人發現暈倒在巷子裡，因為手裡拿著她的首飾而被舉報到衙門。他們後來招供，是看她單獨一人，身後也沒大人跟著，就乘機迷暈她，然後假裝下人把她抱走。他們原打算趁著上元節人多時，把她帶出武都賣個好價錢，哪想遭了暗算，至於出手的人是誰，他們也沒看清。

「姑娘？」聽見裡面的動靜，青書疑惑地出聲。

「沒事。」宋嘉禾回了一聲，裹著被子爬起來，托著下巴開始絞盡腦汁地回想。

最後宋嘉禾只垂頭喪氣地扒了一把頭髮，生無可戀地栽回床上。想不起來，一點都想不起他長什麼樣，只記得他身上若有似無的松香。

還有手！宋嘉禾盯著自己的雙手。比她的手大了一圈，小麥色的皮膚，手指修長，骨節分明，還有薄薄的繭。

安娘皺了皺眉頭，擔憂地出聲。「姑娘，您怎麼了？」

宋嘉禾撩開帷帳，探出腦袋。「我沒事。」好不容易夢到小時候的事，竟然還是想不起對方長什麼樣，她都要被自己給蠢哭了。

安娘盯著她亂糟糟如鳥窩似的頭髮發愣。

宋嘉禾若無其事地壓了壓頭髮，不高興地道：「作了個夢，可我想不起來細節，氣死我了！」

對於當年的事，安娘一直愧疚得不行，覺得若是那天她沒生病跟著出門，哪至於讓她走丟？宋嘉禾便不想告訴她內容，省得她又自責難過。

安娘感到好氣又好笑。「姑娘可真是個孩子，這有什麼好氣的？」

宋嘉禾朝她甜甜一笑，梳洗過後，便去沉香院向林氏請安。

坐在上首的林氏臉色不大好，自然是為了宋嘉卉，倒不全是因為她受傷，畢竟傷得也不算嚴重，而是宋嘉卉斷斷續續的哭訴。

卉兒哭得那麼傷心，大半是因為在魏闕面前丟臉，覺得沒臉見他了。

林氏愁腸百結。自兩年前在雍州見了魏闕，卉兒就著了魔似的，鬧了一通，被她爹罵了一頓才算消停下來，且魏闕也離開了雍州。然而後來，她再看別人就要拿來和魏闕比，橫挑鼻子豎挑眼，要不也不會蹉跎到現在。

昨晚，卉兒都直接央求她了。

在林氏看來，魏闕倒是個好女婿的人選，有能力、有手腕，家世好，模樣也好，就是性子冷了點。不過冷性子的人有冷性子的好，如宋銘，從不拈花惹草。她這輩子沒受過姨娘姬妾的苦，自然不想宋嘉卉遭罪。

林氏瞧著魏闕倒是和丈夫有些像，值得託付終身，可也正因為看著樣樣好，才難啊！

自古以來，婚姻都要講究門當戶對，不僅是門第相當，還得個人條件旗鼓相當。

林氏沒法昧著良心說宋嘉卉的條件比魏闕差不了多少。女兒的確被她寵得太過任性，她這性子低嫁更好。昨日她委婉說了魏家情況太複雜，兩重婆婆，又有一堆妯娌小姑，可她聽不進去，還說什麼大不了外放不就好了？

可把林氏愁壞了，好不容易才敷衍過去，但是躲得了初一，躲不過十五。林氏愁得一宿沒睡好，幸好宋銘在軍營裡，否則自己怕是瞞不過他。丈夫知道了，必然要動怒。

「二妹情況不好了？」宋子諫出聲詢問。思來想去，也就宋嘉卉的事能讓林氏這般擔憂，可昨兒他去看望時，明明說問題不大。

林氏揉了揉眼角。「不是，她情況尚可，休養一陣子就好。」看一眼靜靜坐在一旁的宋嘉禾，她想說點什麼，可又找不著話來。

宋子諫便道：「如此，母親也別太擔心了。」

林氏點點頭，忽而道：「倒是有樁喜事要和你們說。昨兒收到信，你們季表哥大概三天後能到。說來也四年沒見他了，也不知這孩子現在怎麼樣？」說著說著，林氏心裡微微一動，冒出一個模模糊糊的念頭。

一直垂眼看著指尖蔻丹的宋嘉禾眨眨眼，眼眸一點一點亮起來，嘴角也微微上翹。她知道他會代表季家前來賀壽，可哪一天來的，卻是忘了，畢竟那麼多年前的事。

「想來越發丰神俊秀了。」宋子諫想起四年前見到的季恪簡，陌上人如玉，公子世無雙，這幾年也聽了不少他的事蹟。輔佐姨夫平定冀州內憂外患，奠定了季家在冀州的地位。梁王一直想拉攏季家，季恪簡身為季家繼承人，親自前來賀壽，其中內情怕是不簡單。

提起娘家親人，林氏滿臉含笑。「這孩子打小就風姿好。」

宋嘉禾藉著帕子的遮掩按了按嘴角，讓自己別笑得太驕傲。忽地，她手頓了下，眉毛瞬間耷拉下去。

驕傲個鬼喔，他又不記得她。

「六姊。」宋子諺納悶地撲到宋嘉禾膝蓋上，仰著圓腦袋看她。

宋嘉禾整了整神色，捏了他胖乎乎的臉蛋一把，覺得心情好了點，忍不住又捏一把。

宋子諺也不躲，黏糊糊地趴在她膝蓋上。「六姊昨日買的小糖人真好吃！」

他因為年紀太小，不被允許出門，幸好宋嘉禾買了一堆小玩意兒、小吃食回來，彌補了他受傷的心靈。

「好吃啊？下次再買給你。」宋嘉禾爽快道。

宋子諺暴露出真實目的。「不，我要自己買，今日妳能不能帶我一塊兒出門？」

宋嘉禾寵溺地捏他鼻子。「這你都知道了。」

今日她要陪宋老夫人去瓏月庵上香，順便看望宋嘉音，一道同去的還有宋嘉晨和宋嘉淇。

宋子諺嘻嘻一笑，抱著她的腰開始撒嬌。「帶我去嘛、帶我去嘛，我很乖的。」

宋嘉禾假裝沈吟一會兒。「你去問母親同不同意？」

宋子諺扭頭，眼巴巴地看著林氏。

林氏笑了下。今日不比昨日魚龍混雜，且有宋老夫人在，她也放心，便點頭。「你要聽你六姊的話，知道嗎？」

宋子諺歡呼一聲，又點頭如啄米。

如此請過安之後，宋子諺就興高采烈地跟著宋老夫人出門，還鬧著要騎馬，不過很快就被宋嘉禾的暴力鎮壓下去。小傢伙委屈地趴在窗前，轉眼就被沿途的熱鬧吸引了注意，又叫又笑。

大半個時辰後，祖孫五人抵達山腳。宋老夫人年紀大了，腿腳不便，遂坐了滑竿；宋嘉禾幾個年輕、體力好，這點山路不在話下，就免了。宋子諺精力更是旺盛，要不是宋嘉禾扯著他，早就跑沒影了。

一行人說笑著往山上去，中途宋嘉禾數次把跑偏的宋子諺拉回來。這小東西，跟脫韁的野馬似的。

到了瓏月庵，宋嘉禾出了一層薄汗，恨恨地用手按了按宋子諺的腦袋，換來小傢伙沒心沒肺的大笑。

宋嘉禾眉頭一挑，雙手捧著他的臉，往中間一擠，擠成公雞嘴，宋子諺哇哇大叫。

宋老夫人樂呵呵地看著姊弟倆胡鬧，要踏進庵堂前才含笑道：「好了，佛門清靜地不得喧譁。」

宋子諺一下子跑到宋嘉淇身邊，朝宋嘉禾做了一個鬼臉。「六姊壞。」

「下次不帶你出來玩了。」宋嘉禾發大招。

宋子諺大急，眼看就要沒骨氣地跑回去撒嬌，被宋嘉淇一把拉住。「沒事，八姊帶你玩。」

宋子諺登時得意洋洋，要是有尾巴，肯定搖起來了。

宋嘉禾哭笑不得地搖搖頭，不再逗他。

在大殿裡，她們見到了明惠師太和宋嘉音。明惠師太一如既往的仙風道骨，令人心悅誠服，而宋嘉音的氣色也比上次來時看起來好了許多。

宋子諺頭一次見到出家後的宋嘉音，難免好奇，愣愣地看著她，似乎認不出來。

宋嘉禾趕緊拍了他一下，宋嘉音卻是神色如常，還朝宋子諺雙手合十行禮，宋子諺更懵了，愣眉愣眼地叫。「大姊？」

宋嘉音平和一笑。

宋子諺傻乎乎地笑了笑，撓了撓腦袋，似乎有些不好意思，也不知不好意思個啥？

上過香，宋老夫人和明惠師太一道離開，宋嘉禾則把青書、青畫都派過去照顧宋子諺，加上他自己的丫鬟、婆子，一大群人簇擁著。這麼多人總能看住他。

「妳們帶他在庵堂裡轉轉，不許出去。」宋嘉禾叮囑。

青書、青畫連同奶娘一起應是，宋嘉禾這才放心離開。

姊妹四人便去了宋嘉音的房間，裡面一如既往的簡樸，空蕩蕩地看得人心下惻然。

姊妹幾個閒話好一陣子，直到宋嘉音要誦經才分開，宋嘉禾等人轉而去找宋子諺。

宋子諺正好也要來找她們。他聽人說後山好玩，正想著要如何出去，因此見了宋嘉禾猶如見到救星，他衝上來就喊。「六姊，我要去看松鼠。」

這個小小的要求，宋嘉禾自然不會拒絕。

宋嘉淇和宋嘉晨對松鼠沒興趣，兩人更喜歡後山的瀑布，涼爽又舒服。於是四人約好回庵堂的時辰，分道揚鑣。

與此同時，宋老夫人正在禪房內與明惠師太談經論道，一些疑惑在明惠師太的點撥下，醍醐灌頂。

宋老夫人笑道：「還真是聽君一席話，勝讀十年書。」

明惠師太淡淡一笑。「妳身在紅塵，這些自然不明白，也無須明白。」

宋老夫人看著她，目光漸漸悵然。自己的確永遠都想不明白一些事，譬如她為何在大好的年華遁入空門？

昔年的崔氏三娘，美貌傾城，才華橫溢，想娶她的人從城東排到城西，就連她兄長都暗中思慕，託她牽線拉媒。可惜，這些個青年才俊，三娘一個都沒瞧上眼，崔家長輩心急如焚，她倒是老神在在。

她問她，想嫁個什麼樣的人？她說，她一定要嫁一個自己喜歡的人，否則寧可出家也不將就。

萬不想一語成讖，三娘在十八歲便剃度出家。消息一出，驚呆了一群人，更是引得無數人黯然神傷，他們想不明白為什麼？

宋老夫人也不明白，她何至於出家？不過是個男人罷了，還是個江湖遊俠。前幾日，宋嘉禾告訴宋老夫人，她在瓏月庵附近遇見了無塵和尚。

宋老夫人心緒微亂。沒想到那人竟然還有臉出現。不過，三娘知道或不知道，重要嗎？都過去四十年，整整四十年了。

宋老夫人笑了下。「我有些悶了，去看看荷花？」

明惠師太輕輕一甩拂塵，微微一笑，安詳又平和，整個人恍若帶著聖光。

瓏月庵以西有一片松樹林，地勢高峻，可俯瞰庵堂。

一蒼翠遒勁的迎客松，冠頂發紅，乍看過去還以為松樹開花，細看才能發現，那是一人著赤色袈裟，盤腿而坐。

魏闕抬頭，微瞇著眼看樹頂，片刻後低下頭，繼續打坐調息。也不知過了多久，他倏爾睜開眼，就見無塵輕飄飄落下來，如同一片樹葉落地，腳下枯葉分毫未動。

「我走了，不要太想我。」無塵不正經的聲音響起來。

魏闕的神色波瀾不驚。師叔向來行蹤不定，來去無影，唯一可循的蹤跡就是這二十年來，每年夏天都會到武都小住半個月，所謂的小住，其實也就是住在這片松樹林裡。

魏闕猜到幾分原因，又覺不真實。昔年名動天下的刀客竟然為此放下屠刀，立地成佛。

「您慢走。」

無塵和尚慵懶地伸了伸懶腰，冷不防道：「小子，你有心事？」

見魏闕垂眸不語，無塵和尚濃眉一挑，神色變得極複雜。「送你一句金玉良言，世間萬千事都是一個理，決定了就不要猶豫，放棄了就不要後悔。要不然，哭的還是自個兒！」話音未落，人已經飄然遠去，眨眼之間消失在視野中。

魏闕望著他離去的方向，眉頭漸漸緊皺，直到一聲慘烈的驚叫將他喚回神。

宋子諺眨眨眼，愣愣地看著手心裡膘肥體壯的蟲子。剛剛宋嘉禾以迅雷不及掩耳之勢躥了過去，動作比兔子還快，伴隨著一道淒厲的驚叫聲響徹樹林。他嚥了口唾沫，默默地後退一步，察覺自己好像闖大禍了。

驚魂未定的宋嘉禾扶著青書的胳膊，整個人都不好了。

這個小混蛋，居然把蟲子舉到她眼前，她眼前！

被宋嘉禾那似用完一整年分的尖叫嚇懵的青畫回神，三步併作兩步衝過去，捏起宋子諺手裡的胖蟲子，扔得遠遠的。

沒了「護身符」的宋子諺，見她臉不白、腿不軟了，開始捋袖子。他福至心靈，撒腿就跑。「救命啊！」

蟲子有什麼好怕的？生氣的六姊明明比蟲子還可怕啊！

第十章

聞聲尋來的魏闕就見姊弟倆在樹林空地上追逐。

宋子諺人小腿短，速度卻不慢，好幾次宋嘉禾差點就能逮著他。可他身子一扭，就跟條泥鰍似地溜走了。細看兩回，就能發現是宋嘉禾手下留情，逗著宋子諺玩。

魏闕的嘴角弧度不覺大了些，冷不防想起無塵師叔臨走的那幾句話，嘴角又一點一點沈下來。

「抓不著、抓不著！」蹦蹦跳跳的宋子諺又笑又叫，得意洋洋。

宋嘉禾加大步子，剛跨出去的右腳踩在一塊鬆動的石頭上，登時一個趔趄。虧得她學過幾招，使了個巧勁，將將要站穩，就覺眼前掠過一道黑影，胳膊被人一把抓住。收勢不及，宋嘉禾一頭撞進對方懷裡，鼻子撞在硬邦邦的胸膛上，頓時飆淚。石頭做的不成？

宋嘉禾一邊擦眼淚，一邊抬頭，猝不及防對上魏闕黑漆漆的雙眼，愣住了。「三表哥？」

魏闕垂眸看著她。小姑娘眼睛又黑又亮，因為淚水格外瑩潤，眼底氤氳著霧氣，毛茸茸的羽睫亦是濕漉漉的，顯出別樣的瑰麗。

宋嘉禾有點說不上來的不自在，她掙了掙胳膊，想拉開兩人之間的距離。他生得高大魁偉，站近了，好像整個人都被他擁在懷裡似的。
魏闕鬆開手，並且往後退了一步。
宋嘉禾當即就覺得那逼人的壓迫感淡了許多。她穩了穩心神，對魏闕屈膝道：「謝謝三表哥。」說完，又覺得自己對他說的最多的一句話好像就是謝謝，不由有些古怪。
魏闕淡淡頷首，緩聲道：「路面崎嶇，小心為上。」
山風掠過，樹林沙沙作響，幾片樹葉打著旋兒從枝頭飄落，有一片落在宋嘉禾頭上。魏闕指尖輕輕一動，又歸於平靜。
宋嘉禾渾然無所覺地回道：「多謝表哥關心。」她眼睛轉了兩圈，又問：「三表哥和無塵大師一塊兒來的？」
見魏闕看她一眼，點點頭。宋嘉禾甜甜一笑。「你們在烤肉？」
那天無塵大師說，他每次找魏闕就是為了吃肉，他也就這個用場了。雖是嬉笑之語，但是也從旁證實魏闕的手藝。這幾日她還專程在家裡烤過鹿肉，可和那天吃到的比起來，簡直味同嚼蠟。
「想吃？」魏闕問得直白。
宋嘉禾臉紅了下，不好意思地撓撓臉，乾笑兩聲，隨後誠懇地點頭，眼巴巴看著他。
「我回去做過了，就是做不出那天的味道。」
魏闕笑了笑。「關鍵是調料。」
宋嘉禾也這麼覺得。她還憑著印象讓人去找他說的那幾樣東西，奈何就是湊不齊，好些外面都沒人知道。想到這裡，她滿臉希冀地看著他。

聞弦歌而知雅意，魏闕道：「那些調料比較少見，我讓人給妳送一些過去，用完了再找我要。」

「這怎麼好意思……」宋嘉禾假模假樣道。

「不過是一些普通調料罷了。」

對她而言可不普通。宋嘉禾臉皮到底不夠厚，忍不住有點羞臊。都怪那烤肉太好吃了！

「你們在說什麼好吃的？」確認宋嘉禾不抓他了，宋子諺又湊上來，還毫無危機意識地搖著宋嘉禾的胳膊追問。

「再好吃也沒你的分。」宋嘉禾特別冷酷無情。

宋子諺驚呆了。「不！」

宋嘉禾哼一聲。「誰叫你嚇唬我。」

宋子諺是個有錯即改的好孩子，尤其在美食面前，他雙手合十，無比鄭重地道歉。「我以後再也不拿蟲子嚇妳了。」

魏闕目光微微一動。原來那聲慘叫是被蟲子嚇的，頗有些啼笑皆非，他還以為是出了什麼大事。

「沒用。我告訴你，我很生氣，後果很嚴重。」宋嘉禾洩憤般揉亂他的頭髮，揉到一半，瞄到魏闕含笑的眼睛。

宋嘉禾輕咳一聲，若無其事地把手收回去。「我這兒有些水果，三表哥可以拿回去和大師解解渴。」

這也算是投桃報李了吧。

青書聞言，便拿著一袋水果上來，宋嘉禾從她手裡接過袋子，隨後雙手遞給魏闕。

魏闕向前走一步，接住那袋水果。「多謝表妹。」

「跟三表哥送我的，這些不算什麼。」說話時，宋嘉禾留意到他的手。修長有力，骨節分明，怪好看的。

魏闕的目光掃過她的臉，看一眼自己的手。

宋嘉禾收回目光，笑吟吟道：「那我們就不打擾三表哥了，三表哥去陪大師吧。」

魏闕沒有告訴她，無塵已經走了，而是笑了笑。「那我先行一步。」

「表哥慢走。」宋子諺有樣學樣。

魏闕看了一眼，轉身離開。

待他走出一大截後，宋嘉禾開始向青書、青畫邀功。「妳們不是饞那肉很久了嗎？這下終於心想事成了吧？」她上次還向祖母吹了一通呢。

心滿意足的青畫、青書一迭連聲恭維。

一晃神的工夫，就聽到一聲慘嚎，定睛一看，只見宋嘉禾抓著宋子諺按在膝蓋上，抬手就是啪啪啪三下。

宋子諺慘叫。「救命啊！」

宋嘉禾獰笑。「喊破喉嚨都沒用，誰叫你惡作劇，還欺負人。」

稍晚，宋嘉禾就收到魏闕派人送來的調料，一盒子，約巴掌大。

送東西的人悄悄打量宋嘉禾的表情，他故意少拿了。細水才能長流嘛。

宋嘉禾倒不覺得少，她覺得這東西肯定很難弄，自己臉皮真厚。她握了握拳頭，心想，下次得找機會回禮。

到了傍晚，一行人便打道回府，中途宋嘉禾陪宋子諺買了一堆糖人，哄得小傢伙心滿意足地回家。

回到府上，宋老夫人打發旁人，留下宋嘉禾。

瞅著宋老夫人的神色，宋嘉禾正襟危坐。

宋老夫人倒是笑了笑，摸著她滑嫩好比剝殼雞蛋的臉，感慨道：「一眨眼，咱們暖暖都長這麼大了。」

聽話鋒，宋嘉禾就對下面的話大致有數，果然就聽宋老夫人道：「都要談婚論嫁了。」

宋嘉禾白皙如玉的面龐上露出一抹緋色，扭過臉。「好端端的，您怎麼想起說這個了？」

宋老夫人輕拍著宋嘉禾的手，想到明惠師太年輕時跟宋嘉禾有些像，不僅在容貌上，還有性格。也是因此，明惠師太才會對宋嘉禾另眼相看，有時想想，她還怪擔心的。

宋老夫人不答反問：「暖暖以後想找個什麼樣的郎君？」

宋嘉禾臉上紅暈更甚，咬唇不語。

宋老夫人就這麼含笑靜靜看著她。小姑娘碰上這種話題總是要害羞的。

片刻後，宋嘉禾輕輕道：「我要找個自己喜歡的。」

宋老夫人心裡咯噔一響，面上不露分毫。「那妳喜歡什麼樣的？」

「孝順又知禮。」

宋老夫人點頭。

「溫文爾雅、善書畫，也擅長騎射。」

宋老夫人還是點頭。她也喜歡這樣的後生。

「潔身自好，不拈花惹草。」

這是必須的。她怎麼捨得自己千嬌萬寵的孫女傷心落淚？

「要對我好。」

這是當然。其他條件再好，對暖暖不好，要來何用？

「還要長得很好看。」

宋老夫人哭笑不得。「怎麼樣才算很好看？」

「我覺得很好看就是很好看。」

宋老夫人失笑。這幾個條件，難也不難，說容易還真不容易，不過這樣擺出來了，總比說不出一二來得好。

「好好，妳等著，祖母就按這標準給妳找。」

「好啊。」宋嘉禾殷勤地捏著宋老夫人的肩膀。「您可一定要給我挑個樣樣都符合的，要不我可不嫁。」

宋老夫人樂不可支。「好好好。」她就不信找不著了。萬不想三天後，這人就自己送上門來了。

翩翩皎皎，玉樹臨風；蕭蕭肅肅，爽朗清舉。見到季恪簡那一瞬，饒是見多識廣的宋老夫人都為之眼前一亮。愛美之心人皆有之，宋老夫人亦不能免俗，她臉上笑容不覺更深一些。

「一路可順利？」宋老夫人含笑問季恪簡。

季恪簡笑如春風，恭敬有禮。「一路順暢，多謝老夫人關心。」

宋老夫人笑著點點頭。「順暢就好。」冀州季家的公子，又是魏家請來的貴客，想來也沒人如此不長眼，況且他自個兒也是個有本事的人。

「你爹娘可好？」宋老夫人又問。

季恪簡便道一切都好，隨後奉上給宋家所有人準備的禮物。「一點心意，不成敬意。」

宋老夫人笑呵呵道：「怎麼好讓你爹娘如此破費！」只瞄一眼，宋老夫人就對這份禮單大致有數，算得上十分貴重。他們宋家是不及季家煊赫，但也沒眼皮子淺到看重這些，她滿意的是季家的態度。

季恪簡微笑。「您客氣了，這都是應該的。」

宋老夫人又噓寒問暖一番，季恪簡一一回答，說話時進退有度、溫文有禮，讓人見之心喜。

尤其是林氏，真是越看越滿意，這大概就是所謂的丈母娘看女婿了。難得的文武兼備，上馬能平亂抗敵，下馬能臨民治國，輔佐他父親將冀州打理得井井有條，成為各方都不敢怠慢的一方勢力。他的模樣、氣度更是不必說，君子如玉當如是，一看就是個脾氣好且能包容人的。

季家也難得清靜，雖然顯赫，卻不似旁的世家冗雜。季恪簡祖父母早就過世，叔伯也分了家，眼下的寧國公府就住著他們這一房，府裡還就季恪簡這麼一個獨子，無須擔心妯娌問題。

後宅當家作主的是林氏的大姊，她打小就疼林氏，便是出嫁，姊妹倆來往也頻繁，甚至時不時就給宋嘉卉送禮物，婆媳難題也不必擔心。

在林氏看來，外甥這條件比魏闕都強上一些。卉兒對魏闕著迷，那是因為她說的其他人的確比不得魏闕優秀，曾經滄海難為水，也是人之常情。然而若是換成季恪簡，想來卉兒也能迷途知返，就是能不能成就好事，還需要細細謀劃，可總比卉兒在魏闕身上一條道走到底好。

寒暄過後，宋老夫人又讓孫子、孫女們見過季恪簡這位表兄。

宋家少爺之後，輪到宋嘉禾、宋嘉晨以及宋嘉淇三姊妹上前見禮，三人按著序齒站了，落落大方地見禮。「季表哥。」

為了保持好形象而不敢多看他的宋嘉禾，藉著行禮的機會，光明正大地看向季恪簡。還是一如既往的好看！

觸到她的眼神，季恪簡微不可見地一怔，面上不露分毫，抬手回禮。見過禮，宋嘉禾等人便又退回去。這種場合，自然沒有頭一次見面的表兄妹閒話家常的分。姑娘家得矜持！

宋嘉禾有點不高興。好不容易見著，她居然還不能跟他說話，簡直沒天理！

季恪簡不動聲色地看宋嘉禾一眼。他一進門就留意到宋嘉禾，雲衫錦繡，嫋嫋娜娜，雪膚花顏，顧盼生姿，美人總是格外引人矚目些。隨後就察覺到這位小表妹看他的眼神，像是認識他，還是頗親暱熟悉的那種，不禁讓他狐疑。他和她今日才初見，從何而來的熟悉？

雖然納悶，倒是不令人反感。對於美好的事物，人總是分外寬容，無關情愛，只因賞心悅目。

片刻後，宋老夫人就讓宋子諫帶季恪簡去拜見宋老太爺。今兒是休沐日，爺們也在府上，宋銘還特意婉拒同僚的相邀，畢竟來者是嫡親外甥，又是季家繼承人。

季恪簡一走，向來快言快語的宜安縣主就笑了，對宋老夫人道：「可真是個俊俏的後生。」

宋老夫人笑著點頭，目光不著痕跡地在三個孫女臉上掃過，心頭微微一沈。

「這下子，咱們武都的夫人、姑娘們可要高興了。」宜安縣主半真半假地玩笑一句。

季恪簡正是及冠之年，論理，這年紀都能做爹了，奈何他未婚妻三年前病故，季恪簡主動提出為女方守三年，這才至今未娶。

這樣能力、人品、家世、樣貌都沒得挑的兒郎，誰不喜歡？就是宜安縣主都有一瞬間心動。這當娘的總是恨不得把最好的捧到兒女跟前，不過她有自知之明。梁王府的魏歆瑤還沒著落呢，這兩人才是門當戶對，尤其在眼下這種局勢，各方勢力縱橫捭闔，聯姻就是最常見，也是最有效的手段。

宋老夫人瞋她一眼，轉而對林氏道：「妳多留意，別怠慢了客人。」此次前來武都，季恪簡住在宋府。

林氏忙道：「母親放心。」

這點宋老夫人倒是放心。雖然她不大喜歡林氏，但也知道林氏這點辦事能力還是有的，況且那還是她自個兒的親外甥。

略說幾句，宋老夫人就讓她們各自離去，尋個藉口將宋嘉禾留下，又使了眼色，朱嬤嬤便帶著人退下。

覷著宋老夫人平靜的面龐，宋嘉禾忐忑地吞了下唾沫。難道是自己表現得太不矜持了？可她已經很努力地假裝若無其事。天知道她有多辛苦，那可是季恪簡，她差一點就要拜堂成親的未婚夫。

望著神色微微變幻的宋嘉禾，宋老夫人一顆心逐漸往下沈。這丫頭是她親手養大的，孫女能瞞得過別人，還能瞞過她的眼睛不成？又有前幾天祖孫倆的談話在前，這季恪簡倒是符合暖暖說的好幾個條件。再看她一系列神態變化，宋老夫人如何能不多想？這倒像是一見傾心，越想越是嘴裡發苦。

倒不是季恪簡不好，而是她懷疑魏、季兩家有聯姻的意向。早不來，晚不來，偏在出了孝之後來，宋老夫人豈能不有此猜測？這麼想的也絕不會僅僅是她。

若是暖暖陷進去，傷心難過的的還不是她自個兒？女兒家遇上情愛之事，難免就身不由己，她自己也是這樣過來的。

權衡片刻後，宋老夫人還是決定開門見山，一瞬間的好感拔除起來也容易。「季家這孩子瞧著倒是挺好的。」

宋嘉禾輕輕地點點頭。

宋老夫人看著她的眼睛，緩緩道：「這麼看來，阿瑤的事十有八九能定了，兩人倒也登對。」

宋嘉禾默了默。宋老夫人有這個想法很正常，上輩子她也是這麼想。他們這種人家的孩子，婚嫁從來都少不了利益的考量，眼下局勢，魏、季聯姻，兩家雙贏。

當時她還在想，這位季表哥不知能否收服驕傲的魏歆瑤？她可是出了名的眼光高。那會兒，宋嘉禾純粹抱著一種看熱鬧的心情。後來才知道，魏家根本沒想過把魏歆瑤嫁給季恪簡，或者說，是開不了這個口。因為魏歆瑤的一樁是非被季恪簡親眼撞見且識破，雖然事情被魏家掩下去，但是當事人心知肚明，魏家怎麼好意思讓季恪簡娶魏歆瑤？

季恪簡這次過來是要與魏家相商，以賀壽為幌子罷了。

這些話，宋嘉禾沒法與宋老夫人細說，她便道：「祖母放心，您的意思，我明白。」

宋老夫人憐惜地摸摸她的臉。這麼多年了，難得見這孩子對人另眼相待，卻是這麼個結果，她心裡也不好受，可形勢比人強。

回到降舒院，宋嘉禾就有些無精打采的，她托著下巴望著窗外的荷塘。

現在的魏歆瑤成不了她的麻煩，可以後會是她的大麻煩。女兒家的心思真難猜，魏歆瑤明明十分討厭季恪簡，大抵是惱羞成怒的緣故，她還屢次三番捉弄季恪簡，卻在他們訂親後，想方設法針對她。一開始她還以為是魏歆瑤欺軟怕硬，欺負不了季恪簡就找她洩憤，哪想她是因恨生愛。

「六姊！」人未到，聲先至，這家裡也就宋嘉淇這個大嗓門了。

宋嘉禾懶洋洋地轉過頭，連竹榻都懶得下。

宋嘉淇一見她這無精打采的模樣就驚了。「六姊，妳這是怎麼了？不舒服？」

宋嘉禾慢吞吞地搖頭，尋了個藉口。「眼看著姑祖母的壽誕沒幾天了，可我的畫有些不順。」

宋嘉淇心有戚戚。她們姑祖母梁太妃喜歡炫耀兒孫，尤其是女孩，就連她們這些姪孫女也不能倖免。

壽誕那天，梁太妃十有八九會把她們送的賀禮展示給賓客們觀賞，以前都是這樣的，所以要是不想露怯，她們就得打起十二萬分精神用心準備。

年紀小的還能由長輩幫忙，她們這年紀就必須自己親手準備，方顯誠意。其實梁太妃此舉也是為了替女孩們揚名。

「妳的貔貅雕得怎麼樣了？」

宋嘉淇學了近一年木雕，便決定雕一頭小貔貅。女孩裡學這個的少之又少，這禮物倒是十分別出心裁。

宋嘉淇吐了吐舌頭。「我告訴妳，妳別告訴別人喔！」

宋嘉禾溜她一眼。「妳不會交給下面人去做了吧？」

宋嘉淇嘿嘿一笑。「大致形狀我雕出來了，可一些小細節實在雕不好，只能找人稍稍幫一下，能見得了人就好。」她不要求一鳴驚人，只要不墊底就好。

「六姊要是來不及，不如也找人幫忙？」宋嘉淇出餿主意。

「我跟妳有仇？」宋嘉禾斜睨她一眼。畫這種東西，一旦弄虛作假，明眼人一看就能看出來。

「開個玩笑嘛！」宋嘉淇訕訕一摸鼻子，歪頭看著宋嘉禾。「還有七天呢，六姊急什麼！咱們去玩吧，玩一玩就高興了，一高興也許就順利了。」

宋嘉禾挑眉。「玩什麼？」

「烤鹿肉好不好？」宋嘉淇眼巴巴地看著要笑不笑的宋嘉禾。兩天前，宋嘉禾在園子裡烤鹿肉，他們幾個吃得齒頰留香、回味無窮。

宋嘉禾哼哼兩聲。就知道她打這個主意。突然想到，自己在魏闕面前是不是也這麼一副沒出息的模樣？思及此，她的臉莫名有些發燙。

「六姊，好不好？」宋嘉淇抱著宋嘉禾的胳膊撒嬌。

宋嘉禾冷酷無情地拒絕了。「吃多了上火，過幾天再做。」

「啊～～」宋嘉淇的失望之情，無以言表。

宋嘉禾不為所動。她手裡的調料也只夠再做兩次，自然要省著點，哪好意思再去跟人要？她可沒這麼厚的臉皮。

宋嘉淇可憐兮兮地看著她，見她鐵石心腸，不由垂頭喪氣，摸了摸胸口，覺得有點心塞。

瞧她失望的模樣，宋嘉禾心情詭異地好轉了些。

另一廂，季恪簡可不知道自己什麼都沒做就惹了小姑娘不高興，見過宋老太爺和宋銘後，他就隨宋子諫去了沉香院。

屋裡的林氏正翹首以待，見季恪簡進門，登時喜笑顏開。在溫安院有些話她也不好多問，這下子可算是能夠暢所欲言了。

「你母親近來如何？之前信裡說睡不好。」

季恪簡溫文而笑。「吃了姨母寄過來的藥就好許多，母親還讓我好好謝謝您。」

林氏更高興了。「說什麼見外話，只要你母親吃了有用就好，回頭我再讓人寄一些過去。」

見他彬彬有禮，林氏笑逐顏開，又問了他自家姊姊的情況。林氏大姊生了二子一女，季恪簡最小，長子早些年意外去世，長女也早已出嫁為人母。

季恪簡含笑道：「大姊一切都好，我出發前幾天，大姊剛診出身孕。」

望著林氏臉上由衷的喜悅，季恪簡笑容更溫和。

林氏又問了些家長裡短，說到動情處，還有眼淚在眼眶中打轉。

說來唏噓，她們姊妹感情自幼就親厚，卻都是遠嫁，還隔了千山萬水，這二十幾年也就見了寥寥幾面。最近一次還是四年前，她和大姊約好一道回去給父親賀壽，這才見了一面，那會兒季恪簡還是朗朗少年。

望著眉眼更挺俊的外甥，林氏就想起宋嘉卉。「你卉表妹在養傷，不好過來見你。」季恪簡進閨房探望也不方便，到底兩人年紀都不小了。

「卉表妹傷得嚴重嗎？」

林氏見之歡喜，道：「不慎摔了一跤，不要緊，休養兩天就好。」

「如此便好。」季恪簡一副放心的模樣，落在林氏眼裡更是高興。

又閒話幾句，林氏心疼地看著季恪簡。「你奔波了一路，先回長青院洗漱下，解解乏。」

季恪簡便站起來，拱手行禮。「那我便先回去收拾下，待會兒再來陪您說話。」

「去吧！」林氏笑容滿面，又扭頭吩咐宋子諫。「你表哥頭一次來，好生招待。」

宋子諫垂首應是。

望著並肩離去的宋子諫與季恪簡，林氏滿臉慈祥，眼裡笑意越來越濃，片刻後她站起來，去了錦繡院。

宋嘉卉萎靡不振地坐在床上，想起幾天前在眾目睽睽下，尤其是魏闕面前出的醜，就恨不能時光倒流，重來一次。

進門的林氏見她這模樣，頓時心疼。那事對姑娘家而言到底面上過不去，她也不想多說刺激了她，遂道：「今兒妳季表哥來了，妳還記得妳表哥長什麼模樣不？」

那會兒她都十一歲了，當然記得，何況這位表哥生得還挺好看，林家那個三表姊恨不得自薦枕席，明知他都有未婚妻還如此不知廉恥，果然是小娘養的。

因此宋嘉卉對季恪簡印象頗深，遂點點頭。

「阿簡長了幾歲，氣度和姿容更出色了。」林氏感慨道，說話間打量著宋嘉卉。

宋嘉卉可有可無「哦」了一聲。再出色能比得上三表哥嗎？一想起那人，她就覺得心裡難受，自己竟然在他面前出醜。

林氏也不氣餒。等她見了人，就不信還能無動於衷？屆時她再敲邊鼓，與大姊說一說，事情也許就成了。

「妳表哥這次過來，還帶了不少禮物給妳，妳瞧瞧可喜歡？」林氏說話間，就有丫鬟捧著盒子上前，一一打開。頭一個錦盒裡擺著一對紅玉手鐲，色澤瑩潤通透，後來那個大盒子裡，是一整套水頭極好的翡翠頭面。

宋嘉卉心情這才好了些，女兒家鮮少有不喜歡好看首飾的。

「瞧瞧，妳大姨多疼妳，這樣好的寶貝都偏著妳！」

宋嘉卉這才笑起來。大姨的確疼她，這些年時不時給她捎東西。

傍晚，宋家在涼風榭裡設宴款待季恪簡，男女分桌，旁邊還有伶人在吹拉彈唱，好不熱鬧。

望著隔壁熱鬧的景象，宋嘉禾有些食不知味。她對季恪簡無比熟悉，可對季恪簡而言，她就是個地地道道的陌生人，這讓宋嘉禾有種自作多情的荒謬感，甚至覺得她記憶裡的那四年都是她憑空想像出來的。

未見面時滿懷期待，見了面卻悵然若失。

宋嘉禾以更衣為由離席，漫無目的地走在園子裡，最後隨便進了一座涼亭入座。石桌上放著一副九連環，該是哪個弟弟玩耍時留下的。

宋嘉禾有一搭沒一搭地解著，涼涼的夜風拂在她臉上，讓她逐漸冷靜下來，思路也如手中的九連環一樣，不再一團亂麻。

好不容易見著人，她這是高興傻了。對季恪簡來說，她就是陌生人，她怎能要求這麼多，豈不是強人所難？她要是再這麼神經兮兮，搞不好就把人嚇走了！順其自然，他們終究會和上輩子那樣在一起的。從現在開始，就把他當個陌生人，如同往昔。

自覺想通的宋嘉禾如釋重負地一笑，雙手一拉，卻沒如想像中那般順利解下環。她登時睜大眼，納悶地看著手裡的九連環。

不該啊，這東西她從小玩到大，閉著眼都能拆。

出來更衣的季恪簡，不經意間就見涼亭裡的宋嘉禾，一臉苦大仇深地瞪著手裡的東西，遠遠瞧著是個九連環。他正想抬腳離開，就見宋嘉禾若有所覺一般，抬頭看過來。

季恪簡對她禮貌一笑，宋嘉禾也矜持地回以微笑。

態度變了？

季恪簡輕輕一挑嘴角，鬼使神差地腳尖一拐，走向涼亭。

看著一步步走來的季恪簡，宋嘉禾愣了下。他過來幹麼？我倆不熟！

「禾表妹。」他的聲音清潤溫朗，含著淡淡笑意。

宋嘉禾的耳朵不受控制地動了動。一個大男人聲音那麼好聽幹麼？太犯規了！

宋嘉禾抬手將碎髮別到耳後，藉由這個動作，安撫不聽話的耳朵，旋即緩緩站起來行個萬福禮。「季表哥。」

季恪簡在她三步之外停住。

呼吸之間，宋嘉禾聞到從他身上傳來的松香，淡淡的，沁人心脾。打她認識他起，他身上就只有這種熏香，她還問他，就不膩嗎？

他卻道，她不是就喜歡這香味？

季恪簡就見那眉目如畫的小表妹，雙頰染上淡淡的粉色，在月色下顯得格外靈動。

宋嘉禾突然搖搖頭。怎麼又犯毛病了？陌生人、陌生人，這就是個陌生人！

宋嘉禾抿抿唇，若無其事道：「季表哥怎麼也出來了？」

季恪簡眼底漾著笑意。「出來散散酒氣，」看一眼石桌上的九連環。「解得怎麼樣了？」

「差不多了。」宋嘉禾回答得毫不猶豫。

季恪簡笑看著她，想起她之前愁苦的糾結樣。

瞬息之間，宋嘉禾看懂了他的表情。精緻的眉頭一挑，退後一步，拿起九連環，當著季恪簡的面拆起來，動作快得讓人眼花撩亂。片刻後，九連環一個又一個的攤在石桌上。

季恪簡擊掌而笑。「禾表妹真厲害。」

宋嘉禾面無表情地看著他。這語氣活像哄小孩，誇人能不能有誠意一點？

季恪簡輕輕一笑。「我要回去了，表妹呢？」

宋嘉禾搖搖頭。「我再透一會兒氣，表哥先走。」

他們要是一塊兒回去，祖母肯定要多想。也許現在就已經有人看見他們在一起說話，指不定祖母已經知道了。為了不讓老人家擔心，她還是跟季恪簡保持一定距離，反正要不了多久，梁王府那邊的態度也就明朗了。

「夜風傷人，禾表妹也不要待太久。」

宋嘉禾應了一聲好。

季恪簡便旋身離開，走出一段路後，沒來由地彎了彎嘴角。

次日，季恪簡攜禮前去梁王府拜訪，魏家給足顏面，由世子魏閎親自在門口等候，一路將他迎到大堂。

梁王也在百忙中抽空親自接見，態度溫和，如同對待自家子姪，末了道：「季公有子如此，實在令人生羨。」

季恪簡笑道：「家父倒是羨慕王爺，子孫成群，且個個都是人中龍鳳。」

梁王哈哈大笑兩聲。這話，他倒是能信大半。季家最大的弊端就是人丁單薄，到了這一代，只有季恪簡這根獨苗，虧得成材，要不季家可就後繼無人了。

梁王不動聲色地掃一眼下首的魏閎、魏廷、魏闕。可成器的兒子太多，也未必全是好事。

大堂裡的幾人相談甚歡，忽而有人進來向梁王稟報急事。

不待梁王先開口，季恪簡便道：「要事要緊，王爺且去忙。」

梁王便笑，對魏閎道：「我去去就回，你代我好生招待貴客。」又對季恪簡道：「今日可要留了飯再走，咱們爺兒倆不醉不休，你爹是個酒罈子，想來虎父無犬子。」

「王爺有命，承禮不敢不從。」季恪簡，字承禮。

梁王朗笑一聲，拍了拍季恪簡的肩膀才離開。

之後，魏閎便帶季恪簡去後院拜見女眷，而魏廷、魏闕都尋了藉口離開。

由姨娘所出的魏廷，生得濃眉大眼，是魏家兄弟裡最像梁王的，要不然也不能十四歲就待在梁王身邊征戰沙場。

「三弟覺得這位季世子如何？」魏廷偏頭問魏闕。

魏闕頓了下。「風流人物。」

魏廷笑了笑。「若是季家肯歸順，咱們魏家如虎添翼；如若不然，添一勁敵爾。」

前幾日，荊州王家的繼承人也抵達武都，論勢力，王家更勝季家，父王可沒如此熱情。

魏廷看他一眼，笑了笑。這個三弟向來話少，不過上了戰場倒是可靠。

魏閎命可真好，一出生就是長子嫡孫，深得長輩器重。生逢亂世，卻對軍事一竅不通，父王也沒放棄他，處處替他安排姻親人脈、建功立業的機會，還有這麼一個用兵如神的胞弟替他衝鋒陷陣。呵呵，有些人的命怎麼就這麼好呢！

溫文爾雅、風度翩翩的兒郎，上了年紀的婦人鮮少不喜歡的，梁太妃也不例外。她十分中意季恪簡，尤其是和前幾天來提親的王澤令一比。

王家那後生細眼薄唇，瞧著就不是好相與的。梁太妃哪捨得把魏歆瑤嫁過去？女兒魏瓊華的例子就擺在她眼前，她怕孫女重蹈覆轍。

待季恪簡請安後離去，梁太妃就對梁王妃語重心長道：「我瞧著季家這孩子倒是不錯，風評也是極好的，家世、模樣配咱們家阿瑤也夠了。」

論理，沒有看一眼就談婚論嫁的，可這王家不是來提親了嗎？梁王也沒斷然拒絕，梁太妃心裡不安，就想著趕緊給魏歆瑤定下。武都這些兒郎，孫女兒瞧不上，季家這孩子總是不差了。

梁王妃嘴裡發苦，還得裝得若無其事，只因四年前的事，梁太妃並不知情。

「孩子倒是很好，可他前頭的未婚妻病故，怕是八字有些硬。」梁王妃小心翼翼道。

這點梁太妃當然知道，可這不是沒其他適合的人了嗎？再說一個出意外，又不是兩、三個都死於非命，這算哪門子命硬？

梁太妃有些不高興。「那妳自己趕緊給阿瑤挑一個，可別挑來挑去，最後便宜了王家那小子。」

梁王妃臉色微白，忙不迭哄梁太妃。

「行了，我言盡於此，妳回頭去問問阿瑤吧。」梁太妃臉色稍霽。

梁王妃垂首應是，心事重重地去看魏歆瑤。

為了避開季恪簡，魏歆瑤稱病。

見到梁王妃，魏歆瑤有一瞬間不自在，蓋因想起了前塵往事。

梁王妃心頭一刺，走過去問她。「在幹麼呢？」

「看書。」魏歆瑤晃了晃手裡的書。

梁王妃又問：「看的什麼書？」

魏歆瑤便答了，閒話兩句後，梁王妃切入正題，摸著她的頭髮道：「阿瑤，妳看韓劭原如何？」

梁太妃擔心梁王把魏歆瑤嫁給王澤令，她也擔心啊！來回挑了幾遍，梁王妃覺得還是韓劭原各方面條件都不錯。

魏歆瑤愣住，好半晌才回過神。「娘，他剛和音表姊解除婚約，我要是和他訂婚，妳讓別人怎麼想？別人會覺得是我們家仗勢欺人，為了奪婚，所以把表姊逼進寺廟。」

「清者自清，濁者自濁，理外人那些嘴做什麼？」梁王妃尷尬地抓緊帕子。雖然有點病急亂投醫，可總比和王家聯姻好。一想起王家，她就止不住慌。小姑子的前車之鑑就擺在她眼前，豈能不怕？

見狀，魏歆瑤心裡也不好受，抓住梁王妃的手道：「娘，您就別擔心了，父王不會答應王家婚事。王家狼子野心，昭然若揭，我嫁過去，難道還能讓他們王家歸順我們不成？」

自然不能，可是兩家可以就此結盟，不管是對付朝廷還是掃平其他勢力，都能事半功倍，最後鹿死誰手就各憑本事了，屆時，嫁過去的女兒又如何自處？

丈夫的確疼女兒，可在野心面前，女兒又算得了什麼？當年魏瓊華何其得寵，還不是被公公嫁到李家。

梁王妃嘴裡就像被人塞了一把黃連，苦到心裡頭，卻還不能直說出來，讓女兒跟著她擔心難過。

梁王妃強裝鎮定和魏歆瑤說了幾句話後，讓她好好在屋裡待著。無論如何，她是不會把女兒嫁到王家的。

在梁王妃走後，魏歆瑤臉上的笑意一點一點地收斂起來。她拿起盤子裡的銀叉子，一下又一下地戳著盤子裡的葡萄。

季恪簡不好好待在他的冀州，為什麼要來梁州？

她好不容易把那件事忘得差不多，可他一來，又全部都記起來了。爹娘是不是也想起來了？大哥是不是也想起來了？

魏歆瑤緊緊咬著牙，眼底浮現厲色。一旁的丫鬟，心驚膽顫地看著那一盤被戳得稀巴爛的葡萄，只覺得脊背發涼，兩股顫顫。

第十一章

之後幾天，季恪簡都忙著走親訪友，宋嘉禾一次也沒見過他，即使他會去給宋老夫人請安，可每次兩人都撞不上。

宋嘉禾心知肚明，這是宋老夫人故意的，讓她哭笑不得。

同樣哭笑不得的還有季恪簡。近兩日，他去給林氏請安時都會碰上宋嘉卉在場。

宋嘉卉在七夕節摔的那一跤，疼個兩、三日後就好得差不多，她躺著不肯出來，那是為了躲羞。林氏好說歹說她才肯出門，也終於見到林氏嘴裡好得天上有、地下無的季表哥。

好看是好看，可還是比不上三表哥。

林氏滿心失望，依舊不肯放棄，笑道：「正好妳表哥在，把妳那幅『荷塘月色』拿來給妳表哥看看，讓他瞧瞧有什麼地方不妥？」

宋嘉卉為梁太妃準備的壽禮就是這幅畫，聽林氏說過，這位表哥書畫高絕，讓他看一看也好，遂命丫鬟去取來，想了想，又打算親自去一趟。她怕丫鬟大手大腳，弄壞了怎麼辦？

林氏對季恪簡無奈一笑。「這孩子可寶貝她的畫了。」

猶豫了下，林氏看著季恪簡道：「這孩子是個畫癡，我想著你要是有空，不妨點撥她一下，你隨手教她兩下，就夠她受用一生的了。」

季恪簡笑容不改。「姨母這話真叫我慚愧，我也不過學了點皮毛，豈敢為人師？我倒認識一位女先生，工法細膩，意境深遠，我要不將她請來，先讓您過過目？」

林氏的笑容頓時勉強起來，她抬眸看著笑容和煦的季恪簡，乾巴巴道：「那就麻煩你了。」

「姨母見外了，我拿卉表妹當親妹妹似的，哪裡用得上麻煩二字。」季恪簡覺得這種事還是趁早說明白，免得互相為難。

到了這個地步，林氏一點幻想都不剩了，她端起茶杯喝一口，藉此掩飾自己的尷尬。「有妳這個哥哥是卉兒的福氣。」

片刻後，宋嘉卉小心翼翼地捧著畫來了。季恪簡若無其事地點評，又指出不足之處，提出改進建議。

宋嘉卉猶如醍醐灌頂，不由道謝，心裡還在想，怪不得娘一個勁兒誇他，果然不是浪得虛名。

林氏望著站在畫前議論的季恪簡和宋嘉卉，止不住可惜。紅袖添香，談詩論畫，豈不美哉？

可季恪簡都說得那麼明白，她總不能按著牛頭喝水，這種事她是做不出來的。除了滿心惋惜和悵然，她內心更多的是愁悶，顯然卉兒也對季恪簡沒心思，這孩子真是走火入魔了，眼裡只剩下一個魏闕。若可以，她當然想讓女兒稱心如意，可那是魏家，她也束手無策。

她寧願卉兒中意季恪簡，起碼有大姊在，她還能努力下，可眼下這局面叫她該怎麼辦才好？

林氏只覺心裡被人塞了一團亂麻，千頭萬緒，亂糟糟的。

點評畢，季恪簡告辭，離開了沉香院。

走在路上想起欲言又止的林氏，季恪簡不覺笑了下。姨母那神情，是他這些年來看習慣的。他都把話說到那分上，想來姨母也能歇了心思，他可不想母親夾在中間為難。

忽然間，聽到幾道清脆悅耳的童聲，興高采烈的，聽了就讓人跟著高興。

季恪簡不由循著聲音走過去，就見一片月季花後頭站了一群人。

宋子諺拍著小胖手，大聲地數著。「四十一、四十二、四十三……六姊加油……四十四……」

站在中間的是宋嘉禾、宋嘉晨、宋嘉淇三姊妹，都在踢毽子，看來是在比賽。

宋嘉晨踢了一個空，停下來，她正想扶著膝蓋喘口氣，就看見了季恪簡，嚇了一跳，忙道：「季表哥。」

聞言，宋嘉禾一驚，頓時失了準頭，毽子飛出去。她大驚，趕忙一個箭步衝出去，終於在落地之前搶救回來。

宋嘉禾拍拍胸口壓驚。嚇死她了，藍顏禍水，古人誠不欺她！最後給自己剛剛搶救的動作打了滿分！

宋子諺一副比她還緊張的模樣，大鬆一口氣，然後懵了。「六姊踢多少了？」

八少爺宋子訊搗亂。「三十四！」

宋子諺掐腰，氣勢洶洶。「騙人！你才三十四！」

宋子訊正想反駁，突然愣住了，哭喪著臉大喊。「我數到幾了？」一臉絕望。

宋嘉淇被自己的胞弟氣樂了。「笨死你算了！」分心的結果就是一腳接空，毽子落地。

「啊啊啊！」宋嘉淇鬱悶地大叫三聲，撲過去抓著宋子訊就是一頓搓揉。「都怪你、都怪你，你看你，害我輸了！」

宋子訊慘叫連連，最後還是宋嘉晨大發善心救他出來。

季恪簡忍俊不禁。這家子兄弟姊妹感情倒是不錯。

宋子諺終於從丫鬟那兒問來正確的數字，又高興地喊起來。「六十一、六十二……」

季恪簡饒有興致地看著宋嘉禾。那毽子就像用一根線綁在她腳上，怎麼也飛不出方寸之地。小姑娘的臉因為動作，格外紅潤，眼睛明亮有神，細碎的陽光落在她身上，整個人彷彿發著光。

宋嘉禾被他看得渾身不自在，調整了下方向，變成背對著他。

看什麼看，我們很熟嗎？

「一百！」宋子諺中氣十足地大喊一聲，整個人都跳起來，還示威地朝宋子訊吐吐舌頭，扭了扭屁股。

宋子訊氣得扭過頭，留給他一個後腦勺。

功德圓滿的宋嘉禾用手接住下墜的毽子，輕輕喘氣。累死她了。

宋子諺繞著她轉，滿眼星星。「六姊妳真厲害，六姊真棒！」

宋嘉禾捏了捏他的臉。累成這樣好像也值了，她果然是個好姊姊。

宋嘉禾正沾沾自喜，就聽見季恪簡的聲音不疾不徐地響起。「禾表妹毽子踢得真好。」

宋嘉禾拿帕子擦擦汗，轉過身道：「熟能生巧罷了。」不由促狹心起，她一本正經道：「要是季表哥練上幾個月，踢得肯定比我還好。」

旁邊的宋嘉淇噗哧一聲笑了，又連忙用手摀住。

宋嘉禾笑得一臉燦爛。「季表哥要是想學，我可以教你的。」

季恪簡笑著道了一聲好。「屆時還請表妹不吝賜教。」

宋嘉淇愣了。真的假的？

當然是假的，認真就輸了。宋嘉禾笑咪咪地點點頭。

季恪簡笑吟吟看著她。「表妹們繼續玩耍，我先行一步。」

「季表哥慢走。」宋家三姊妹齊聲道。

他一走，宋嘉淇就忍不住捧著臉。「季表哥長得真好看。」

「膚淺！」

宋嘉禾與宋嘉淇一起扭頭，就見宋子訊背著手站在那兒，抬了抬下巴。「爹說了，長得好看的男人最會騙人。」

七叔那圓滾滾的肚皮和滿月臉，就這麼猝不及防浮現在宋嘉禾的腦海中。她十分懷疑七叔說這話的動機。大概是又被宜安縣主嫌棄了。

宋嘉淇也是一臉扭曲，一副牙疼的模樣，最後一巴掌拍在宋子訊頭上。這混蛋太會敗興了，現在她腦子裡只有她爹的大肚皮，那麼好看的季表哥都被他擠走了。

宋子訊抱著腦袋敢怒不敢言，偷偷在心裡加了一句：長得好看的女人也最會欺負人，尤其他們家的。

見狀，宋嘉禾忍俊不禁，擊了擊掌，道：「一身的汗，都回去洗洗吧，差不多要用晚膳了。」

一群人隨即散去。

宋嘉禾回降舒院沐浴更衣，剛穿戴好，沉香院就來人了。

來人是林氏身邊的斂秋。「六姑娘，夫人請您過去一趟。」

「有什麼事嗎？」

斂秋道：「夫人新得了一盒珠釵，請姑娘去挑選。」

宋嘉禾撫了撫眉頭，有點不祥的預感。

結果證實，她的預感還是挺靈的，挑珠釵是假，借丫鬟才是真。

「我聽人說，妳身邊叫青畫的丫頭，十分擅長妝容，遂想讓她在去王府賀壽那天，給妳二姊打扮一番。」林氏怕她誤會，忙道：「我會讓妳二姊早點起身，不會耽誤妳妝扮的時辰。」

宋嘉禾把玩著手裡的珠釵，她隨手挑了一支不起眼的，林氏卻把整盒都塞給她，宋嘉卉還丁點兒反應都沒有。她還想著，八成是宋嘉卉早就挑過一回，敢情是在這兒等著她，還真是無功不受祿呢！

宋嘉卉不耐煩地看著不說話的宋嘉禾。不過是借個丫鬟，母親都開口要了，還用得著考慮嗎？依著她說，根本就不用問宋嘉禾，直接派人去要就是，做母親的向女兒借人，哪有不答應的理？

見宋嘉禾把珠釵放進盒子裡，林氏沒來由地眉頭跳了跳。

宋嘉禾將盒子往外推了推，淡笑道：「恕我不能答應母親的要求，這份禮我受之有愧，所以還是還給母親吧。」

林氏臉色一白，心慌意亂地解釋：「暖暖，我不是這個意思，這是娘給妳的，和這事沒關係。」

斂秋一看不好，一個眼色下去，立刻帶著人退下。

宋嘉禾笑了笑，站起來。「我還有事，先走了。」

「不過是個丫鬟，妳至於這麼小氣嗎？」宋嘉卉怒氣沖沖地站起來，質問宋嘉禾。

宋嘉禾看著義憤填膺的宋嘉卉，挑了挑眉。「那要看人啊，要是母親想讓青畫過來幫忙，我自然沒二話，做女兒的孝敬母親，天經地義；倘若是七妹、八妹要借，我也肯定答應。可現在這人是二姊要用！」

宋嘉禾輕輕一笑，驟然沈下臉，冷冷直視宋嘉卉。「我和妳關係很好嗎？」

宋嘉卉呆住了，過了兩息才反應過來，當下暴跳如雷。「我是妳姊姊！」

便是林氏都愣住了，萬萬想不到宋嘉禾會說出這種話來。

宋嘉禾輕輕嘖了一聲。「這會兒，二姊倒想起我們的血緣關係了。那我倒是問問，當年二姊要死要活地哭著，不許父母把我帶去雍州時，知道自己是姊姊嗎？」

林氏和宋嘉卉不約而同勃然色變，林氏更是嚇得癱在椅子上，驚疑不定地看著宋嘉禾。
「暖暖，暖暖！」
看著林氏的眼睛，宋嘉禾慢慢道：「當年我醒著，我聽得一清二楚。」
林氏臉色蒼白得幾乎透明，彷彿全身血液都流光了。
宋嘉禾偏過臉不再看林氏，直視宋嘉卉，一步一步走向她。「妳搶我東西時，想過自己是姊姊嗎？我要是不願意，妳就掐我，還要脅我不許告訴祖母時，知道自己是姊姊嗎？妳一次又一次，在我面前炫耀父母、兄長如何疼妳，明明看出我難過，還樂此不疲地炫耀時，知道自己是姊姊嗎？」
不由自主後退的宋嘉卉，砰一聲栽坐在椅子裡，又羞又惱。
林氏心亂如麻，六神無主。「暖暖，妳二姊那時候小，她不懂事。」
「我比她還小！」宋嘉禾轉過身，面無表情地看著潸然淚下的林氏。「再說了，她不懂事，母親您也不懂事嗎？」
林氏如遭雷擊，不敢置信地看著宋嘉禾。
「宋嘉卉做的那些事，您真的一無所知嗎？其實您心裡什麼都明白，不是嗎？只是在您看來，我算什麼？只要她宋嘉卉高興就成了。」
宋嘉禾定定地看著林氏。「宋嘉卉不喜歡我，其實我也很討厭她，只是我想著討好您，所以我逼自己喜歡她、讓著她。她要我的東西，我都給她，就想著我都這麼懂事了，我都這麼委屈自己了，您總會心疼心疼我。可到頭來我發現我就是個傻瓜，我的忍讓在妳看來，是理所當然，我天生就比她宋嘉卉低賤，就該讓著她、哄著她。」

「不是的！」淚流滿面的林氏哆嗦地搖頭。「不是這樣的！」

宋嘉禾奇怪地笑了笑。「母親，其實我一直想問您，我是不是父親和別人生的，然後父親不顧您的意願，把我強行抱回來記在您名下，所以您才能這麼偏心？」

林氏連連搖頭，越著急越是不知該怎麼解釋才好？她整個人都亂了，只能泣不成聲。她只是想借個丫鬟，借個丫鬟而已！

「說什麼胡話！」

驟然響起的聲音，嚇得林氏當場一個哆嗦，她急忙扭頭看向門口，就見宋銘冷著臉，掀簾踏入，緊隨其後的，是神色複雜難辨的宋子諫。

林氏心跳陡然漏了一拍，她幾次想扶著把手站起來，卻覺得全身軟綿綿的，一點勁都使不上，只能癱坐在椅子裡，噤若寒蟬。

宋嘉卉亦是嚇得不輕，頭皮發麻，臉色煞白。父親和二哥什麼時候來的？

宋銘和宋子諫來得也不久，父子兩個剛從軍營回來，先去向宋老夫人請安，隨後便來了沉香院，一進來就察覺院子裡情況不對。斂秋幾個大丫鬟都守在外頭，見了人就滿臉不安，如臨大敵；還有宋嘉禾的幾個丫鬟，一臉擔憂。

直覺不妙的宋銘，制止她們意圖通報的行為，徑直進屋，正好聽見宋嘉卉扯著嗓子怒喊「我是妳姊姊」。

父子倆不約而同停下腳步，隨後就聽見宋嘉禾的質問。

宋銘只覺有什麼東西在心口壓著，沈甸甸的。因大女兒怕他，並不敢在他面前胡鬧，她哭著鬧著不許他們帶上小女兒這件事，他還是從宋老夫人那裡才知道的。

宋老夫人告訴他，林氏因為大女兒的哭鬧，不想帶走小女兒時，宋銘第一反應是不敢置信。宋嘉卉才五歲，不懂事，還情有可原，可林氏怎麼也會跟著胡鬧？然而這話從宋老夫人口中出來，讓他不得不相信。他當時也懵了好一會兒才回過神來，安撫了傷心憤怒的母親，便去找林氏。

林氏痛哭流涕地認錯，還求著他去和宋老夫人說，要把宋嘉禾一塊兒帶走。宋老夫人自然沒有答應，她不放心林氏，怕宋嘉禾日後受委屈。

宋銘理解宋老夫人的擔憂。只因為宋嘉卉哭鬧幾回就決定拋下宋嘉禾，林氏的偏心、糊塗可見一斑。眼下林氏認錯了，可會不會改，誰也不敢確信。宋銘一年到頭也沒幾個月著家，女兒又是由母親教養，宋嘉卉脾氣的確霸道。

種種原因之下，宋嘉禾依舊留在武都，這一留，就再也沒跟著他們離開。

宋子諫的心情就更複雜了，什麼叫「二姊要死要活地哭著，不許父母把我帶去雍州」？小妹留下，難道不是因為祖父母捨不得嗎？

宋嘉禾接下來的詰問，更是讓父子倆內心五味陳雜。

「老爺？」林氏終於找回自己的聲音，哆哆嗦嗦叫喚一聲，一張臉白得幾乎透明。

宋銘的目光在膽顫心驚的林氏、宋嘉卉身上掃過，沒有錯過她們臉上的心虛之色，最後落在面無表情的宋嘉禾臉上，低低一嘆。「既然話都說到這兒了，今日就把話說明白吧。」

林氏被他這鄭重其事的模樣，嚇得雙手不受控制地顫抖，腦門上沁出細細的汗珠。

宋子諫到底心頭不忍，上前扶著她坐穩，又遞了一盞溫茶給她。

林氏卻沒有接茶，而是抓住宋子諫的手。宋子諫結實有力的手臂讓林氏紊亂無章的心稍稍穩定下來。

宋子諫看著彷徨無助的林氏，輕輕地拍拍她的手背。其實有時候他也覺得母親太溺愛二妹，與此相對薄待了六妹。

宋銘在林氏旁邊的圓椅上落坐，沈聲道：「都坐下吧。」

宋嘉禾抬眼看了看宋銘又坐回去。說明白也好，省得再理直氣壯噁心人。

宋銘看著宋嘉禾，放緩聲音道：「以後別再說這種氣話了，妳是我和妳母親的親生骨肉，妳就是在這沉香院的東廂房出生的。」他頓了下，面露追憶之色。「子諫、嘉卉還有妳都是在東廂房出生的。」兩個小兒子倒是在雍州出生。

宋嘉禾垂下眼簾。她當然知道，五官輪廓就能看得出來，可就是這樣才更讓人難以接受。她寧可自己不是林氏生的，如此也就不會這麼難過了。

「你們兄妹五個，只有妳不是在我們身邊長大，是我和妳母親虧欠了妳。」宋銘繼續道。

宋嘉禾眨眨眼，忽然覺得眼睛有點酸，她用力地眨了下眼睛。

宋銘接著道：「我們本該加倍疼妳，可我和妳母親都沒有做到，這是我們做父母的失職，日後我們會好好補償妳。」

聞言，宋嘉卉心頭一慌，連忙去看林氏，就見林氏嘴唇哆嗦著，滿臉愧疚，還附和地點頭，她頓時四肢冰涼，如墜冰窖。

那她怎麼辦？爹娘以後都去疼宋嘉禾，不疼她了嗎？

正被失寵的恐懼死死籠罩著的宋嘉卉，忽地心頭一顫，回神就見宋銘定定看著她，讓她不由自主地打了個冷顫。

宋銘道：「沒有教會妳友愛手足，是我和妳母親的失職！」

宋嘉卉瑟縮了下，忍不住往椅子裡縮了縮。

「嘉卉，妳說妳是姊姊，那麼妳盡到一個姊姊該盡的責任了嗎？」

宋嘉卉的臉一搭紅，一搭白的，她吞了一口唾沫，避開宋銘的視線。

「並不是說，妳長兩歲，妳就是姊姊。年長的照顧年幼的，年幼的尊敬年長的，兄弟姊妹之間互相友愛、互相扶持，這是友悌。如果妳盡到姊姊的責任，但是暖暖不尊敬妳，那是她的錯，我會教訓她，可事實如何，妳心知肚明。做人不能寬以待己，嚴以律人。」

宋嘉卉被他說得面紅耳赤，淚光閃閃，囁嚅一聲。「爹。」

宋銘不為所動，只問：「嘉卉，妳覺得妳盡到做姊姊的責任了嗎？」

臉頰發燙的宋嘉卉羞愧難掩，只覺得自己的臉面被父親揭下來扔在地上踩。她一跺腳，霍然站起來，埋頭往外衝。

「站住！」宋銘厲喝一聲，臉色驟然陰沈下來。

宋嘉卉被他冷冰冰的兩個字定在原地，腳下彷彿生了根。

宋銘冷聲道：「妳這是什麼態度？」

「老爺？」林氏心疼不已，忍不住開口喚一聲。

宋銘冷冷看著她。「妳又要替她求情？」

林氏的臉頓時變得火辣辣，後半句話再也吐不出來。

一看這情形，宋嘉卉掉起眼淚，不一會兒就淚如雨下，哭哭啼啼。「爹、娘！」語氣委屈得不行。

林氏嘴唇開開合合，想說又不敢說的樣子，時不時偷看宋銘。

看林氏這模樣，宋銘滿心無力。「她一哭，妳就心疼，就不管是非黑白，只想去哄她，哪怕讓別人受委屈也在所不惜是不是？」

林氏不自覺就要搖頭。

宋銘卻是笑了下。「妳不用否認，一直以來妳就是這麼做的。嘉卉呢，也就是看明白這一點，她知道自己不用講理，只要會哭、會鬧就能心想事成，那為什麼要講道理？講道理的都吃虧了！」

林氏呆住，直愣愣地看著宋銘。

宋銘突然轉頭看向宋嘉禾，就見她嘴角譏諷的笑意，心下鈍鈍一疼。「會哭的孩子有糖吃，從小到大，嘉卉一不如意就哭鬧。兩個孩子起了矛盾，一個大哭，一個沒哭，我們做父母的為了圖省事，就會順著那個哭鬧的，就想著息事寧人，哪怕哭的那個是在無理取鬧，卻不知圖了一時清靜，卻害了兩個孩子。無理取鬧的人以為，只要哭鬧就能得到自己想要的，從此以後變本加厲；乖巧懂事的人反而被虧待，久而久之，心也冷了。」

他這個做父親的也失職，沒有在發現苗頭的時候及時遏制，等後來發現林氏行事越來越偏頗，再想掰正，也晚了。偏巧他們離開武都，兩個孩子不在一塊兒，問題也就被掩蓋下來，不承想，回來後又故態復萌，甚至變本加厲，又是一個迴圈。

歸根究柢，還是宋銘對這個問題不夠重視，如果不是今日聽到宋嘉禾這番話，宋銘也不會知道問題到了這麼嚴重的地步。小女兒竟然會覺得她不是林氏親生的，要受了多少委屈，這孩子才會說出這樣的話來？

宋銘溫聲對宋嘉禾道：「懂事的孩子長輩都喜歡，卻是最容易被忽略的。女兒家哭一哭、鬧一鬧、撒撒嬌是可以，只要不無理取鬧就好。」

宋嘉禾怔怔地看了他半晌，慢慢地點點頭。

宋嘉卉卻是七個不服八個不忿，只覺得父親字字句句都在數落她、偏袒宋嘉禾，一股惡氣在她胸口橫衝直撞，撞得她眼冒金星，連對宋銘的害怕都顧不上。

宋嘉卉重重抹了一把臉，沙啞著嗓子哭喊。「爹話裡話外說我無理取鬧，可今日無事生非的明明是宋嘉禾。娘向她借個丫鬟，她就對我和娘呼呼喝喝，到底是誰不講理？」早知道會鬧成這樣，她就不要那丫鬟了。

宋嘉禾睫毛輕輕一顫。到現在還在糾結那個丫鬟，蠢死算了！她發火的關鍵根本不是借丫鬟的事，而是宋嘉卉的理直氣壯和林氏的渾然不覺！

宋銘聽得稀裡糊塗，遂扭頭問林氏怎麼回事？

茫然無措的林氏便把話說了，還特意強調先讓宋嘉卉早起一個時辰化妝，絕對不會耽誤宋嘉禾。

望著不斷強調不會耽誤宋嘉禾的林氏，宋銘默了默，忽然問道：「是妳開口借人，還是嘉卉開的口？」

林氏顫了下，低頭避開宋銘的視線，小心翼翼道：「是我。」

宋銘難掩失望之色。怪不得小女兒會生這麼大的氣。再看林氏和長女的樣子，看來自己那番話都白說了。

強忍著不耐，宋銘給自己倒了一杯茶。茶涼了，也苦了。「如果七姪女、八姪女想借丫鬟，她們是會直接向暖暖借，還是請大嫂和七弟妹和暖暖說？」

林氏被他徹底問住，半張著嘴，乾瞪著眼，半晌憋出一句。「可之前那次，她答應了……」

她們剛回到武都第二天，在去向宋老夫人請安的路上，林氏一提，宋嘉禾就應下了，橫豎姊妹之間借個丫鬟實屬平常。

「八妹親口和我借人在先，之後我哪好拒絕自己親姊姊，還是您開口的情況，又是在眾目睽睽之下。」宋嘉禾在「親口」二字上加了重音。「更重要的是，那會兒我可還沒和二姊吵過架，倒是真不介意借個丫鬟給她。」

宋嘉禾淡淡看著臉色難堪的宋嘉卉。「可是我和二姊前不久才吵了一頓，我記得那天二姊也拿姊姊這身分來壓我，我是怎麼說的？我問她，她像個姊姊嗎？自從我和二姊吵了一架後，我和她就只說過幾句場面話，維持一個面子情罷了。二姊怎麼還會想著跟我借丫鬟？真當我是軟柿子，沒脾氣？更好笑的是，二姊自己不想欠我人情，或者是怕我拒絕吧，竟然讓母親出面和我說，這是拿母親來壓我，讓我不敢拒絕。」宋嘉禾打開桌上的錦盒，手指在那一排珠釵上滑過，嘲諷一笑。「母親還特特送了我一盒珠釵才開口說事，我要是再拒絕，可就不上道了，哪能拿了東西不辦事的？」

望著那盒珠光寶氣的首飾，宋銘和宋子諫的臉色俱是沈了沈。

林氏心慌意亂，語無倫次地解釋。「不是，我沒有……暖暖，我沒想這麼多，我只是想藉這個機會讓妳們姊妹倆和好。」

「我為什麼要和她和好！」宋嘉禾砰一聲蓋上蓋子。「和好以後，繼續百般忍讓、遷就她，是不是？凡是我的東西，她看中了，我就得高高興興地給，是不是？」

宋嘉禾越說越急，整個人都不由自主站起來。「從小到大，哪次不是這樣？我和她鬧翻了，您就拿點東西來哄哄我，跟我說二姊不懂事，還是我最懂事，我就美得找不著北了，於是繼續『懂事』地讓著她。每次都這樣，明明錯的那個人不是我，可您都是要我退讓，為什麼您永遠只會讓我遷就她？」

林氏就像是一截木頭，愣愣地坐在那兒。

宋嘉禾拿手背一抹臉，摸到一手濕潤，她又摸了一把，卻是越抹越多，暴躁地用衣袖狠狠擦臉，一張白瑩瑩的臉頓時變得紅彤彤。

宋嘉禾微抬著下頷，一雙眼因為淚洗而格外晶瑩透亮。「母親以後就別費這種心思了，我不可能和宋嘉卉和好，這輩子都不可能！」

頂多當個同住一個屋簷下的陌生人，幾年後各自出嫁，一輩子也見不著幾面。她為什麼要和一個討厭的人做好姊妹？她缺姊妹嗎？

說罷，宋嘉禾也不看宋銘是何表情，扭頭就走。

宋子諫愣了下，站起來；宋銘對他略一頷首，宋子諫當即就追出去。

宋嘉卉往椅子裡又縮了縮，看一眼失魂落魄的林氏，又偷偷抬眼打量上座的宋銘，正撞進他暗沈沈的眼裡，嚇得一個哆嗦，猛地低下頭。

宋銘看一眼頭低得快到胸口的宋嘉卉，又看向泥塑木雕似的林氏，沈沈一嘆。母女、姊妹之間的問題比他想像中還嚴重，清官難斷家務事，他可算是體會到這句話的含義了。

候在外頭的青書和青畫，一見宋嘉禾雙眼紅彤彤地走出來，嚇得心驚肉跳，連忙迎上去，一迭連聲問：「姑娘，您怎麼了？」

宋嘉禾理都不理，低著頭徑直往前走，腳步越走越快。

緊跟上來的宋子諫想說什麼，可又發現自己無話可說。他本就口拙，只好默默地跟在她三步後。

宋嘉禾腦子裡很亂，她知道自己不該圖一時之快說那些話，百善孝為先，無論如何，林氏都是她母親。傳出去，別人可能會說林氏偏心不對，但更會說她大逆不道，可她實在忍不了，不說，她怕憋死自己！

反正說都已經說了，還能怎麼樣？現在宋嘉禾只想回降舒院大睡一場。

卻說季恪簡，他臨時收到魏閎的邀請，邀他去夜遊青湖。宋老太爺還未歸家，他便打算向宋老夫人說一聲，順道請安。

不想又遇見了宋嘉禾，一看氣氛，季恪簡就覺不對勁，當即想避開，可不經意間對上她淚盈盈的眼。尤其是宋嘉禾在看見他之後，那一臉見到親人的歡喜和依戀，讓他的腳怎麼也抬不起來。

然後他就見可憐兮兮的宋嘉禾撲過來，他不僅沒有躲開，還鬼使神差地伸手接住了。被撲個滿懷的季恪簡懵了。懷裡軟綿綿、暖洋洋的身體讓他霎時元神歸位，就見宋子諫鐵青著臉，目光不善地盯著他。

「……」

聞著熟悉又令人心安的松香，所有委屈就像是決堤的江水找到缺口，噴薄而出，一瀉千里。宋嘉禾嚎啕大哭，哭得像個小孩，一邊揪著季恪簡的衣服，一邊哭喊表哥。

季恪簡的心不由自主揪了一下，頓時難受起來。看著伏在胸口的黑黝黝腦袋，他的心情是難以描述的微妙；他能感覺到宋嘉禾對自己的依賴，發自肺腑。

聽著她聲嘶力竭的痛哭聲，季恪簡抬手想拍拍她的肩膀安慰，但還沒沾到衣服邊，就被人抓住手腕，勁道還不小，一抬頭就對上宋子諫陰沈的目光，視線跟刀子似的。

被當成登徒子的季恪簡也很無奈。宋嘉禾都不管不顧地衝過來，他能怎麼辦，難道避開讓她撲空摔一跤嗎？

宋子諫一手抓著季恪簡的手腕，把他甩開，另一手抓著宋嘉禾的後背將她拉出來。

硬生生被拉出來的宋嘉禾怒氣沖沖地回過頭，可在看清宋子諫那張晦暗如墨的臉後，憤怒就像是被戳破的泡泡，消失得無影無蹤，飛到九霄雲外的理智也瞬間回籠。她一寸一寸地抬頭，渾身關節彷彿生鏽。

望著驚恐的宋嘉禾，不知怎的，季恪簡有點想笑，他清咳一聲掩飾過去。眼見她的臉色逐漸發僵、發青，他又開始擔心，她會不會就此暈過去？

這一刻，宋嘉禾還真的在考慮自己暈過去會不會好一點？兩輩子加起來，她都沒這麼尷尬過，自己竟然對一個可以用陌生二字來形容的男子，投懷送抱。

渾身血液爭先恐後地湧到臉上，宋嘉禾覺得自己頭頂能冒煙，臉熱得能煮熟雞蛋。

宋子諫伸手將宋嘉禾拉到自己身後，欲言又止地看著季恪簡。

季恪簡整了整神色，恢復翩翩有禮的模樣。「禾表妹下次走路當心些，若是摔著就不好了。」

宋嘉禾睫毛輕輕一顫，瞬間了然他的意思。她只是不小心摔到他身上，絕不是「投懷送抱」。

這事若沒人看見，當事人不當回事，就只是個笑談，最怕被人瞧去又宣揚開。不小心摔進人懷裡什麼的，都是老掉牙的橋段了。

宋嘉禾越想臉越燙，她懊惱地扒了一把頭髮。她怎麼會腦子一抽，就把從前和現實弄混了？

季恪簡看一眼抱著腦袋的宋嘉禾，忍著笑，對宋子諫點點頭。

宋子諫拱手回禮，季恪簡便抬腳離開。

走出一段路的季恪簡忽然頓足，望一眼周圍，突然笑了下，調轉腳步繼續去溋安院。

他的小廝泉文摸了摸腦袋。剛剛見自家公子方向錯了，不過想著他可能有什麼其他安排，遂不敢多言。哪想他是真的走錯路，看來剛剛那回事，對公子也不是一點影響都沒有。

其實姑娘家不小心「崴腳」摔過來這種戲碼，公子一年能遇上好幾回，可公子親手接住的，還真是開天闢地頭一遭。尤其表姑娘這不是摔，而是奔放地直接撲過來。

泉文都想給表姑娘豎個大拇指。厲害了！

且說留在原地的宋嘉禾兄妹。季恪簡一走，宋嘉禾就忍不住捂臉蹲下去，恨不得挖條縫就地掩埋自己。

宋子諫眉頭一陣亂跳，想說什麼又無從開口。這種事他也是平生第一次遇到，唯一差可告慰的，就是沒發生在眾目睽睽之下。

宋子諫放緩聲音道：「妳先回去，這裡交給我。」他得檢查下還有沒有其他人看見？

宋嘉禾略感詫異地看著宋子諫。二哥竟然沒有教訓自己？她也知道自己做的這件事混帳，往嚴重了說，那是有辱門楣的。

宋子諫安撫地看她一眼。六妹的確胡鬧，不過他覺得她可能是傷心得糊塗了，加上因為沉香院那一鬧，他正對她滿心愧疚，哪裡捨得罵她？

「妳也別擔心，這事二哥會處理好。」宋子諫頓了頓。「不過下不為例。」

宋嘉禾咬著下唇，滿臉羞愧地點點頭，聲音細如蚊蚋。「謝謝二哥。」

另一廂，宋銘、林氏和宋嘉卉三人，沈默無言地坐在正屋內。落針可聞的寂靜讓宋嘉卉滿心不安，她不適地動了動身子，覺得渾身猶如一百隻螞蟻在爬，可她根本不敢大動，唯恐惹來宋銘的注意。

林氏癱坐在椅子上，一半身子猶如在火裡烤，另一半則被浸在冰水裡。她腦海中都是淚盈眉睫的宋嘉禾，耳邊全是她含淚帶泣的控訴。其實林氏心裡明白，在兩個女兒之間，她的確更偏愛宋嘉卉一些。

宋子諫是她第一個孩子，可滿月後就被宋老夫人抱走，她只能每天看幾眼。說起來，卉兒才像她的第一個孩子，她看著她一點一點長大，翻身坐爬。卉兒長牙，日日夜夜地哭，她就陪著她哭；卉兒八個月就會喊娘，她當場激動地哭出來。

在卉兒身上，她才徹底地體會到當一個母親的酸甜苦辣，這是其他孩子都沒有的。小女兒是宋老夫人養大的，兩個小兒子更多是由奶娘照顧，唯有卉兒打小就愛膩著她，愛向她撒嬌，她如何能不偏愛卉兒幾分？

後來幾個孩子越長越大，卉兒的容貌和資質，都比不得兄弟姊妹幾個出色，為此常常難過，她就更偏疼幾分。小女兒生得花容月貌又打小聰慧，且乖巧懂事願意讓著卉兒，她十分欣慰。有時候自己也會覺得委屈了小女兒，所以會補償小女兒；她以為小女兒不計較，直到今日才知道，原來小女兒一直都在怨她。

宋銘將茶杯放在几案上，「嗒」一聲脆響，引得林氏和宋嘉卉都看過來。

宋嘉卉的神色來回變幻不定，心都跳到嗓子眼了；林氏則是茫然無措地看著宋銘。

宋銘開口。「嘉卉。」

宋嘉卉顫了顫，雙手緊緊揪著手裡的帕子。

「妳已經十五歲，馬上就要行及笄禮，早就過了藉由無理取鬧來達到自己目的的年紀。以後沒人會繼續慣著妳，就是妳娘都不行。」

「爹！」宋嘉卉的臉刹那間褪盡血色，又急急忙忙去看林氏。「娘！」

「叫天王老子都沒用！」宋銘嘴角一沈。「以後說話、做事前，先想想道理，而不是覺得有妳娘做靠山，就能肆無忌憚。妳娘護不了妳一輩子。」

宋嘉卉愣怔在當場。

宋銘看向林氏，林氏被他盯得心驚膽顫，連呼吸都屏住。

「妳要是真疼嘉卉，就別再繼續慣著她。家裡這麼多兄弟姊妹，她和誰關係好了？一個合不來可能是性格不合，兩個合不來、三個合不來，都合不來，那就得從自己身上找問題了。自家人都處成這樣，日後出閣，婆家人難道還能比自家人更和氣？就算低嫁，對方忍得了一時，也忍不了一世。」

宋銘看著似有感觸的林氏。「妳狠不下心，就讓母親和謝嬤嬤來教。」

林氏唯唯諾諾地點頭。

宋嘉卉起先聽得一肚子火。誰稀罕和他們關係好了！可一聽低嫁，她心都涼了。她為什麼要低嫁！

「至於暖暖那兒……」

「我會好好補償她，我會補償她的。」林氏急忙截過話頭，一連說了兩遍，唯恐宋銘不信她。

宋銘默了默。類似的話，他已經聽了不止一次，他相信現在的林氏是真的想彌補，但再遇上兩個女兒起衝突，她會怎麼做，宋銘心裡也沒底。偏掉的心哪是這麼容易拉回來的。不過想補償總比不補償的好，宋銘便道：「這話是妳自己說的，我會看著。五個孩子裡，我們做父母的，最虧欠的是她。」

見林氏無地自容地低下頭，宋銘看她一眼後，起身離開。才踏出門，就聽見宋嘉卉嚎啕大哭之聲。

宋銘輕輕搖頭。出了沉香院，就見步履匆匆的宋子諫迎面走來，神色十分嚴峻。

宋子諫對宋銘耳語一番，聽罷，宋銘微微瞇眼。小女兒打小就沒讓人操心過，這下子倒是給他出了個難題。

「就那幾個人？」

宋子諫點頭。當時園子裡還有兩個掃地的丫鬟和婆子，別的倒沒了。只是幾個下人，倒也不礙事，這種事除非被當場叫破引來人，事後就算她們說出去，也能當成造謠處置。

宋銘略頷首，忽而揮手讓隨從退後，方問：「你瞧著，暖暖對承禮是那個意思？」

宋子諫頓了下，默默地點點頭。人傷心之下尋求安慰，自是要找信賴親近之人，只是兩人什麼時候這麼熟了？不只宋嘉禾行為奇怪，季恪簡也怪裡怪氣，他明明可以躲開的。

「父親，您……」宋子諫忽然冒出一個念頭，頓時嚇了一跳。

父親不會是想讓小妹如意吧？可魏家那邊怎麼辦？

宋銘看他一眼，笑了笑。「你找機會探探承禮的口風。」

宋子諫張了張嘴，似有千言萬語要說，可想起宋嘉禾撲在季恪簡懷裡哭的樣子，全部化成了一個「好」字。

「時辰差不多了，你去收拾下，出門吧。」魏閎不只邀請季恪簡，也邀請了宋子諫。

宋子諫行禮告退。

宋銘想了想，抬腳邁向降舒院。

第十二章

宋嘉禾趴在床上，像一條上了岸的魚，滿臉生無可戀。

一片狼藉的床鋪和亂糟糟的頭髮，都是她鬱悶之下的犧牲品，可饒是如此，宋嘉禾還是尷尬得難受，她覺得自己根本沒臉見人了。

二哥會不會把事情告訴長輩？還有季恪簡，他肯定以為自己是個不知廉恥的花癡……

宋嘉禾頓覺人生一片黑暗。

「姑娘，二老爺來了。」

宋嘉禾登時一個激靈，鯉魚打挺般跳起來，咚一下，腦袋撞到床欄上，疼得她眼冒金星，淚花肆意。

安娘心疼地一邊揉著她額頭，一邊數落，更多的是心酸。她根本就不知道宋嘉禾剛才做了什麼事，只當她又在沉香院受委屈了，才會紅著眼回來。

安娘讓青畫替宋嘉禾簡單地收拾一下，故意留了個心眼，沒掩蓋哭痕。

宋嘉禾心驚肉跳。父親過來，八成是知道自己剛剛幹的「好事」了，她說自己不是故意的，父親能信嗎？

走到門口的宋嘉禾差點就想落荒而逃，可一想，躲得了初一也躲不過十五。她閉了閉眼，一橫心，在大腿上狠狠掐一把，頓時眼淚汪汪。

坐在那兒喝茶的宋銘，就見宋嘉禾磨磨蹭蹭地進門，神情楚楚可憐。

宋銘彎了彎唇角，儘量讓自己看起來更和顏悅色。

宋嘉禾眨眨眼，讓自己看起來更可憐，希望宋銘訓斥她的時候，能稍微留點情面。說實話，她有點怕他。

毛茸茸的羽睫，濕漉漉的眼睛，鼻頭、眼眶微微泛紅，瞧著甚是可憐，再如何鐵石心腸，都得心軟，更何況是正對她滿心歉疚的宋銘。

宋銘臉上的神色更溫和。「坐吧。」

宋嘉禾正襟危坐，雙手規規矩矩地放在膝上。

宋銘看了看她，幽幽一嘆。「剛才我和妳母親已經說好，從此以後，再不會縱著妳二姊胡鬧。」

宋嘉禾放在膝上的手指輕輕一顫。她相信父親的決心，一直以來，父親都算不上縱容宋嘉卉，宋嘉卉還是挺怕父親的，在他面前不敢胡來，她任性都是在母親跟前。

至於林氏的說詞，宋嘉禾壓根兒不信。說得再好聽，事到臨頭，母親就什麼都忘了，只記得哄宋嘉卉高興，她改不了的。虧得這個家當家作主的人不是母親，只要自己不繼續犯傻，那邊也占不到便宜。

「以後妳二姊再跟妳要求什麼，或者是妳母親要求妳做什麼，妳若不願意，可以直接拒絕，不需要為了粉飾太平而勉強自己。人生在世必須得學會的，就是拒絕別人不合理的要求，哪怕這是妳的父母、長輩。孝順孝順，並不是逆來順受，妳明白嗎？」

宋嘉禾驚得猛然抬頭，愣愣地看著宋銘。這話可有些違背常理了。

宋銘微微一笑。「逆來順受，那是愚孝。」

宋嘉禾忽然覺得鼻頭有點發酸，她輕輕嗡了嗡鼻子。

「至於妳母親，她這人沒什麼壞心眼，卻是有點糊塗。她的話，妳揀著能聽的聽了，不想聽的，聽過便罷，實在不舒服就來告訴我，別和她吵，傳出去影響太壞。」宋銘溫聲叮囑。

林氏是家中幼女，自幼深受父母、兄姊寵愛，養得她天性單純。

十七歲嫁給了宋銘。宋老夫人雖然嚴厲，卻不會苛待兒媳婦，上有長嫂主持中饋，幾個妯娌都是和善人；二房後宅清清靜靜，並無姨娘庶子的煩心事。在雍州，多是別人討好、奉承她，久而久之，她便越來越隨興，思慮不夠周全。

見宋嘉禾默默地點頭，沈吟片刻後，宋銘開口。「妳二哥跟我說了園子裡的事。」

宋嘉禾的臉唰一下脹紅。這事她跳進黃河都說不清了，尤其她本身就不怎麼清白。

「妳中意承禮？」宋銘問得開門見山。

滿臉通紅的宋嘉禾垂下眼，濃密的睫毛顫了顫，如同受驚的蝴蝶。

這反應，宋銘哪還不懂，他也是年輕過的。

「承禮這孩子不錯。」手腕與人品都是個中翹楚。

宋嘉禾心下狐疑。父親這語氣怎麼跟她設想中的不太一樣啊？女兒對一個男子投懷送抱，他不該雷霆震怒嗎？

宋銘似乎看出她的疑惑，淡淡一笑。「我倒是不反對，只不過……」

宋嘉禾的心提起來，忍不住抬眼看他。

「婚姻乃結兩姓之好，除了門當戶對，最好是你情我願，這般才是佳話。」宋銘說得十分直白，他相信宋嘉禾能聽明白，她自幼就聰穎。「其中涉及方方面面，季恪簡的意思、季家的意思，甚至還有魏家的意思在裡頭。」

宋銘語氣一頓。「為父我會儘量為妳謀劃，盡可能讓妳遂心如意，但是不敢保證一定會有好結果，所以我希望妳現在不要投入太多，以免陷得太深，將來傷到自己。」

這事是有點棘手，不過也不是沒有施展餘地。小女兒長這麼大，他都沒為她做過什麼，難得她喜歡上一個人，做父親的總想讓她如願。

宋嘉禾難掩震驚之色。在外，人人都以為魏、季兩家有很大可能聯姻的情況下，宋銘卻說會為她謀劃，難以言說的酸麻從心底細細密密地冒出來，讓她嗓子眼發堵。

望著淚水盈盈的宋嘉禾，宋銘笑了下，又正了神色。「不過今日的事，下不為例。」

宋嘉禾連連點頭。這樣丟人的事，做一次就夠她懊惱一輩子了，簡直是人生污點！

「今日是女兒糊塗了。」宋嘉禾話裡帶著輕輕的哽咽之音。

「下次莫要再衝動行事，女兒家名聲要緊。」這孩子一直都乖巧懂事，偶爾犯了錯，不免讓人更寬容一些。

宋嘉禾保證。「下次再也不會了。」

宋銘微微點頭。「那妳好生休息。」

宋嘉禾站起來，送他出了院子。

站在院門前，宋銘猶豫了下，突然伸手摸了摸宋嘉禾的腦袋。

宋銘的動作起先有些僵硬。女大避父，何況他本身就是嚴肅之人，甚少與兒女這般親近。後看她瞪圓眼睛，像是受驚的幼獸，好笑之餘卻是一陣心酸。

宋銘的動作自然起來，他輕輕拍了下她的腦袋，感慨道：「這一眨眼，妳都長這般大了，這些年為父都沒好好照顧過妳，希望現在開始彌補還不晚。」

宋嘉禾只覺眼眶一熱，眼淚就這麼不受控制地流下來。她急忙用手去擦，卻是越擦越多，喉嚨裡忍不住逸出嗚咽聲。

宋銘心頭酸澀，目光溫潤地落在她水光盈盈的臉上，溫聲道：「都是大姑娘了，莫要哭了。」

宋嘉禾也不想哭，可眼淚就是不受控制地往外湧，她捣著臉撇過頭，不想讓宋銘看見。

宋銘從丫鬟那兒取了一方帕子遞給她，宋嘉禾趕緊接過來，胡亂抹眼淚。

「好孩子，別哭了。」宋銘輕輕拍拍她的肩。

宋嘉禾抽抽噎噎地止住眼淚，抓著帕子，頗不好意思地看著他。

見宋銘笑了，宋嘉禾也笑了下，眼裡還含著淚花，心情卻是極好的。她覺得自己和父親之間的那道藩籬似乎薄了些，這種感覺前所未有。

宋銘的心情亦不錯，他也覺得父女之間經由此事更親近了一些。走到拐口時，宋銘回頭看了一眼。

宋嘉禾還站在原地，見他看過來，乖巧一笑，笑得人心頭泛暖。

離開降舒院後，宋銘便去了溫安院，母子倆屏退左右也不知說了什麼？隨後宋銘離開，宋嘉禾被喊過去。

自然又是一通安慰，宋嘉禾忍不住又眼淚汪汪。大多數人都是這樣的，難受的時候，越安慰，越想哭。

好半晌，宋嘉禾才止了淚，依戀地依偎在宋老夫人懷裡。

「承禮的事，妳父親已和我說了。」說著，宋老夫人就察覺到她懷裡的宋嘉禾顫了下。

「這事妳父親會處理，妳且等著，莫再做糊塗事。」要不是宋銘親口說了，宋老夫人都不敢相信宋嘉禾居然會這麼大膽，可瞧她可憐兮兮，也知錯了，宋老夫人哪裡捨得責罵她？可罰卻是要罰的，要不不長教訓。「回頭去抄十遍《女誡》，以後記住什麼事該做，什麼事萬萬不能碰。」

宋嘉禾聞言點頭如搗蒜，鬆了一口氣。

祖孫倆又說了會兒體己話，宋嘉禾才行禮告退。她回頭就開始抄書，緊趕慢趕，總算在梁太妃壽誕前一晚抄完。

梁太妃的六十大壽，算得上是武都頭等大事，不只武都的豪門勛貴全部出動，就連周圍州府的世家名門也來了不少，如荊州王氏、冀州季氏、揚州吳氏這般割據一方的藩鎮，都派子弟前來祝壽，可謂盛況空前。這一日的梁王府張燈結綵，彩旗飄揚，熱鬧非凡。

宋嘉禾鄭重妝扮畢，便在丫鬟、婆子的簇擁下，去了沉香院。

罥煙黛眉，眸如星辰，腮凝新荔，紅唇皓齒，姝色逼人。

打她進門，宋嘉卉就開始冒酸水。一母同胞的姊妹，憑什麼她可以漂亮成這樣？望著那精緻如畫的妝容，她忍不住想，宋嘉禾要是肯借丫鬟給自己，她們之間的差距肯定不會這麼大，她就是故意想看自己出醜！

到了溫安院，宋嘉卉肚裡的酸水已經能翻江倒海，差點沒把手裡的帕子絞爛。

宋嘉禾天姿國色，明豔動人；宋嘉晨溫柔嫻雅，大方得體；宋嘉淇嬌俏天真，機靈可愛。三姊妹各有千秋，站在那兒就是一道風景，令人賞心悅目，心曠神怡。

在座諸人只當沒留意到她的異樣，這種事就算留意到又能如何，讓其他幾個姑娘往醜裡打扮？沒這樣的道理。她自己要是表現得落落大方，旁人反倒不會過於在意，還要高看她一眼，可宋嘉卉縮手縮腳的，讓人想不留意都難。

宋老夫人涼涼掃林氏一眼。她到底是怎麼教女兒的？這都回來小半年了，還是這麼放不開，時不時要彆扭一回。

林氏滿嘴苦澀，更是心疼；而謝嬤嬤心裡比她還苦。她早就看出二姑娘這毛病，三番兩次跟她說了，一定要從容淡定，顯然都白說了。

閒話片刻，看時辰差不多，宋家一行人便出發前往梁王府。不一會兒到了王府正門前，車如流水馬如龍，人潮湧動，喜氣洋洋。

此時站在門口迎客的人，是魏二老爺與魏闕。魏二老爺見到宋家的馬車，趕緊上前迎接。他娶妻魏宋氏，宋老太爺不只是他舅舅，還是他岳父。

魏闕緊隨其後。拜見宋家長輩後，又和與宋家人同行的季恪簡見禮。

另一頭，宋嘉禾踩著繡墩下馬車，然後扶著宋老夫人慢慢下來。

魏二老爺和魏闕又過來見禮，宋老夫人笑咪咪地對他們點點頭。

宋嘉禾屈膝福了福，乖巧道：「姑父好，三表哥好。」

魏二老爺捋鬚一笑。魏闕的目光在她臉上緩緩一繞，微微頷首。

趁著宋老夫人與魏二老爺寒暄的空檔，宋嘉禾微抬著臉看魏闕。終於不是一身玄色了，雖然靛青色算不上鮮豔，不過總比玄色好，看起來熱鬧多了。

冷不防撞到他的目光，宋嘉禾趕緊彎了彎嘴角。

魏闕輕輕一笑，弧度並不明顯。

和林氏同乘一車的宋嘉卉見了魏闕，不由自主就想走過去，才抬腳，就被眼疾手快的林氏拉住。

宋嘉卉咬咬唇。雖然不甘心，可也知道這場合不能胡來，只得按捺下念頭，殷殷地看著那邊，臉色卻逐漸難看。

高大挺拔的魏闕，纖細婀娜的宋嘉禾，一個俊美無儔，一個明麗萬端。

宋嘉卉的臉色瞬息萬變，雙手不由自主緊握成拳。

不可能的，不可能的，兩人可差了好幾歲，絕對不可能！

忽然間，她瞳孔劇烈一縮，看見宋嘉禾對魏闕笑了下，魏闕竟然也笑了！

謝嬤嬤一顆心沈了又沈，不著痕跡地扯了扯宋嘉卉，嚴厲地看她一眼。

宋嘉卉垂眼盯著腳尖，指尖深深陷在手心裡，她卻不覺疼似地越握越緊。

寒暄畢，魏二老爺親自迎著宋家人入府，魏闕則繼續留在門口迎客，以防來了貴客卻無人接待。

金碧輝煌的大堂裡，老壽星打扮的梁太妃，笑呵呵地坐在上首，見到娘家人，笑得滿臉春風。

宋家人按輩分，一撥又一撥地祝壽，輪到孫輩時，丫鬟拿出富貴花開的蒲團放在地上。宋子謙帶著弟弟們跪了，齊聲道：「祝姑祖母壽比南山，福如東海！」

「好、好、好！」梁太妃笑容滿面，便有兩個丫鬟舉著托盤上前，遞了紅包。

隨後就輪到姑娘們，四人按序齒從左到右站了。宋嘉禾微微一提裙襬，跪在蒲團上，口中道：「祝姑祖母萬事如意，松鶴長春！」

其間卻夾雜一個不同的聲音。宋嘉卉說了壽比南山，說完才猛地反應過來，連忙改口。

宋嘉禾眼尾餘光瞟一眼尷尬的宋嘉卉。祝壽詞是出門前統一好的，就連五歲的十一弟都沒有出錯，宋嘉卉也不知腦子裡在想什麼，連這個都能忘了。

坐在這屋子裡的沒哪個是聾子，這麼明顯的口誤，自然聽出來，少不得多看一眼。有那麼幾個城府淺、之前還沒見過宋家姊妹的人，視線不由自主在宋嘉卉和宋嘉禾身上來回轉。

怎麼說呢，這一家子姊妹，長相也太懸殊，特別是這對一母同胞的姊妹。

跪在蒲團上的宋嘉卉頭越來越低，只覺落在她身上的目光似針扎，暗暗咬緊牙關。

「乖，都是好孩子。」梁太妃彷彿什麼意外都沒有發生，慈眉善目地開口。

這一打岔，那些人也不好意思再看，紛紛轉開視線，心裡怎麼嘀咕，就是另一回事了。

丫鬟遞上紅包，宋家姊妹四個依次接過又道謝，隨後站起來。

不經意抬眼的宋嘉禾，起身的動作不由微微一滯。

斜對面坐著一名女子，大紅牡丹碧紗裙逶迤拖地，身披金色煙紗，嬌媚無骨，入豔三分。雲鬢高聳，娥眉淡掃眼含春，顧盼間，流轉著絲絲嫵媚；紅唇豔豔，勾魂攝魄。如此風華絕代之女子，自然非魏瓊華莫屬。

宋嘉禾一直都覺得魏瓊華是她平生所見最美。女人之美，在骨不在皮，禁得起歲月流逝，如酒越久越醇。

宋嘉禾驚豔的目光讓魏瓊華十分受用，尤其這宋嘉禾還生得十分標致。她勾唇一笑，髮側步搖輕晃搖曳，風流乍現。

宋嘉禾不知怎的，臉悄悄紅了下。

「暖暖怎麼臉紅了，這是太熱了？」梁太妃笑謔，正好就此掩蓋之前的岔子。

宋嘉禾有些不好意思地摸摸鼻子，小聲道：「半年不見表姑姑，表姑姑好像更美了。」

梁太妃大笑，頗驕傲地看一眼下首的女兒。魏瓊華三十幾的人，那些十幾、二十的少女、少婦，在她跟前也只有自愧弗如的分。

早年梁太妃覺得這女兒不成體統，這些年也看開了。人生短短數十載，還有什麼比開心更重要？女兒替魏家掙來萬貫家財，憑什麼不能活得隨心所欲，她又沒害人。

心情大好的梁太妃，虛虛點了宋嘉禾。「妳這丫頭啊，不用羨慕，待妳長大，也是個頂頂美人兒！」這話可不是她瞎說，這姪孫女再大一點必是傾城絕色。

在座眾人連忙附和梁太妃誇讚，宋嘉禾低頭裝害羞。

眼見無人再留意宋嘉卉，林氏悄悄鬆了一口氣，猝不及防間，對上魏瓊華要笑不笑的視線。林氏心跳驟然漏了一拍，不自覺別過眼。

魏瓊華一哂，收回目光。

接下來，重頭戲到了，梁太妃讓人打開宋家姊妹送的壽禮，旁人可沒這待遇，都是交給丫鬟收到後頭去的。

第一個被打開的是宋嘉卉的「荷塘月色」，月光皎皎，荷葉翩翩，白的、紅的荷花點綴其中，栩栩如生，唯妙唯肖。

梁太妃含笑點頭。「瞧著這畫，就像是走在荷塘邊了。」

「可不是，讓人身臨其境，宋二姑娘功夫了得啊！」

察覺到周圍人落在她身上目光微微的變化，宋嘉卉嘴角上揚。她五歲起學畫，這些年來苦練不輟，母親和先生都讚她在畫上有天賦，技藝在同齡人中難有匹敵，尤其是畫荷花。

思及此，宋嘉卉隱晦地看宋嘉禾一眼，希望在她臉上找到一絲怯意。她早就知道宋嘉禾準備的壽禮也是丹青。

宋嘉禾嘴角含著清淺笑意，怡然自若。

真正十三歲時，她畫工倒是真不如宋嘉卉，畢竟她花在其上的工夫並不多，可今時不同往日啊！上輩子宋嘉卉不是攛掇著她以畫做壽禮嗎？這輩子她就更不會讓她失望了。她這人的心，其實也就比針大了那麼一點點。

沒有看到預想中的情形，宋嘉卉的心情登時陰下來，還有一種不好的預感。

接下來就輪到宋嘉禾了。賓客見拿出來的也是畫，倒沒人驚奇。姑娘家能拿來做壽禮的也就那麼幾樣，書畫經文，針黹女紅。只是如果差距懸殊，那就有點尷尬了，不過姊妹倆一起作畫，想來應該差得不多。

隨著畫卷徐徐展開，端莊美麗的麻姑出現在眾人眼前，細看可見衣裳花紋是工細勻整的壽文；背後的兩棵老松直入雲端，蒼勁茂盛，生機勃勃，寓意吉祥。筆墨流轉間，可見對壽者的尊敬和虔誠。

站在一旁的季恪簡，若有所思地看向背對著自己的宋嘉禾。他覺得這風格、工筆略有些熟悉，饒有興致地挑了挑眉。

梁太妃樂呵呵地看著宋嘉禾。「好孩子，費了不少心思吧？」

宋嘉禾靦覥一笑。「您老人家喜歡就好。」

「喜歡，當然喜歡！」梁太妃笑容滿面地點頭。

宋嘉卉的臉色不受控制地變得難看。去年母親生日，宋嘉禾送的那幅富貴花開還一般般，一年不到的工夫，怎麼可能日進千里？她分明是找人代筆，簡直無恥！

耳邊都是別人誇宋嘉禾的聲音，宋嘉卉太陽穴一突一突地跳起來，正欲開口。

「你們別誇她了，再誇，這孩子就要飄起來了。」宋老夫人突然開口，目帶警告地掃向掩不住忿忿之色的宋嘉卉。

這一眼猶如一盆冰水，不只澆滅宋嘉卉的怒火，還讓她如墜冰窖。她臉色僵硬地抽了抽面皮，慌忙低下頭。可已經晚了，她那一連串神色變化早就落在有心人眼裡。

梁太妃淡淡瞥一眼後，笑看宋嘉晨。「晨丫頭給姑祖母準備了什麼？」

宋嘉晨抿唇一笑。「我給您做了一條抹額，做得不大好。」

梁太妃把玩著那條朱紅色的綠寶石抹額，笑得合不攏嘴。「哪裡不好了？只要妳們親手做的，就沒有不好的。」這話可算是說給宋嘉卉聽的了。

姊妹倆的畫，一個勝在形似，一個出色在神韻，各有千秋。她倒是更喜歡宋嘉禾的畫，寓意好啊！可也沒抬宋嘉禾壓她，宋嘉卉自己倒是變臉，白白讓人看笑話。梁太妃暗暗搖頭。之前還想給她說親事，畢竟年歲不小，現在看來她還是別摻和了。

接著就是宋嘉淇，那貔貅雕得可真說不上好。

宋嘉淇嘴一嘟，伸著白嫩嫩的雙手，撒嬌地說著自己手都受傷了，讓梁太妃拉著她的手開始心疼。「下次可別幹這種粗活了。」

「給姑祖母準備壽禮怎能算粗活？」宋嘉淇撲閃著大眼睛，一臉理所當然。

梁太妃眉開眼笑，捏著她的臉，寵溺道：「瞧這小嘴甜的！」

說笑兩句，梁太妃對魏二老爺道：「老二，你帶你大舅他們去前院吧，記得好生招待。」比起岳父，梁太妃更喜歡用舅舅這個稱呼。娘親舅大，更顯親近。

魏二老爺拱手應是，帶著宋家男子告退。

片刻後，梁太妃放開宋嘉淇，讓丫鬟帶她們去馨園玩耍。

宋嘉禾等人福了福身，隨著丫鬟離開，將將走出門，就聽見一道通稟聲。梁王妃的娘家親戚柯家到了。

兩廂在院子裡遇上，因對方是長輩，宋嘉禾姊妹幾個便往邊上讓了讓。

本是隨意一瞥的柯世勳，目光瞬間凝滯，就見一名少女俏生生立在紫薇花樹下，肩若削成，腰如約素，延頸秀項，皓質呈露。（注）微風乍起，粉色花瓣輕盈旋轉，徐徐落下，這一刻他只覺洛神再現，神魂不能自已。

他都走不動路了，柯家人哪能沒發現。柯夫人定睛一看，也不由驚豔三分。

少女眉目如畫，神若秋水。細看她穿戴，穿的是價比黃金的絳紫色貢緞千水裙，飄逸翩然；戴的是四蝶琳琅金步搖、三翅鶯羽珠釵，耳著東珠木蘭紋飾耳墜，樣樣不是凡品。再看那通身的氣派，想來定是哪家貴女。

柯夫人心念微轉，對宋嘉禾幾個人頷首一笑，橫了失魂落魄的兒子一眼。

柯世勳一無所覺，直到被丫鬟輕輕推了下才回過神來，不由面紅耳赤，雙手雙腳都不知該往哪兒放才好？

柯夫人恨鐵不成鋼地瞪柯世勳一眼，淡淡說了一聲。「走吧！」

柯世勳抬腳跟上，走出幾步，忍不住回頭，就見少女蓮步輕移，紫色裙襬如碧波盈動，漸漸消失在門外。

「方才這幾位是哪家賢媛？」柯夫人替柯世勳問了最想說的話。

柯世勳連忙看向領頭那婆子。

「回柯夫人，」那婆子恭恭敬敬道：「這是宋家的四位姑娘。」

姓宋的人家雖不少，但能出席這梁太妃壽宴的人，想必是她那娘家了。

柯夫人心下稍稍一定，又問：「那位紫衣姑娘是？」

這話問得有些冒失，不過這婆子是梁王妃派來的，遂知無不言。「是二房的六姑娘。」

柯夫人笑了。宋家最有出息的就是二房，宋銘手握重兵，戰功赫赫，是梁王心腹大將。

他們此次前來拜壽，本就存了替兒女籌劃婚事的念頭，宋家就在他們考慮名單上。

且說宋嘉禾這廂，出了院子，憋了一路的宋嘉淇，終於忍不住噗哧一聲笑出來，朝宋嘉禾擠眉弄眼。

那個呆子，看見她六姊都走不動路了，可真逗，不過眼光倒是不錯。

宋嘉禾輕瞋她一眼，抓了抓她的手，示意她適可而止。這可是在梁王府。宋嘉淇輕咳兩聲，表示自己知道了，可眼角、眉梢都是促狹的笑意。

宋嘉卉扭過臉，眼不見為淨，想起方才那一幕就覺刺眼。見了女人就走不動路，一看就是好色之徒，宋嘉禾也就能勾引這種膚淺之人。

冷不防的，魏闕稜角分明的面龐浮現在宋嘉卉的腦海，正門處那一幕來來回回地在她眼前重播，最後定格：魏闕微垂著眼，嘴角微揚勾勒出好看的弧度，站在他面前的是眉目含笑、微仰著臉的宋嘉禾。

注：引用自「洛神賦」。

強烈的不安湧上心頭，宋嘉卉心浮氣躁地搖搖頭，驅散腦海中礙眼的畫面。

恰在此時，魏闕領著婁金等幾位交好的將領，出現在松柏夾道的路口。宋嘉卉登時雙眼放光，整張臉都生動起來，熠熠生輝。

落後幾步與宋嘉淇說話的宋嘉禾，就見宋嘉卉忽然停在原地，整個人看起來十分激動。她若有所思地一抬眼，頓時了然。

去馨園繞不開這條路，雙方不可避免地狹路相遇。

看一眼站在路旁的宋嘉禾，婁金對魏闕意味深長地一挑眉。他第一次在正式場合看見宋嘉禾，華服美飾，嫋嫋婷婷，清麗脫俗。

魏闕眉峰不動，在一丈外停下腳步，目光輕輕落在宋嘉禾身上。

竭力保持鎮定的宋嘉卉向前一步，嫋嫋娉娉地屈膝行禮，放柔聲音道：「三表哥。」她覺得自己掩飾得很好，殊不知她兩頰緋紅，眼神明亮，已經徹底將自己的心意出賣。

宋嘉淇更是被她刻意放柔的聲音，嚇了一大跳，驚疑不定地看著她，又詫異地看宋嘉禾一眼。

宋嘉禾對她使了個眼色，宋嘉淇才收斂神色，可臉上還是不免帶出幾分驚異。

「三表哥。」宋嘉禾也隨之行禮，又側身向幾位將領見禮。「婁將軍好，幾位將軍好。」既然停下見禮，就沒有落下別人的道理，尤其婁金當初在河池也幫過她。

宋嘉晨和宋嘉淇如法炮製，魏闕幾人則拱手還禮。

宋嘉卉咬咬唇，眼露懊惱，她太激動以至於疏忽了，不禁擔憂。三表哥會不會覺得她不知禮數？忍不住就怨怪起宋嘉禾來，她倒是踩著自己成了周全人。

有些人就是這性子，做錯事從來不會在自己身上找問題，永遠都是別人的錯。

宋嘉禾可不知道宋嘉卉又記了她一筆，她只想著趕緊離開。幾次經歷告訴她，凡是遇上魏闕，宋嘉卉都要出狀況，她自己出洋相不要緊，若連累家裡名聲就不好了。

「表哥和幾位將軍慢走。」宋嘉禾客客氣氣地說。身分擺在那兒，她們不好先走。

瞥見她那巴不得他們趕緊離開的神色，魏闕嘴角微不可見地揚了揚，回了一句：「表妹們隨意。」

他一走，宋嘉卉的臉就陰下來，目光不善地盯著宋嘉禾。好不容易見到三表哥，連一句話都還沒說。雖然她也不知道能說什麼，可這一點都不妨礙她惱恨宋嘉禾。

新仇添舊恨，宋嘉卉恨不能用目光吃了宋嘉禾。

宋嘉禾不以為然地輕輕一笑，意有所指地看向神情嚴肅的謝嬤嬤。若是往常，宋嘉卉怕是要收斂了，實在是她在謝嬤嬤手裡吃了不少苦頭。可今日一波未平，一波又起，先是王府大門口那一幕，緊接著是壽禮，再是剛才，宋嘉卉早已忍耐到極限，那一整缸醋終於發酵，轟一聲炸開，炸得她理智全無，她氣勢洶洶地拉著宋嘉禾到角落。

宋嘉禾以眼神安撫擔憂的宋嘉淇和宋嘉晨。沒在大路上鬧起來，還算有點腦子，不過也不多。

謝嬤嬤嘴角下沈得厲害，拿了個荷包，塞到那領路的丫鬟手裡。「請姑娘稍等片刻。」

丫鬟接過荷包，低眉斂目地站遠。

「妳找人代筆了是不是？宋嘉禾，妳怎能這麼不擇手段！」宋嘉卉怒氣沖沖地瞪視她，想起自己在大堂裡的失態，就恨得牙癢。

宋嘉禾輕嗤一聲。「畫得比妳好，就是代筆？妳哪來這麼大的臉？」

宋嘉卉氣紅了臉。「妳怎麼可能進步這麼快，妳去年還不是這樣的。」

「我天賦好啊！」宋嘉禾微微聳肩，笑吟吟道：「以前畫技不如妳，那是我沒用心學，這一年我用心學了，可不就進步了。」

宋嘉卉如遭雷擊。還有什麼比自己辛辛苦苦練了十年，卻不如人家一年的努力，更讓人沮喪。

剛走過來的謝嬤嬤都有些同情宋嘉卉了。這世上有些人就是得天獨厚。不過這份同情並沒有影響謝嬤嬤的怒火。原以為教了這麼一段日子，二姑娘會有所收斂，哪想一點都沒變化，說話、行事還是由著性子來，一點都不顧忌場合。

「姑娘，」謝嬤嬤沈聲開口。「您身體不適，老奴送您回府休息。」

一點小事就能失態，當著她的面，都能拉著宋嘉禾到一旁質問，之後那些她不能跟進去的場合，指不定要出什麼亂子。謝嬤嬤不敢冒險，趕緊把人領回去，省得繼續丟人現眼。

宋嘉禾想說謝嬤嬤英明。宋嘉卉這種脾氣上來就不管不顧的人，還是關在家裡好。

聞言，宋嘉卉勃然大怒。她這麼走了，外人怎麼想？「我不走！」

「姑娘不想走，老奴自然不會強行逼妳走，姑娘可以不顧宋家的臉面胡鬧，老奴卻不能不管。拿人錢財，忠人之事。」謝嬤嬤也生氣了，說話不留情面。「只不過回去後，姑娘別怪老奴心狠。」

「妳威脅我！」宋嘉卉怒不可遏。

謝嬤嬤心平氣和地看著她，只問：「姑娘要隨老奴走嗎？」

宋嘉卉氣得渾身打顫，可僅存的理智又讓她不得不低頭，謝嬤嬤的板子她還記憶猶新。可她想想又不甘心，更不放心，那一幕來來回回在她眼前重播，弄得她心煩意亂。

宋嘉卉突然壓低聲音問宋嘉禾。「妳和三表哥什麼關係？」

宋嘉禾要笑不笑地看著一臉戒備的宋嘉卉，輕輕嘖一聲。「這話，二姊是以什麼身分來問的？」

宋嘉卉差點就要脫口而出「我是妳姊姊」，可之前那兩次不愉快的經歷，讓宋嘉卉把話吞回去，她咬牙問道：「妳是不是也喜歡三表哥？」

不等她回答，宋嘉卉煩躁地命令。「妳不許喜歡他！」

如今的宋嘉禾令她感受到濃濃的不安，尤其宋嘉禾不像小時候那麼聽話，這讓她方寸大亂，以至於顧不得羞臊，也顧不得謝嬤嬤還在，就迫不及待地宣告主權。此舉還有一層用意，就是豁出去想讓家裡知道她的心意，她不想再隱瞞，再這麼藏著、掖著，家裡就會把她隨便給打發了。

見宋嘉禾置若罔聞，漫不經心地轉著手裡的團扇，一圈又一圈，轉得宋嘉卉的心也擰成一團，她色厲內荏。「我警告妳──」

「宋嘉卉！」宋嘉禾打斷她的話，笑容不改，眼神卻冷如三九天裡的寒冰，讓宋嘉卉被凍在原地。

宋嘉禾皮笑肉不笑地盯著她的眼睛，譏誚開口：「警告我？妳以為妳是誰！我喜歡誰、不喜歡誰，妳管得著嗎？事到如今，妳怎麼就還沒認清事實？我不想讓著妳，哪怕母親出面也沒用，所以收起妳那莫名其妙的優越感吧。」十幾年養成的習慣，還真不是一朝一夕能改過來的，不過宋嘉禾不介意幫她盡快適應。

宋嘉卉瞪著她說不出話來，氣得心肝肺都在疼，想也不想，就抬起手。

「動不動就想打人，妳是潑婦無賴嗎？」宋嘉禾一把擒住她的手腕，硬生生地按下去，逼近一步。「宋嘉卉，妳今年十五，不是五歲了，長點腦子行不行？」

「妳！」宋嘉卉險些氣了個倒仰。

謝嬤嬤的臉色一沈到底，羞愧地對宋嘉禾福了福身。「讓六姑娘見笑了。」

宋嘉禾笑了笑。「二姊身體不適，我怎麼會和她計較。」

宋嘉卉氣得胸膛劇烈起伏，恨不得撲過去，一口一口咬死她才好。

「六姑娘，和七姑娘、八姑娘去馨園吧，老奴這就送二姑娘回府休息。」謝嬤嬤客氣道。

「那就有勞嬤嬤了。」宋嘉禾同情地看著謝嬤嬤。宋嘉卉早就定性了，大羅神仙下凡都教不好。

謝嬤嬤嘴裡發苦，帶著憤憤不平的宋嘉卉往小路去。

宋嘉禾通體舒暢。她覺得宋嘉卉怎麼著，也得被關上好一段日子，終於能耳根子清靜一陣子，跟她一塊兒簡直是災難。

「六姊，二姊呢？」宋嘉淇問得小心翼翼。

「二姊身體不舒服，謝嬤嬤送她回去休息了。」

宋嘉晨和宋嘉淇聞言都鬆了一口氣。這樣挺好，真的！

「我們去馨園吧！」宋嘉禾歡快地提醒。

馨園十分熱鬧，花團錦簇，珠釵曜日。姊妹幾個各自分開去找樂子，宋嘉禾便去尋舒惠然和王博雅等幾個手帕交。

「前兩天叫妳都不出來，妳有這麼忙嗎？」王博雅一上來就「興師問罪」。

在家罰抄《女誡》唄！想起被罰的原因，宋嘉禾就是一陣心塞。幸好之後幾天她再沒見過季恪簡，否則她覺得自己會尷尬到原地爆炸。連今日不得不同行，她也努力克制自己去看他的念頭，她覺得需要時日讓季恪簡遺忘自己那段黑歷史。

宋嘉禾討好一笑。「已經忙完了，以後王姑娘傳召，肯定隨傳隨到。」

王博雅瞋她一眼，裝模作樣地抬抬下巴，驕矜道：「算妳識相！」

然後一群人開始閒聊，突然晴天一個霹靂炸響，荊州王家嫡長子王培吉，當著所有人的面，向梁王求娶魏歆瑤，欲結魏、王兩家永世之好。

宋嘉禾就見不遠處被眾星拱月的魏歆瑤站起來，看方向，是要去前院。她神色平靜，甚至面帶微笑，步伐亦是從容不迫，舉手投足間盡是大家閨秀風範。

不過宋嘉禾看得出來，魏歆瑤她急了！

初秋的時節，天氣還有些悶熱。

前院的氣氛被突然提親的王培吉推向高潮，梁王看著躬身站在面前的王培吉，輕輕摩著杯緣。和王家聯姻，目前看來倒是個不錯的選擇，可震懾不少勢力，就連朝廷也得掂量下。只不過王沖那老匹夫，野心勃勃，肯定不會甘心屈居人下，兵戎相見是早晚的事。那麼屆時，嫁過去的女兒如何自處？

梁王可以不顧梁王妃，甚至不在乎魏歆瑤的怨懟，可梁太妃的哭訴不能不理。妹妹魏瓊華當年的遭遇一直是母親心裡的一根刺，母親極力反對和王家聯姻，以她老人家的話來說，王培吉一臉狼顧之相非良配，老人家倒是十分中意季恪簡。

梁王不著痕跡地掃一眼旁邊風度翩翩、氣質高華的季恪簡。要是今兒提親的是他，自己倒是樂見其成，可惜了！

「賢姪，今日是家母六十大壽，只祝壽，不談其他事。」梁王朗聲一笑。就算他想答應，也不能在今日。

要不，豈不是給母親添堵，還讓不讓老人家高高興興過壽了？

這結果在王培吉的意料之中，他如此大張旗鼓，一來為表王家誠意，二來則是警示其他人莫來蹚渾水。

「王爺恕罪。」王培吉躬身道。「在下久聞郡主才貌雙全，德容兼備，心之嚮往，這才情不自禁。冒犯之處，還請王爺包涵。」

梁王捋鬚而笑。「窈窕淑女，君子好逑。」

王培吉又是恭恭敬敬一揖。

在場諸人琢磨半晌，也拿不準梁王是什麼意思？沒答應，但是好像也沒拒絕，看樣子，梁王還是挺看好王培吉的。

這件事原本也該就此揭過，如果魏歆瑤不突然出現的話。

只見她身穿正紅色掐腰廣袖錦裙，拖尾曳地，金色暗紋在陽光照耀下如同流水，透著淡淡光暈。三千青絲用紫玉簪高高綰起，露出白皙纖巧的頸項，如同優雅的白天鵝。蓮步輕移間，斜插的鏤空飛鳳顫枝金步搖輕輕晃動，光華流轉。魏歆瑤所過之處，行人莫不側目驚嘆。

「七妹，妳怎麼來了？」魏閎不贊同地走上前。外院這種地方，哪是她一個姑娘家該來的。

魏歆瑤微微一笑。她若是不來，父王就要把她嫁給王培吉了。眼下父親不答應，只不過顧忌著祖母，可要是父親鐵了心，祖母一個婦道人家又能如何？這家真正作主的還是父親。姑姑說得對，自己的命運得靠自己把握，而不是依賴別人的憐惜。

「聽說王世子想求娶我，事關我的終身，我哪能不來看看。」魏歆瑤看向王培吉，目光灼灼逼人。

聽著挺有道理，可父母之命，媒妁之言，她的終身大事，論理，還真不用她來看看。有點眼力見兒的人都看得出來，魏歆瑤這是來者不善。

王培吉眼裡閃過一絲玩味，細細打量明豔不可方物的魏歆瑤，嘴角一翹，露出一抹志在必得的微笑，拱手行禮。「在下思慕郡主久矣，若得郡主垂青，必珍之愛之，如獲至寶。」

魏歆瑤輕呵一聲，語氣中的嘲諷之意不加掩飾，但王培吉似無所覺。

「阿瑤！」魏閎喚了她一聲，目光嚴厲。不管怎麼樣也不能如此失禮。

「阿瑤莫要胡鬧，今日是妳祖母的好日子，我們不提旁的事，妳先退下。」梁王以眼神壓迫。

魏歆瑤頂著來自父親的壓力，脊背挺得更直。「正因為是祖母的好日子，所以女兒才來。早前祖母問我，想嫁個什麼樣的男子？我就說，日後我要嫁的男子，須得文勝大哥，武蓋三哥。要是王世子能做到這兩點，阿瑤便如爾所願，正好了了祖母一樁心事。」

此話一出，周圍頓時嗡的一聲熱鬧起來。

王培吉目光逐漸凝重。

「王世子敢和我大哥、三哥一比高下嗎？」魏歆瑤故意笑得挑釁。

只要王培吉開了前例，從此以後誰要娶她，先過了這兩關再說。她就不信，父親會為了把她嫁出去，而故意讓大哥、三哥輸人，魏家丟不起這臉。要真有那麼一個人能勝過大哥，贏下三哥，她倒不介意嫁了。

不過她覺得這世上不可能存在這種人。這樣更好，她巴不得不嫁人，一個人自由自在，像她姑姑一樣，這日子過得比誰都逍遙快活。

梁王沈下聲。「胡鬧！」

婚姻大事，她以為是扮家家酒嗎？

王培吉卻是躍躍欲試。萬眾矚目之下贏了魏家兄弟，再抱得美人歸，想想就讓人熱血沸騰，他眼中光芒乍現。

第十三章

「王爺答應了？」宋嘉淇難以置信地問著被她派去打探消息的碧葉。

碧葉鄭重點頭。她哪敢拿這種事開玩笑。

宋嘉淇扶了扶差點掉下來的下巴，覺得一切都是那麼不真實。這麼荒謬的事竟然真的發生了！

漫說她，水榭裡一群人都是一臉茫然。

梁王不是那麼不可靠的人啊！

宋嘉禾搖著團扇，慢條斯理地問碧葉：「是不是那王世子說了什麼？」

這事於她而言，不過是情景重現。

這麼滑稽的事，按常理，梁王自然不會答應，又不是江湖比武招親，可要是王培吉咄咄逼人，那就是另一種情況了，不答應，倒顯得怕輸似的。在各方豪傑面前，梁王哪肯失了顏面。

魏歆瑤這一招看著衝動荒謬，倒是絕了不少麻煩。可這女人心，海底針。魏歆瑤現在覺得自己這招釜底抽薪使得妙，但將來腸子都得悔青了。由此可見，做人不能太鐵齒。

碧葉撓著腦袋。「奴婢不知。」

宋嘉淇翻白眼，眼珠子一轉，興沖沖地提議。「咱們去看看！」

此言一出，一呼百應。大多數人都愛湊熱鬧，就連宋嘉禾都不介意再湊一回，這種熱鬧，一輩子都碰不上幾回。

沿途還碰到不少人，可見不缺同好之人。

消息傳到梁太妃處，似乎連空氣都有一瞬間凝滯。眾人小心翼翼地覷著梁太妃和梁王妃，有些還偷偷去看魏瓊華。

戲臺上的花旦猶在咿咿呀呀地唱著，卻是無人再關注了。

「阿瑤這孩子被我慣壞了，這都能胡鬧。」梁太妃端起茶盞輕輕一劃，雖然說著責怪的話，神情卻不是那麼回事。

她看得出來兒子對魏、王兩家聯姻之事頗心動，當年她勸不住丈夫，只能眼睜睜看著女兒進火坑，這是她這輩子最大的遺憾，眼下怎麼著也要保住孫女。

胡鬧就胡鬧吧！總比嫁給王培吉好。梁太妃對自己兩個孫兒十分有信心，就是發愁日後該怎麼下臺？不過如今也管不了這麼多，船到橋頭自然直。

「這怎麼是胡鬧，自古美女愛英雄，王家那後生想娶阿瑤，總得拿出幾分真本事來。」魏瓊華眼波一轉，輕笑道：「咱們魏家的姑娘是那麼好娶的嗎？」

她儀態萬千地站起來，舉手投足間盡是風情，饒是女人看了都心馳神往。「我去瞧瞧熱鬧。」

梁太妃無語地看著魏瓊華。看熱鬧，虧她說得出來。

望著款款離去的魏瓊華，梁王妃覺得，魏歆瑤今日如此「驚世駭俗」，背後約莫是少不了魏瓊華的功勞。女兒打小就喜歡這個姑姑，對她言聽計從，她那些亂七八糟的念頭，全是跟她姑姑學的。

「出了這種事，妳去前頭看著點吧。」梁太妃對如坐針氈的梁王妃如是說道。

梁王妃感激不盡。她早就恨不能插翅飛過去，可自持身分，哪能像魏瓊華那樣隨心所欲說湊熱鬧就去了。

梁王妃告了一聲罪，提腳離開，出了門，腳步飛快，裙裾翻飛。

可憐了屋裡這些人，明明好奇得很，卻得端著身分將自己釘在座位上，這滋味可真不好受。還有些人滿心惋惜，如此一來，豈不是想娶魏歆瑤的難度又加大，贏過魏閎，勝過魏闕，說說容易，做起來猶如登天。

也不知道魏家將來如何收場，總不能把姑娘留在家裡一輩子吧？

冷不防瞄到魏瓊華空出來的那張椅子，不少人心裡一突。這還真說不準！

眼見聞訊趕來的人越來越多，梁王也不好把這些人拒之門外，既然鬧大了，索性就鬧得更大一點，王培吉這小子都不怕丟人，他怕什麼？

梁王心下冷笑，命人將場地轉移到園子裡。

宋嘉禾幾個仗著身分，尋了個不錯的位置。

「比什麼啊？」宋嘉淇踮著腳尖，東張西望。

宋嘉禾倒是知道文鬥比什麼。先比棋藝，次比對聯，末比詩作，不過前頭還沒宣佈，她當然不會說出來。

宋嘉淇就沒指望得到回答，她純粹是在自說自話，說完，又趴在宋嘉禾肩膀上咬耳朵。「那個王培吉，一看就不是好人！」細眼薄唇，看著就是個薄情心狠的，她雖然不大喜歡魏歆瑤，不過兩人也沒起過衝突，所以還是不希望魏歆瑤所嫁非人。

宋嘉禾點頭贊同。以貌取人不可取，但是不可否認「相由心生」這句話。王培吉這人真不是什麼良配。

宋嘉淇自信滿滿。「我覺得大表哥贏他十拿九穩，六姊，妳覺得呢？」

宋嘉禾笑而不語，忽地察覺到有人扯了扯她的袖子，順著那力道瞧去，就見宋嘉晨對她使了個眼色。循著她所指的方向，就見紅著臉站在那兒的柯世勳，他見她看過去，登時手足無措，喜形於色。

「六、六姑娘好，在下柯世勳。」柯世勳抬手一禮，又朝與宋嘉禾一道的姑娘們團團一揖。「諸位姑娘好。」

單獨把宋嘉禾拎出來，這意思已經很明顯了。柯世勳那神情，她們更是見怪不怪，宋嘉禾可是許多少年兒郎的夢中情人。

一群人紛紛拿揶揄的目光看著宋嘉禾。瞧，又來個可憐的。

「柯公子好。」宋嘉禾還禮，客套又疏離。

柯世勳只覺她聲音如黃鶯出谷，聲音悅耳，沁人心脾。

見他呆呆站在那兒，宋嘉禾納悶。哪兒冒出來的傢伙，她印象裡沒這號人啊。

被小廝一拉袖子，柯世勳才回過神來，自知失態，連忙低頭清咳一聲掩飾尷尬，絞盡腦汁地想話題。「六姑娘覺得他們會比什麼？」

「都沒宣佈，我六姊怎麼可能知道？」宋嘉淇哈哈一笑，十分簡單粗暴地往宋嘉禾與柯世勳中間一戳。

宋嘉禾嘴角一彎。平時沒白疼她。

恰在此時，不遠處起了一陣騷動，眾人不由抬眼。

魏瓊華被人簇擁著款款而來，身姿曼妙，搖曳生姿，將在場男男女女的目光都吸引過去。宋嘉禾眼尖地發現，好幾個愣頭青的眼睛都直了。

下人搬了一把椅子擺在梁王下首，魏瓊華坐下後，饒有興致地問梁王。「比什麼，誰定？」

梁王淡淡橫她一眼，覺得這件事背後有她的手筆。

魏瓊華無辜一笑。這可真冤枉。她攏一攏青絲，招來魏歆瑤。「是妳出題嗎？」源起於魏歆瑤的婚事，她出題名正言順。

「來者是客，遂讓王世子定內容。」魏歆瑤對她大哥信心十足。

魏瓊華看一眼成竹在胸的魏歆瑤，又溜魏闕一眼，捕捉到他掩藏在平靜之下的緊張。畢竟倘若輸了，這臉可就丟得整個中原九州人盡皆知了。

要不是場合不對，魏瓊華都想拎著魏歆瑤的耳朵罵一句蠢貨。自信是好事，但輕敵就是盲目自大。

王培吉不是個好東西，但王家那麼多兒子，他能牢牢坐穩世子之位，絕不會是盞省油的燈，要不早就屍骨無存了。

大度不是在這種情況下展示的，可目下想反悔也不可能了，魏家可丟不起這人。

這時，王培吉已經定好文鬥內容，依次是棋藝、對聯、詩作。

王培吉信心十足，面帶微笑地對魏閎抬手一引。「請！」

魏閎還禮，二人入座，猜子。

為了方便眾人圍觀，王府下人專門豎起巨型鐵棋盤，隨著二人的動作，依次放上特製的棋子。

不少人盯著棋盤或擰眉，或沈思。

「六姑娘喜歡下棋嗎？」柯世勳試圖尋找話題。

可惜宋嘉禾並不想陪聊。她又不瞎，哪看不出柯世勳的意思？對這種人，宋嘉禾一貫的方針是千萬別留念想，她便客氣一笑。「柯公子自便，我有事先行一步。」說罷，抬腳就走。

柯世勳愣怔在當場，就像被人往嘴裡塞了一團冰，順著喉管滑下，整個人都冷起來。他再遲鈍，也不至於看不出宋嘉禾的疏離。

宋嘉淇同情地看一眼失魂落魄的柯世勳，很想告訴他，你不是第一個被拒絕，也不會是最後一個，想開了就好。天下何處無芳草，何必單戀一枝花？哪怕那枝花再美，反正又不屬於你。

見柯世勳沒跟上來，宋嘉禾鬆了一口氣。她最怕那些死纏爛打的人，不知哪來的自信，還深信「烈女怕纏郎」。呵呵，她只會揍纏郎。

對棋局，宋嘉禾沒興趣，遂不想馬上回去，但是對後面的比試，她又十分好奇過程，所以只好在園子裡瞎蹓躂消磨時辰。大夥兒都去看棋了，園子裡倒是十分冷清。

宋嘉禾進了湖心小亭休憩，見邊上放著魚食，順手就餵起來。

「對棋局不感興趣？」

倚在美人靠上，全神貫注餵魚的宋嘉禾聞聲一驚，倏爾回頭，就見魏闕站在涼亭外，唇角噙笑，目光溫和。也許是含笑的緣故，又或許是他今日穿得喜慶，眼前的他看起來比往日少了一絲冷肅，多了一分親和。

宋嘉禾的目光情不自禁落在他腿上。屬貓的嗎？還是她們都耳背，竟然一點動靜都沒聽著。

見她怔怔看著自己，一雙眼微微睜大，如同一泓清泉，瀲灩生輝，魏闕眼中笑意加深。

「三表哥。」慢了一拍的宋嘉禾站起來行禮。

魏闕微微頷首，緩聲道：「有件事一直找不到機會問表妹。」

宋嘉禾剛剛還在想，魏闕過來總不會是來找她寒暄，想想就覺驚恐，果然有事，她便做出洗耳恭聽狀，好奇什麼事能勞動他大駕？

金色陽光灑在她臉上，細細的茸毛都清晰可見，顯得眼前的少女格外柔軟美好。

魏闕撇開視線，詢問道：「那天妳走後，我撿到一枚紅寶石胸針，可是表妹的？」

「孔雀尾樣式對不對？」見魏闕點頭，宋嘉禾喜形於色。「之前我還在想掉哪兒了，原來是表哥撿到，謝謝表哥！」

這是她最喜歡的胸針之一。那是自己親手設計的樣式，發現丟了，她馬上就派人去找，可她都不知道掉在哪兒？大海撈針的結果，自然是一無所獲。宋嘉禾還鬱悶了好一陣，不想峰迴路轉。

失而復得的宋嘉禾，感激地看著魏闕，發自肺腑道：「三表哥，你真是個好人。」

看著眼前笑靨如花的宋嘉禾，魏闕彎了彎嘴角。「我這就讓人去取來。」

宋嘉禾這才留意到，不遠處還站著一名小廝，在魏闕示意後，那人便轉身離開，該是去取胸針了。

「麻煩三表哥了。」宋嘉禾不好意思地笑起來。為了這麼點小事，讓他特意忙一趟。

「舉手之勞，表妹不必客氣。」魏闕淡淡一笑。

他五官生得無可挑剔，只不過平日不苟言笑，氣勢凜冽，反倒讓人忽略他的容貌。此刻他面帶淺笑，整個輪廓都柔和起來。宋嘉禾腦子裡突然冒出「秀色可餐」四個大字，她趕緊移開視線。食色性也，阿彌陀佛。

剛轉頭，就見一尾肥碩的錦鯉躍出水面，在空中劃出一道弧線，隨後傳來啪一聲悶響。絕不是落回水裡的聲音，聽著還怪疼的。

宋嘉禾好奇，忍不住往那邊挪兩步。只見那條金黃色的大錦鯉在小木船艙裡，用生命在使勁蹦躂，可怎麼也蹦不出去。

「……」宋嘉禾嘆為觀止地看著那條錦鯉。話說這魚可真夠大的，都快有她胳膊長了，還挺肥！

「這種魚不好吃。」魏闕溫聲提醒。

宋嘉禾嘴角抽了抽，無語地抬頭看著他。什麼眼神啊？她哪裡表現得想吃這魚了，還是在他眼裡，自己就是枚吃貨？

宋嘉禾正義憤填膺時，忽然洩了氣，訕訕地一摸鼻子。也許、可能、大概自己在他眼裡就是個吃貨吧！可吃貨也是有下限的。

「我沒想吃牠，我就是看看，看看……」宋嘉禾強調，忽然腦中閃過一道亮光。等一下，他剛才說的是不好吃，不是不能吃。

「三表哥吃過錦鯉？」宋嘉禾眨眨眼，並在「錦鯉」上加了重音。

魏闕像是沒聽出她話裡的驚奇，一臉平靜。「早年吃過。」

師父養了一群紅錦鯉，寶貝得很，他趁著月黑風高撈了一條，跑到林子裡偷偷烤來吃，最後全部便宜了附近的野貓。

宋嘉禾止不住好奇。「表哥怎麼會去吃錦鯉？」

她納悶地端詳魏闕。怎麼看，他都不是會做這種事的人啊！

「年少時好奇心作祟。」魏闕笑了下，他剛剛在宋嘉禾眼裡看到好奇之色。

宋嘉禾笑彎了眉眼。原來他也有少不更事的時候。再看他時，覺得眼前這人不再那麼高高在上了。「錦鯉什麼味道？」

魏闕想了想。「肉粗味酸。」

宋嘉禾皺了皺鼻子，彷彿對那種滋味感同身受，輕輕嘀咕一句。「看起來挺肥美的。」

魏闕失笑。沒有天敵，不必費心覓食，能不肥嗎？

「也就是看起來，表妹要是不信，可以找機會嚐一下。」

宋嘉禾本來是沒這念頭的，覺得吃錦鯉與焚琴煮鶴無異，可魏闕這麼一說，她還真有那麼一些些好奇，不過在他面前，當然要義正詞嚴地拒絕。思及此，她一本正經地搖搖頭，正要開口。

「嘩啦」一聲，湖面水花四濺，船艙裡的錦鯉終於成功把自己蹦回水裡，一入水，立即游得無影無蹤。

宋嘉禾默默盯著泛著漣漪的湖面，鬼使神差地來了一句。「我覺得這魚大概成精了，能聽懂人話。」這點掐得也神準。

魏闕啞然失笑。

涼亭內的一幕幕，讓假山後的羅清涵險些咬碎一口銀牙。她死死地抓著眼前的墨蘭，只覺得雙眼刺痛。

起初她見魏闕離開，忍不住跟出來，可之後就找不到人了，她像無頭蒼蠅似地在園子裡亂走，萬不想，正看見魏闕主動進了湖心涼亭。

羅清涵無論如何也說服不了自己，魏闕是無意間走進去的。宋嘉禾主僕三人明晃晃地坐在那兒，瞎子都能看見，魏闕分明是刻意過去的。接下來的事更讓她醋海生波，兩人竟然有說有笑，魏闕也在笑，還笑了不止一次！

灌了一罈子醋的羅清涵，一把扯下花盆中含苞待放的墨蘭，捏成一團。

宋嘉禾可不知道有人鬼鬼祟祟地躲在假山後吃醋，她正興致勃勃聽著魏闕說各地的美食。天南地北，大漠西域，似乎沒有他不曾踏足的地方，信手拈來都是她聞所未聞的，令她心馳神往，垂涎欲滴。突厥的羊羔、西域的葡萄酒、江陰的河豚、蜀地的竹蟲……

「蟲子也能吃？」宋嘉禾吞了吞唾沫，倒是有些驚嚇。

眼見宋嘉禾的臉都綠了，魏闕眼底閃過一絲笑意。「蟲子看起來醜陋猙獰，烹調得當卻是一道美食，其實中原很多地方都有吃蟬蛹、蟋蟀、蜜蜂的習慣。」

後腦勺冒涼氣的宋嘉禾覺得，自己再也不能正視美食這兩個字了，不免乾笑兩聲。「果然世界之大，無奇不有。」

魏闕嘴角一揚，不再嚇她，轉移話題，宋嘉禾的臉色才恢復過來。

片刻後，去取胸針的小廝回來了。

「表妹看看，可是妳掉的那一枚？」魏闕遞給宋嘉禾。

宋嘉禾打開錦盒，頓時梨渦乍現。「就是我掉的那枚。」又是一福。「謝謝三表哥！」她的眼睛都笑成了月牙，看著就讓人心情愉悅。此時，隱隱傳來一陣雜亂的喧譁聲。

魏闕眉心微擰。如果魏閎贏了，不該是這動靜。

宋嘉禾了然。棋局已經分出勝負，王培吉勝，魏閎輸了。思及此，她忍不住打量魏闕一眼。在某種意義上來說，這對他是有利的，不過這時候，兄弟之間應該還沒生出嫌隙。

魏闕臉上已經收起淡笑。「表妹自便，我先行一步。」

宋嘉禾福了福。「三表哥且去忙。」

假山後的羅清涵猛地縮進去，按著怦怦亂跳的胸口，覺得心臟似乎要破膛而出。剛才魏闕好像往這邊看了一眼，他發現自己了嗎？

心亂如麻的羅清涵緊緊咬著下唇。不會的，這麼遠！

片刻後，羅清涵離開假山，徒留下一盆破敗如絮的蘭花以及滿地殘花碎葉。

在魏閎的印象裡，他從來不曾如此尷尬過。眾目睽睽之下他輸了，還是在攸關胞妹終身大事的棋局上。

魏歆瑤的臉青了又白，白了又紅。她萬萬想不到大哥居然會輸，大哥怎麼可能會輸！

饒是梁王妃臉色都有些難看，一來心疼長子，二來擔心女兒。

與之相對的，則是神采飛揚的王培吉，含笑對魏閎拱手。「承讓了！」

魏閎緩緩吸了一口氣，擠出一抹微笑。「王兄棋力精湛，魏某輸得心服口服。」

王培吉的目光在他略帶僵硬的臉上繞了繞，微微一笑。「僥倖罷了，下一局還請魏兄手下留情。」

眼神交會之間，刀光劍影。

魏閎回身準備下一場，有些不敢正視梁王的臉。

魏歆瑤則是不敢去看他。要不是她，大哥也不會大庭廣眾之下丟人。

魏瓊華被兄妹兩人的反應氣笑了。「輸了，贏回來就是，做這鬼樣子給誰看？還是覺得沒把握反敗為勝？沒信心早說，直接認輸不就成了？」

魏閎悚然一驚，緊了緊心神。「姑姑教訓得是，是姪兒糊塗了，之後兩場比賽，姪兒定然全力以赴。」

「勝敗乃兵家常事，無須耿耿於懷，」梁王容色稍霽，看出兒子有些被打擊到，又補了一句。「就是為父我這一生也吃過敗仗。人外有人，天外有天，失敗不足為奇，重要的是認清自己的不足並汲取教訓。」

「多謝父王教誨，兒子明白了。」魏閎躬身應是，理了理衣襬，恢復往昔儒雅斯文的模樣。

梁王滿意地點頭。若是這麼一場失敗都放不開，那他就要重新掂量這個兒子了。

魏廷嘲諷地一扯嘴角。嫡長子就是金貴，輸了比試，還得父親和姑姑齊上陣給他加油打氣。就是不知道要是再輸了，會不會哭鼻子？

宋嘉禾回來的時候，第二局剛剛進行到一半。這一局魏閎先出題，王培吉險險對上，隨後輪到他出上聯。

於對聯，魏閎頗有信心，風度翩翩地抬手一引。「請王兄出上聯。」

看在別人眼裡，不由道一聲不愧是王府世子。

王培吉嘩地一下打開扇子，斜長的鳳眼一挑。「魏兄聽好了，在下的上聯是，『煙鎖池塘柳』，請魏兄出下聯。」

此聯一出，凡是內行人皆為之變色。這上聯絕在以「金木水火土」五行為偏旁，想對出包含五行，且合乎平仄對應意境的下聯，實非易事。

宋嘉禾同情地看一眼臉色逐漸凝重緊繃的魏閎。這上聯在日後被奉為絕對，無數文人試圖對出下聯，可惜沒有哪一個能讓大多數人心悅誠服。在這個過程中，難免要提及這上聯是如何出現的，魏閎便一次又一次地被人提出來——以失敗者的身分。雖然對不出的人不知凡幾，可誰叫魏閎是第一個，且出身顯赫，身分高貴呢！嫉妒，不分男女，不分老幼。

隨著紫金香爐中的香一點點變短，坐在玫瑰椅上的魏歆瑤，鼻尖沁出細細的汗珠，心悸不止。她扭頭看向一旁的魏闕，猶如溺水之人看見浮木。

魏家這一邊，神色都算不上好。如果說梁王、魏瓊華、魏闕等人還能維持風度的話，梁王妃臉上的擔心已經顯而易見。她雙唇緊抿，嘴角微微下沈，搭在扶手上的雙手不自覺用力，無不顯示她的憂心忡忡。

兒子的威望、女兒的終身，恍若兩座大山，重重壓在她背上，壓得她喘不過氣來。

梁王妃都覺得香爐裡燃的不是香，而是她的心肝。

眼見梁王妃如此，魏歆瑤嘴唇抖了下。若是大哥輸了……她劇烈一顫，不敢想下去。

場中央，王培吉長身玉立，頭戴金冠，悠哉地搖著摺扇，嘴角噙著志得意滿的微笑，好一濁世佳公子，然而落在魏歆瑤眼裡，只覺這人渾身上下都寫滿了驕傲、自大與輕浮。她恨恨地瞪他一眼，冷不防對方也看過來，勾唇一笑。

覺得受到挑釁的魏歆瑤，怒火噌噌往上冒。她咬緊後槽牙，逼自己扭過頭不去看他，否則她怕自己會忍不住衝上去。

魏歆瑤不安又殷切地望著還在沈吟思索的魏閎，見他眉頭越皺越緊，恍若一個疙瘩，一顆心也跟著揪起來。她著急地看著香爐。只剩下三分之一，來得及嗎？

終究來不及了。

香爐中的香突然亮了一下隨即熄滅，只留下淺淺一層灰燼。一炷香的時辰已然過去，而魏閎並沒有對出下聯。

繼輸了棋局之後，魏閎第二局也輸了，三局兩勝，第三場完全沒有再比的必要，文鬥這一場以魏閎的失敗告終。

現場有一瞬間的鴉雀無聲。畢竟這是魏家的主場，在場十之八九都是梁王這一系，而魏閎輸了，還是輸給另一勢力，這與絕大多數人的期望背道而馳。他們所設想的可是魏閎狠狠打了王培吉的臉，結果被打臉的是他們自己，還一連被抽了兩個耳光，生疼生疼。

不少人紛紛去看場中的魏閎，目光各異。

魏閎臉色發僵，笑容都勉強起來，尷尬地立在原地。連輸兩場，輸得他毫無反手之力，他面皮隱隱一抽。

一直留意他的梁王不由失望。比起魏閎輸掉比賽，更讓他失望的是魏閎輸了之後的反應。不過是場比賽罷了。這一刻，梁王突然領悟到一個問題，魏閎這些年太過順風順水，以至於他都不知該如何應對失敗。

瞅著渾身都不自在的魏閎，此時此刻的魏廷卻猶如在三伏天裡，飲了一盞冰涼的甘露，從頭舒爽到腳。

他的好大哥啊，有口皆碑的學富五車，才高八斗，人前永遠都是高高在上、不可一世的。呵呵，其實不過是旁人顧忌他的身分，不敢贏他罷了，還真以為自己才華蓋世，天下第一。今日可算是踢到鐵板了吧！

魏廷敢打賭，不消一個月，魏家繼承人輸給王家繼承人，魏家不如王家的流言，就會傳遍大江南北，各方勢力，哪怕下一場魏闕贏回來也無濟於事，反倒會把水攪得更渾。

只是粗粗一想，魏廷就忍不住愉悅起來。還真要謝謝他那驕傲如同孔雀的嫡妹，要不是她這神來一筆，哪有這樂子可瞧？

「多謝魏兄承讓！」王培吉意氣風發。

魏闕扯了扯嘴角。「王兄高才，在下輸得心服口服。」

王培吉微微一笑。「魏兄過謙了，今日能勝，吾不過僥倖。」說話間，他對前方的魏歆瑤點頭一笑，眼神深情款款。

魏歆瑤的眼角狠狠一跳，恨不得上去抽他一頓。得意什麼，她三哥還沒上場呢！她扭過頭看著魏闕，眼底的希冀期盼幾乎要滿溢出來。

這濃濃的期許之下，掩藏著她發自內心的恐慌。在比賽之前，她從來都沒有想過大哥會輸，還是連輸兩場，輸得一點波瀾都沒有。在她看來，大哥定能輕而易舉擊退王培吉，還能在各方豪傑面前揚名立萬。萬萬想不到會是這麼一個結果！名聲大顯的人成了王培吉，而大哥輸得顏面盡失。

這主意是她出的，大哥會不會怨怪她？母親呢？她從小就心知肚明，母親最看重和最疼愛的都是大哥。

嗓子眼彷彿被人塞了一把棉花，魏歆瑤突然覺得連吞一口唾沫都艱澀起來。她端起茶杯用力喝一口，將這些亂七八糟的念頭和在茶水裡嚥下去。眼下最重要的是接下來的比賽，要是三哥輸了，她就得依言嫁給王培吉。她早就打聽過，王培吉此人私生活糜爛至極，雖未成親，可姬妾、男寵一應俱全，若是嫁給這種人，她寧願去死！

「三哥。」魏歆瑤喚了一聲，神色徬徨，語氣中透著無助。

魏闕神色平靜，朝她輕輕點頭。

魏歆瑤如釋重負一笑，全心信賴的模樣，可只有她自己知道，她內心的恐懼有多深。大哥已經輸了，三哥能贏嗎？

魏歆瑤心裡沒底。若是早知如此，她定然不會出此昏招，再不濟，也不會把主動權交給王培吉。可現在說什麼都晚了，誰知道王培吉竟然會扮豬吃老虎。

魏歆瑤用力扯著手裡的錦帕，似乎把它當成王培吉本人。

有鑑於之前兩場王培吉令人驚豔的表現，宋嘉淇也不禁開始懷疑。「三表哥能贏嗎？」

「當然。」宋嘉禾回答得斬釘截鐵。

見她毫不猶豫，宋嘉淇愣了下，不自覺反問：「六姊為什麼這麼肯定？」

因為我能未卜先知啊！

宋嘉禾高深莫測一笑。「天機不可洩漏。」

宋嘉淇毫不客氣地回了一個白眼。「故弄玄虛。」

宋嘉禾無奈地聳肩。

「剛剛妳躲哪兒去了？」宋嘉淇想起這件事。比試太過精采紛呈，宋嘉禾剛回來時她都沒顧得上問她。

「我去園子裡走走。」宋嘉禾笑咪咪道。「妳也知道，我向來對下棋這事沒興趣。」

若說宋嘉禾有什麼不擅長的，非圍棋莫屬。學了這麼多年都沒長進，拿子下棋的姿勢倒是挺漂亮，可只有唬人的作用，下不了幾步就露餡。明明學其他的一點就通，偏偏這棋怎麼都下不好，也是奇了怪了。

宋嘉淇踮腳湊到她耳邊。「妳走後，那柯公子還傻愣愣地站了一會兒，才失魂落魄地離開。我覺得沒準兒，咱們家又要多來一個提親的了。」柯家跟他們家也算得上門當戶對。

宋嘉禾不以為然。「來就來唄，反正祖母又不會答應。」祖母和她說好的，她的婚事要她親自點頭，才會定下。

宋嘉淇本就沒把柯世勳當一回事，純粹是這麼一說。說完，她的注意力又回到比試上頭。「不知道武鬥比什麼？」

在場不少人都是跟她一個心思，十分關心比什麼？相較於文鬥，武鬥向來更精采。

尤其主角之一還是魏闕。他自十五歲救下身陷包圍的梁王起，便投身戰場，這五年來，威名赫赫，戰功彪炳；無數次為先鋒，一馬當先撕開對方防線，奠定了勝利。坊間流傳著不少有關他如何力拔山兮、橫掃千軍的傳說。

市井之言，難免誇大其詞，可實際情況如何，外人也不得而知。魏闕一年到頭大半時日不在武都，就算人在，好端端的，也不會無緣無故現身手啊！馬球、蹴鞠這類活動，他又從不參加。說來，對他身手好奇的人還真不少，尤其是一干春心萌動的少女，眼下有機會親眼目睹，豈不激動興奮？

正是萬眾矚目、翹首盼望時，魏闕開了口。「王世子經過兩場比賽，恐力有不逮，諸位賓客怕也是飢腸轆轆，不如將比試延遲到申時，王世子意下如何？」

王培吉勾唇一笑，眼下倒是讓魏闕占了先機做好人。延後這事，就算魏闕不提，他也要說的，他還沒自大到覺得能接連應對魏氏兩兄弟。

「多謝魏將軍美意。」王培吉拱手笑道。

聽他一說，好些人才意識到，竟然都將近午時，該用午膳了。可問題是，比起用膳，他們更想看比武啊！奈何這事根本由不得他們作主；再退一步說，倘若不給王培吉休養生息的時辰，直接進入武鬥這一環節，便是勝了，荊州那邊也要說他們乘人之危，勝之不武。

一直默不作聲的梁王站起來，請賓客去宴會廳入席用膳。

羅清涵看魏歆瑤走路都心不在焉的，便伸手扶她一把，柔聲安慰。「郡主放寬心，魏三哥一定會贏的。」從始至終，這個念頭她都沒有動搖過。

魏歆瑤卻沒她這樣盲目的自信。魏閎的失利在她心裡留下難以磨滅的陰影，讓她忍不住對魏闕的能力也產生懷疑。

「如果不延遲，三哥贏的希望更大。」魏歆瑤情不自禁地喃喃道。

聽見魏闕將比試改到下午那一刻，魏歆瑤心底不由自主湧出一股煩躁。為什麼要延後？若是當場就比，魏闕的贏面肯定更大一些。王培吉已經占據了決定比賽內容的優勢，憑什麼還要讓他？

羅清涵腳步不由一頓。魏歆瑤這是怪上魏闕了？那種情況下，就算魏闕不主動說，王培吉那邊的人也會要求，又不是傻子。這要求合情合理，梁王必然會答應，既如此，還不如主動提了，還能博得一個君子的名聲。

察覺到她的停頓，魏歆瑤猛然回神，她攏了攏額髮，鎮定一笑。「王培吉自然不是魏三哥的對手。」

被意有所指地看了一眼的羅清涵，若無其事地附和。

——未完，待續，請看文創風643《換個良人嫁》2

5月 PUPPY 輕鬆遇見愛

Doghouse X PUPPY

BOSS愛不愛

職場領域內，沒有犯錯的籌碼，
只有老闆說得是；
愛情國度裡，誰先愛上誰稱臣，
只有愛神說了算……

NO／519

我的惡魔老闆 著 溫芯

這次空降公司的新任總編輯徐東毅真是個狠角色！
笑起來溫文儒雅，出場不到十分鐘就收服人心，
只有她誤以為他是新來的助理，還熱心地要教導他……

NO／520

我的魔髮老闆 著 米琪

為了圓夢，舒琦真決定參加藍爵髮型的設計大賽，
誰知她居然抽到霸王籤，要幫藍爵大惡魔設計髮型?!
一想到得跟在他身邊兩個星期，她就忍不住心慌慌……

NO／521

搞定野蠻大老闆 著 夏喬恩

奉行「有錢當賺直須賺，莫待無錢空嘆息」的花內喬，
只要不犯法、不危險、不傷人害己的工作都難不倒她，
但眼前這個男人，無疑是她這輩子最大的挑戰……

NO／522

使喚小老闆 著 忻彤

為了當服裝設計師，他故意打混想逼父親放棄找他接班，
誰知父親居然找了能力超強、打扮古板的女特助來治他！
她不僅敢跟他大小聲，還敢使喚他做事，簡直造反啦！

Hi-Life

5/20 到 萊爾富 大聲說「520」 單本49元

為流浪貓狗加油 和貓寶貝 狗寶貝

廝守終生(一定要終生喔！)的幸福機會

對人來說，貓寶貝狗寶貝只是生活的一部分，但妳（你）對牠們來說，卻是生活的全部，領養前請一定要考慮清楚——

▲ 恬然又獨立的女孩 JOJO

性　　別：女生
品　　種：米克斯
年　　紀：約1歲多
個　　性：較含蓄，但很親人。
健康狀況：已按時接種疫苗。
目前住所：台中市霧峰區

『JOJO』的故事：

中途是經朋友轉達才知道JOJO，並去援助的。

中途表示，JOJO在流浪時出了車禍，牠的腿不幸被撞斷，當中途的朋友發現時，牠正拖著腳，很努力在艱辛的處境下，想辦法生存。經朋友的告知及後續的協助，中途順利救援了JOJO，並立即送往醫院治療。經過一段時日的休養後，中途才將JOJO帶回狗園繼續照顧。

中途進一步談到，JOJO當時因為受了傷，所以一開始與牠接觸時，牠顯得相當膽小，甚至會畏懼人的觸摸；然而，經歷一段時間的相處及適應，且跟著狗園裡其他活潑的狗兒姐妹們一起玩耍後，也漸漸受到影響，變得親人起來。

現在已經是成犬的JOJO，腳早已好了，恢復得跟一般的狗兒沒有兩樣，仍可以奔跑、跳躍。JOJO現在有了健康的身體，有了能無憂無懼的棲身之處，還有能一起玩的夥伴。牠在狗園裡，撐起了自己的一小片天空，將自己的小日子過得有滋有味，但是，這樣安好的牠，卻少了能全心全意愛牠的家人……如果您憐愛JOJO，願意成為牠的家人，歡迎來信leader1998@gmail.com（陳小姐），或傳Line：leader1998，或是私訊臉書專頁：狗狗山-Gougoushan。

認養資格：

1. 認養者須年滿20歲，有穩定經濟能力，並獲得全家人的同意。
2. 須同意簽認養寵物切結書，並讓中途瞭解JOJO以後的生活環境。
3. 同意送養人日後之追蹤探訪，對待JOJO 不離不棄。
4. 同意讓JOJO絕育，且不可長期關、綁著JOJO，亦不可隨意放養。
5. 為讓中途對您有更深入的瞭解，中途會先有份線上問卷請您填寫。

來信請說明：

a. 個人基本資料：姓名、性別、年齡、家庭狀況、職業與經濟來源等。
b. 想認養JOJO的理由。
c. 過去養寵物的經驗，及簡介一下您的飼養環境。
d. 若未來有結婚、懷孕、出國或搬家等計劃，將如何安置JOJO？

文創風 642

換個良人嫁 1

國家圖書館出版品預行編目資料

換個良人嫁 / 水暖著. --
初版. -- 臺北市 : 狗屋, 2018.06
冊 ; 公分. --（文創風）
ISBN 978-986-328-871-8（第1冊 : 平裝）. --

857.7　　107005728

著作者　水暖
編輯　黃鈺菁
校對　黃薇霓　簡郁珊
發行所　狗屋出版社有限公司
地址　台北市104中山區龍江路71巷15號1樓
電話　02-2776-5889～0
發行字號　局版台業字845號
法律顧問　蕭雄淋律師
總經銷　知遠文化事業有限公司
電話　02-2664-8800
初版　2018年6月
國際書碼　ISBN-13　978-986-328-871-8

本著作物由北京晉江原創網絡科技有限公司授權出版

定價250元
狗屋劃撥帳號：19001626
網址：love.doghouse.com.tw　E-mail：love@doghouse.com.tw